TO

最後の医者は海を望んで君と生きる

二宮敦人

TO文庫

目次

登場人物紹介

Character introductions

桐子 修司
Shuji Kiriko

かつて武蔵野七十字病院で福原の同僚だったが、現在は一人で小さな診療所を営む。

福原 雅和
Masakazu Fukuhara

武蔵野七十字病院の院長。患者の命を救うことに執念を燃やす。

最後の医者は海を望んで君と生きる

プロローグ

二十六歳、結婚三年目のクリスマスイブ。こんな電話をするなんて、考えたこともなかった。


いつの間にか、僕は白い天井を眺めていた。

ここはどこだろう。

あたりは騒がしい。断続的に電子音が鳴っている。早足で誰かが歩いている。よく聞き取れないけれど、緊迫した様子の声がする。銀色の棚に薬品のボトル。どうやら病院のようだけど、なぜここにいるのか思い出せない。

僕はストレッチャー……いわゆる車輪つきの担架に乗せられていた。背もたれは軽く上げられ、ゆるく座るような体勢だ。スーツを身につけたままで、靴は履いていない。

人を呼び止めようとした瞬間、胸の奥に激痛が走り、動けなくなってしまった。巨人の掌で、心臓を握りつぶされているようだ。全身に冷や汗が滲(にじ)んでくる。

「先生、こちらです」

看護師が一人、白衣の男性を連れてやってきた。

「辻村浩平(つじむらこうへい)さん、初めまして。私は医師の室井(むろい)と申します」

その医者はすぐ横から僕の目を覗き込み、微笑んでみせた。返事をしようとしたが声が出ない。仕方なく頷き返す。

「ここは武蔵野七十字病院の救命救急センターです。あなたはお店で気分が悪くなり、動けなくなっていたところを、救急車で当院に搬送されました。これから重要な話をします。よく聞いてください。わからないことがあれば何でも仰ってください、いいですね」

はきはきとした聞き取りやすい声だが、やや早口だった。

「はい」

今度は返事ができた。

「さきほど超音波を使って、あなたの心臓を診ました。動きが悪くなっていて、このままだと止まってしまうおそれがあります。劇症型心筋炎が疑われます。ばい菌やウイルスが心臓に入り込んで、悪さをする病気ですね」

「はい」

現実味が感じられないまま答える。

「これからあなたの体に管を入れて、心臓の代わりをする装置を繋げます。心臓には少し休んでもらい、その間に回復を待つということです。きっと良くなりますから、一緒に頑張りましょう」

「はい」

「辻村さん、スマートフォンか携帯電話はお持ちですか？」

「あ、はい。スマホを……」

医者は傍らの看護師を振り返った。

「辻村さんの私物は」

「こちらに。失礼します、探させていただきますね」

看護師は軽く会釈すると、ストレッチャーのすぐ横の布袋を開き、手を突っ込んだ。見慣れたものがいくつも見えた。

コート、手袋、マフラー。黒のビジネスバッグに、濡れた折りたたみ傘。

そうだ、雪が降っていたんだ。

記憶が一気に蘇る。

今朝はよく晴れていて、暖かかった。僕はコートだけで平気だと言い張ったけど、君は折りたたみ傘を差し出したまま言った。

——夜には気温が下がるし、降水確率も三十パーセントだよ。このところ風邪気味なんでしょう。悪いことは言わないから、持っていきなよ。手袋とマフラーも忘れずにね。

もう長い付き合いだから、こういうことでは逆らわないって決めている。言われた通りに鞄に入れて、二人一緒に家を出た。駅までお喋りしながら歩いて、改札前で手を振って別れた。

僕はJR、君は地下鉄。薬指で結婚指輪がきらりと光った。

——早く帰ってきてね。

もちろん。料理の材料はばっちり買い込んである。予約したケーキは、君が受け取ってきてくれる。あとは君へのクリスマスプレゼントを買うだけだった。

　定時に仕事を終わらせて、上司に帰りますと宣言した。パソコンをシャットダウンしてふと窓を見たら、ちらほらと白い粒が舞っていた。さすがだね。傘を握りしめて、思わず笑っちゃった――。

「スマホはどこに入れていますか」

　声をかけられて我に返った。看護師がバッグの中をがさごそ漁っている。

「コートのポケットか、鞄のサイドポケットだと思います」

「あ、ありました」

　スマートフォンを持ち、看護師がこちらにやってきた。差し出されるままに受け取る。僕がきょとんとしていると、医者がゆっくり、しかしはっきりと言った。

「連絡をしておきたい方がいたら、今、してください。何か伝えたいことがあれば、伝えてください」

「え？」

　医者が掛け時計を確かめる。

「時間は十分、いや五分でお願いします。その間に電話をしてください」

　困惑していると、医者が真剣な表情で続けた。

「私たちは全力を尽くします。ただ非常に危険な状況です。はっきり言いますね。これがあなたが誰かと話せる、最後の機会になる可能性があります」

何を言っているのかわからない。いや、わかりたくない。

手が震え始めた。視界の端がぼやけていく。

「辻村さん。頑張ってください、さあ」

横から看護師が僕の背に手を当ててくれた。促されるまま、僕は画面のロックを解除し、電話のアイコンに触れる。履歴のほとんどを埋めている、君の電話番号をタッチして耳に当てた。

鳴り始めた呼び出し音を聞きながら、あたりを呆然と眺める。

これが最後。そんなばかな。

急に言われたって困るよ。一体何を言えばいいんだ。たった五分だなんて。その五分が、今も数秒ずつ過ぎていく。

冷や汗が垂れる。胸の奥が苦しい。

お願いだ。冗談だと、夢だと、誰か言ってくれ。どうして？　どうしてこんなことになった？

会社を出て、傘を差して、僕は百貨店に寄った。マフラーやバッグもプレゼントにはいいと思ったけれど、スペイン製のキャンドルスタンドに目が留まった。色つきガラスでできていて、ろうそくをつけると部屋が海の中のように照らし出される。可愛いね、と笑う君が目に浮かんだ。僕はこれいくらですか、と聞こうとして、そこで胸が苦しくなって――。

呼び出し音はまだ続いている。

早く出て欲しい。いや、今出られても何も言えない。だけど何か言わなくちゃ。何を言えばいい。この気持ちを、どんな言葉にすればいいのか。

呼吸が浅い。さっきから何度も瞬きしているのに、目が乾く。

二十六歳、結婚三年目のクリスマスイブ。

ついさっきまで、百貨店で買い物をしていたんだ。クリスマスソングを聞きながら、君の笑顔を想っていたんだ。

こんな電話をするなんて、考えたこともなかった。

第一章　とある伴侶の死

　武蔵野七十字病院の若き院長、福原雅和（ふくはらまさかず）は大きな体をソファに横たえ、仮眠をとっていた。広い院長室は散らかり放題。パソコンデスクや応接用の大きなテーブルはもちろん、あちこちの床にまで本や論文のコピーが山積みで、その隙間にマグカップやペンなどの小物が潜んでいる。

　片付けはどうしても後回しになってしまうのだ。

　今日も朝から回診したのち三時間に及ぶ手術を二つこなし、会議に出て、遅い昼飯をかき込み、やっと一休みしたところだった。

　浅い眠りの中で、夢を見ていた。

　あたりは暖かい太陽の光でいっぱい。楽しげな音楽の中、笑顔の人々が行き交う。ステンレスのテーブルにはバスケットに入ったお弁当が置かれていて、その向こうには懐かしい面影が見えた。

「母さん！」

　福原は思わず叫んだ。母親は大きな麦わら帽子をかぶり、にこにこ笑っているようだった。忘れもしない、少年だった頃、たった一度だけ連れて行ってもらった遊園地。思い出のあの日に、福原はいいた。

「俺、元気でやってるよ。何から話したらいいかな」

伝えたいことはたくさんあった。

クラス委員長になった。作文で賞状を貰った。高校では特進クラスに選ばれた。体力をつけるためにジョギングも始めた。

「医者になると決めてからは、一日中勉強してたよ。東教医大に受かった時には嬉しかった。父さんはどうせなら東大を目指せと言っていたけどね」

優しい微笑みを浮かべる母親の前で、福原はまくしたてる。

「でも医学部って、入学してからの方が忙しいんだ。基礎医学は頭がおかしくなるくらい暗記漬けだし、解剖実習や臨床実習の大変さときたら。国家試験だって控えてる。無事に医者になってからも勉強は続けるし、手術の練習だってしなくちゃならない。ティッシュペーパーを心臓に見立てて、爪の先みたいな針でこう、縫い合わせるんだよ。何枚も何枚も」

福原が手つきを真似してみせると、微かに相手が頷いた気がした。そこでふと冷静になり、福原は視線を落とした。

「でもね、どうってことないよ。母さんに比べれば」

俯いたまま続ける。

「俺、改めて思うんだ。母さんがどれだけ強かったか。癌の末期なのに、弱音一つ吐かなかったね。決して諦めず、闘い続けていたよね。最後の力を振り絞って、俺を遊園地に連れて来てくれた。お弁当を朝から作って、俺の好きなおかずばかり、こんなに」

再び顔を上げた時には、涙で視界がぼやけていた。

目映い光の中、母を感じる。

「お棺の中でまで、笑ってたよね」

「俺、母さんにさよならを言った後、強くなるって決めたんだ。誰かのために、一緒に闘える人になりたかった。だから俺は平気だったよ、勉強だって何だって。そりゃ躓いたこともあったけど、母さんを思えば頑張れた」

どこか遠くで電話が鳴っている。

「がむしゃらにやっていたら、俺……自分でも驚きだけど、院長になれたんだ。でも、まだ満足はできていない。もっと強くなって、たくさんの人を助けたい。苦しんでいる人はみんな助けてやりたい。この世から悲しい思いをする人が、いなくなったらいい。だから俺……」

少しずつ電子音が大きくなる。

「あ、待って、母さん。もう少しだけ」

淡く滲んだ視界の中で母の姿が遠ざかっていく。思わず手を伸ばそうとしたが、体が動かない。不快な音だけが、耳元で響き渡る――。

そこで夢から覚め、がばと福原は起き上がった。かけていた薄手の毛布が床に落ちた。

「はい福原」

額の汗を拭き、素早く電話に出る。

「院長先生。休憩中のところ申し訳ありません」

「どうした」

「救急の応援、お願いできますか。さっき心筋炎の方が来たところなんですが、近くで交通事故が起きたそうで。これから高エネルギー外傷が二人、来ると」

「よし、すぐ行く」

福原は受話器を置くと、汚れた白衣を脱いで放り投げ、きびきびと大股で歩き出した。頭は冴え、熱い闘志が腹の底から湧きあがってくる。

せっかくの仮眠を妨害された、などとは考えもしない。福原にとっては、患者を受け入れない方がずっと嫌なのだ。

さあ、助けるぞ。

見ていた夢のことなど、すっかり意識から消え去っていた。


救命救急センターに駆けつけた福原を見上げ、辻村浩平は弱々しく訴えた。

「どうか」

頷く福原に手を差し出し、蚊の鳴くような声で「どうかよろしくお願いします」と告げると、そのまま昏倒した。福原はストレッチャーに落ちた彼の手を取り、握りしめる。

「任せてください」

バイタルを確かめ、叫ぶ。

「一分一秒を争うぞ、急げ！」

看護師と一緒にストレッチャーを押し、猛然とカテーテル室へと走った。

「準備はいいか」

福原の呼びかけに、臨床工学技士が頷いた。彼の前にはキャスター付きの銀色の台、そして白い小ぶりの機械。あたりにはモニターが五つ、それぞれ数値やグラフが表示されている。細かい配線やチューブ、酸素ボンベの姿も見える。体外式膜型人工肺（エクモ）――心臓の代わりをするポンプと人工肺を備えた精密機械。命を救う、最後の砦だ。

「エクペラですよね」

「ああ、いつものインペラ併用で行く。まずV-A、右鼠径部（フェモラル）から入れる」

すでに処置台には必要なものが全て準備されていた。消毒薬に消毒綿、エクモセット、ヘパリン生食シリンジ、そして補助循環用ポンプカテーテル（インペラ）。

インペラは、見たところ直径数ミリ程度の長い管に過ぎない。先っぽにかぎ爪のような形があるので、釣り針を連想する人もいるだろう。しかしその本質は、中に仕込まれた超小型のポンプにある。先端から血を吸い込み、後ろから吐き出すことで、心臓が血を運ぶ手伝いをするのだ。

エクモとインペラ（エクペラ）。この二つの医療機器が、辻村浩平の心臓にとって杖となる。ふらふらとよろめき、今にも倒れそうになっているところを支え、死の淵から救うのだ。

福原は滅菌ガウンと滅菌手袋、そしてサージカルマスクを身につけ、手術帽をかぶった。看護師が超音波診断装置(エコー)の前に立つ。

福原はスタッフ全員と素早く、しかし確実に視線を合わせてから告げた。

「劇症型心筋炎だ。このままだと心臓が止まり、彼は死ぬ」

一瞬、室内が静まりかえる。熾火(おきび)に藁を投じるように、福原は宣言した。

「俺たちで絶対に助けるぞ」

スタッフの瞳に炎が燃え上がった。弾かれたように全員が動き出す。まず、患者のへその高さから両の膝あたりまで、消毒薬に浸した綿球で広範囲を消毒。そこに医療用ドレープという布をかける。

看護師が袋に包まれた、レジのバーコードリーダーのようなものを福原に手渡した。エコープローブである。福原がそれを患者の股関節のあたりに当てると、モニターに血管が二本、現れた。

大腿動脈と大腿静脈である。片方の道を辿って血が下半身へと向かい、もう片方の道を通って心臓へと戻ってくる。それぞれに管を入れ、人間と機械とを繋ぐ。考えてみれば、実に荒っぽいやり方だ。だからこそ、作業は一つ一つ丁寧に、確実に進めなければならない。

福原は穿刺針(せんししん)を持つと、よどみない動きで一方の血管に刺し込んだ。注射筒を繋げ、軽く引いて血が上ってくるのを確認する。

「よし」

注射筒を取り外し、今度は細い針金のようなガイドワイヤを穿刺針の中を通して入れる。抵抗感はない。目的の血管にガイドワイヤが入ったのをモニターで確かめると、今度は管を入れていく。同じようにしてもう一方の血管にも管を入れた。

「接続よし」

福原は臨床工学技士を振り返った。

「クランプ解除する」

管に噛ませていたペアン鉗子（かんし）を取り外す。

「運転開始します」

エクモのポンプが唸る。暗赤色の血液が管の中を通って流れ出した。

「フローはどうだ」

福原が流量について聞くと、臨床工学技士が答えた。

「フロー、四L取れてます」

一分間あたり四リットルの血液が筒状の人工肺に送られていく。張り巡らされた一万本の中空糸を通り抜けて血中のヘモグロビンが酸素を受け取ると、血は見るも鮮やかな赤色へと変わる。瑞々しい血は再び管を通って体へと戻り、全身を巡る。

「脱血圧、送血圧問題ありません」

「いいぞ」

軽く微笑んでから、福原はすぐに次の手順に移った。ガイドワイヤを心臓まで届かせた上で、インペラを入れる。全ての作業が終わると、心なしか患者の血色は良くなり、表情も穏やかになったようだった。

　もう一度モニターを確認し、臨床工学技士が頷いた。

「問題ありません」

　福原は軽く拳を握り込み、マスクの下で微笑んだ。スタッフたちも歓声こそ上げないが、みな明るい表情を浮かべる。

　今、命は瀬戸際で繋ぎ止められたのだ。

†

　電車の扉が開くなり、辻村藍香はプラットホームに飛び出した。

　階段を駆け下り、案内板を確かめ、自動改札を抜ける。武蔵野七十字病院は南口を出た先、徒歩十分。

　イルミネーションが煌めくバスロータリーを抜け、百貨店の前を駆けてゆく。ちらほら降っていた雪はすでに止み、微かに痕跡が街路樹の根本に残っているばかり。

　あちこちからクリスマスソングが聞こえてくる。サンタクロース姿の店員が手を振っている。リボンの巻かれた大きな箱を抱えて、家路を急ぐ男性がいる。両親と手を繋いではしゃぐ子供がいる。腕を組んで歩く、仲睦まじい男女がいる。

　どいて。道を空けて。

　藍香は強引に人混みをかき分けて走り続けた。

やがて闇を背に、白い建物が姿を現した。敷地内に入ったところで藍香は足を止め、その七階建ての巨軀を仰ぎ見る。こんなに大きな病院に来たのは初めてだ。動悸がしている胸をしばらく押さえ、ハンカチで汗を拭うと、再び駆け出した。

どこから入ればいいんだろう。

大きな入口には「外来受付終了」と札が出され、電気が消えている。あたりに目を凝らし、ようやく救命救急センターと書かれた看板を見つけた。自動ドアから中に入ると、そこは半分廊下、半分待合室という雰囲気だった。エレベーターを待っている医師たちや車椅子に乗せられた患者、ソファで文庫本を開いている老婦人を横目に、真っ直ぐ受付に向かう。

「どうされましたか」

顔を出した女性に、身を乗り出して言った。

「辻村藍香と申します。ここに救急車で運ばれた、辻村浩平の妻なんですが」

声が震えそうになるのをこらえて続ける。

「さっき夫から電話を貰って。先生からもお話をいただいて、ここに来るようにと言われたんです」

女性は頷くと「少々お待ちください」と奥に引っ込んでしまった。その背に叫ぶ。

「あの、浩平は大丈夫なんでしょうか！」

返答はなかった。藍香はそのまま立ち尽くす。

あたりは不気味なほど静かだった。

さっきまで談笑していた医師たちはエレベーターに乗り込み、車椅子の患者は廊下の奥に消えていった。すぐそこに座っている老婦人は、本に目を落としたまま微動だにしない。

靴下を二重に履いているのに足先が冷えた。リノリウムの床から冷気が這い上がってくる。

ずいぶん長いこと待った気がした。

「辻村浩平さんのご家族の方ですね」

看護師が一人、廊下を早歩きで近づいてきた。

「はい」

「お待ちしていました。辻村さんはICUに移られました。先生からお話がありますので、こちらへどうぞ」

「ICU?」

「ご案内します」

言われるままに後に続き、エレベーターに乗る。二階で降りて少し歩き、扉の前で止まった。掲げられたプレートには「Intensive Care Unit（集中治療室）」とある。

「先生を呼んできますので、お待ちください」

看護師だけが扉の中に消え、藍香はまたも一人、人気（ひとけ）のない廊下で待たされる。ぷんと消毒薬の香りがして、ピッ、ピッという規則的な電子音が聞こえる。

やがて現れたのは、大柄な男性医師であった。

「お待たせしました。福原と申します。こちらの部屋でご説明しましょう」

小さな会議室のような空間に案内され、電気のスイッチを入れる音を聞いた時、藍香の足はすくんだ。これから何か恐ろしい言葉を聞かされるのだとわかった。

「どうぞ、お入りください」

福原の柔らかな声。入らないわけにはいかない。藍香は逃げ出したい衝動を必死に抑え、椅子に腰を落とした。

説明は簡潔明瞭なもので、頭ではすっと理解できたが、最後まで心が追いつかなかった。心臓が止まりかけている。機械の力を借りて何とか生きている。危険な状態だが、元の生活に戻れるよう、全力で治療をしている……。

確かに風邪気味だったけれど、朝はあんなに元気で笑ってた。いつもと何も変わらなかった。それが、どうして急にこんなことに。

部屋を出て、ＩＣＵ面会受付の前に立つ。

「お荷物はそちらのロッカーに。貴重品はお持ちください」

看護師に言われ、藍香は両手にずっと持っていたものを下ろし、ハンドバッグと一緒にロッカーに入れた。

右手に抱えていたのは大きな花束。紫、赤、黄色、白、色とりどり。花好きの彼に贈りたいと伝えたら、店員が見繕ってくれた。甘い香りが鼻をくすぐる。

左手に提げていたのは紙箱。中の有様は想像したくない。あれだけ走ったのだ。限定販売のチョコレートケーキはぐちゃぐちゃだろう。

　笑顔を運んでくるはずだったものが二つ、まだ己の使命を疑わぬ顔つきでロッカーに収まっている。藍香は目を逸らし、扉を閉めて鍵をかけた。軽い金属音が響いた。

「そちらで手指の消毒を。手首までしっかり洗ってください。それからサージカルマスクを着用していただきます」

　事務的な口調の指示に従い、用意を終えてICU内に入る。奥のベッドの前で福原が待っていた。体中に管を繫がれた、いかにも重症という様子の患者が寝かされていた。

　それが最愛の人、浩平だと気づくまで、藍香にはしばらくの時間が必要だった。

　いつも明るくて、くるくる表情が変わり、大きな声で楽しそうに笑う彼の印象とはかけ離れていた。

　顔色は悪く、薄目を開き、呆けたような口からは青い管が飛び出している。管は鼻からも出ていて、頰にテープで固定され、横の点滴棒へと続いている。体にかけられた薄いブランケットの下では、管の中を赤い液体が流れていた。ブーンと機械音が響いている。

　こうくん。

　目頭が熱くなるのを藍香は必死にこらえた。

　可哀想に……。

　福原が言う。

「今は鎮静剤が効いていて、眠っています」

藍香は頷き、傍らの白い装置と大きな酸素ボンベに目をやった。

「これが浩平を助けてくれる機械ですか」

「はい。ほとんど止まりかけている浩平さんの心臓の代わりに、全身に血液を送っています」

藍香はおそるおそる浩平の手に触れてみた。ちゃんと温かかったが、少しざらついた感触がした。

「目を覚ますまで、そばにいてあげたいんですが」

福原は申し訳なさそうに首を横に振った。

「お気持ちはよくわかりますが、ＩＣＵの面会は十五分程度でお願いしているんです。今日は一度帰ってしっかり休んで、また明日いらしてください」

「でも、もし何かあったら」

「スタッフが常に患者さんをチェックしていますから、何かあればすぐ対応します。それにこれからのことを考えると、藍香さんも体を休めておいた方がいいと思います」

「これからって何ですか。これから、どうなるって言うんですか」

藍香はほとんど泣きそうだった。

「回復まで少し時間がかかるかもしれない、という意味ですよ。今はともかく命を繋ぎとめたところです。お若いので、おそらく数日で持ち直すでしょう。そうしたら装置も外せますし、ＩＣＵからも出られますよ」

福原は落ち着いた声で続けた。

「ご安心ください。必ず、助けます」

その目には決意の光が見て取れた。

それでも藍香の不安は完全には取り払われない。

本当に大丈夫なんですか。助かるんですよね。そうしつこく聞きたい。だが、相手は同じ言葉を繰り返すしかないのだろう。

浩平と医者とを交互に見てから、藍香は頭を下げた。

「何卒(なにとぞ)よろしくお願いします」

声が震えた。こんなに心配なのに、自分には何もできない。呆れるほどに無力だった。

「お任せください」

福原は力強い声で答えてくれた。


帰りの電車に揺られながら、藍香はスマートフォンで色々調べてみたが、福原が教えてくれた以上の情報は出てこなかった。すぐ横では学生がゲームに没頭していて、目の前のサラリーマンは本を読んでいる。こんなことを必死に調べているのは車内で自分一人かもしれないと思うと、急に心細くなった。

中野駅に着いた。改札を出て、朝は浩平と一緒に歩いた道を逆にたどる。

頭の中では不安が渦巻いている。何を見ても、恐ろしい想像へと繋がってしまう。並木道の桜、また二人で見られるだろうか。あのコンビニに二人で行くのは、あの日が最後になったりはしないだろうか。思わず悲鳴を上げそうになるたび、藍香は自分に言い聞かせた。考えるな。今はただ、家に帰ることだけに集中するんだ。

ようやく自宅に辿り着いた時には、疲れ果てていた。いつもの習慣で「ただいま」と言ったが、誰からも「おかえり」はない。家の中には闇と静寂が広がっている。

明かりをつけ、ダイニングテーブルに花束とケーキの箱を放り出すと、藍香はコートも脱がずにソファに倒れ込んだ。深く息を吐き、掌で顔を覆った。しばらくそのまま動けなかった。

やがて「よし」と腹から声を出し、立ち上がった。

しっかりしないと。こうくんは今も頑張っているんだから。

コートとスーツをハンガーにかけて、シャツは洗濯籠に。風呂に湯を張り、花束は茎の先をハサミで切って花瓶に活け、ケーキは箱ごと冷蔵庫にしまった。買い込まれていた鶏肉や野菜を適当にぶつ切りにして鍋に放り込み、水を入れて加熱する。

食欲はないけど、栄養は取っておかなくちゃ。

煮立ったところで味噌を溶き、具だくさんの味噌汁にして、ご飯と一緒に胃に流し込む。適当に味付けした割には、美味しかった。

こうくんは、何か手の込んだ料理を作るつもりだったんだろうな。

再び暗い気持ちが頭をもたげたのを、慌てて振り払う。

挫けるな。やるべきことをやるんだ。

まずは入院の準備。病院で渡された冊子を読み、着替えや洗面用具などを鞄に詰め、書類に必要事項を記入する。

　あちこちに連絡もしなければ。ノートにリストアップして、順番に電話をかけていく。浩平のご両親。彼が勤務しているイベント会社。それから自分の両親と、会社の上司――。

「そういうわけで明日は病院に行ってから出社しますので、午前休にしてもらえますか。それから、しばらく残業はできるだけ減らしたいんです。勝手な物言いですみません」

　電話の向こうでは部長の声に交じって子供の笑い声がした。

「大変なことになったね。仕事はみんなで少しずつ巻き取るよ。残業なんかしちゃいけない。とにかく今は彼のそばにいてあげて」

「ありがとうございます」

　スマートフォンを耳に当てたまま、藍香は深々と頭を下げる。

「何なら、しばらく休みを取ってもいいんだぞ」

「面会時間が限られてましして。その間家にいても、憂鬱になっちゃうだけですから」

「そういうものか。じゃあお花やお見舞いも、今は避けた方がいいかな」

「そうですね」

「わかった、みんなには私から伝えておくよ」

　楽しそうな声が聞こえてきた。

　パパ、靴下はどこにつけたらいいの？　サンタさんへのお手紙は？　こら、パパはお仕事中だから後にしなさい。

「騒がしくてすまないね、とにかく仕事の心配はしなくていいから。細かいことは、また会社で」

「色々とすみません」

「困った時にはお互い様だよ。じゃあ、また」

ちょっと、パパの机を使うなら端っこでね。ほら、先に食べちゃいなさい、それ。

部長の猫なで声を最後に、電話は切れた。

関係各所への連絡には、一時間以上かかった。リストを確かめ、藍香は深呼吸して伸びをする。

これで最低限伝えておくべき人には伝えられたかな。

みんな優しくしてくれて、嬉しかった。

浩平の上司は「元気に戻ってくるのを待っています」と言ってくれた。義父は「きっと大丈夫、助け合って乗り越えましょう」と励ましてくれた。これまではちょっと苦手な印象のあった義母も「まずは藍香さんも、きちんとご飯を食べて体を休めるようにしてください」と気遣ってくれた。

こんな時は、周りの人の存在が心強いな。自分の両親だけは慌てふためいていたので、こちらがなだめなくてはならなかったけど。

一段落したのでお風呂にでも、と思った時、スマートフォンが震えた。

「ねえねえ、春くらいにまた海行かない？」と呑気なメッセージを送ってきたのは大学時代からの親友、中田祥子だった。藍香は苦笑しつつ、返事の代わりに電話をかける。

祥子にも伝えておくべきだろう。浩平と出会えたのは、彼女のおかげなのだから。

「うそ、ほんとに？　大変だったでしょう、お疲れ」

目をひん剝いて驚く祥子の顔が、ありありと想像できた。

「藍香、くれぐれも元気出してね。いやそうもいかないか。そうだよね、言われて元気出れば苦労ないもんね、私だったらそう。でも、ああ、ごめん、何て言ったらいいかわかんない、私の方が動揺しちゃう」

祥子は社会人四年目になっても、相変わらず思ったことが全部口から出てしまうようだ。

「気持ちは伝わってるから。ありがとね」

「一人だからって外食ばかりじゃだめだよ。人間は口に入るものでできてるんだからね。ちゃんと自炊すること」

彼女らしからぬ物言いに、思わず噴き出してしまった。

「私たちは二人とも料理するから、いつも自炊だよ。おおかた祥子がそう言われてるんでしょう」

「やっぱりわかる？　私料理って苦手でさあ。だから料理好きな人と結婚したのに、お前もできるようになっとけ、だって。それでこないだオムライスを教わったの」

「恒樹さんはお元気？　披露宴で会ったきりだけど」

「元気、元気。うるさいくらい」

「いいことだよ。くれぐれも気遣ってあげてね」

「そうね。浩平君みたいに急に倒れられても困るし。あっ、いや、違うの。その、悪い意味じゃなくて」

「わかってるよ」

藍香は笑って受け流した。

「それにしても怖いね、その、心筋炎だっけ？　急に入院なんて」

「風邪が長引いてて、変だとは思ってたんだけどね。甘く見てたよ」

ため息をつくと、部屋の灯りがちらついた。

「休むように何度か言ったんだけど。こうくんはこれくらい平気だからって……今思えば、無理してたのかな」

「浩平君ってそういうとこあるよね。そんなに丈夫じゃないくせに」

「明るく振る舞うのはいいんだけど、弱いところを見せないんだよ。そういう人だって知ってたのに」

スマートフォンを握る手が震えた。

「私がちゃんとしていれば。早めに休ませて、しっかり治していれば、こんなことには」

一つ、嗚咽が漏れる。歯を食いしばる。

「藍香？」

「ごめん。ちょっと、無理。変なスイッチ、入った」

鼻の奥がつんとして、視界がぼやけてきた。熱い涙と一緒に口から言葉が零れ出す。

「なんか、家のことやってても、いないの。玄関に靴がないんだよ。洗う食器はいつもの半分だし、オーディオセットも止まったまま。でも洗濯籠には昨日の服が入ってて、トイレットペーパーは斜めにちぎり取られてて。朝作ってくれたコーヒーも、ポットにまだ残ってるの、冷たくなって。でもいない、いないんだよ。こんなことある？　おかしいよ。私、知らない世界に迷い込んじゃったみたい」

自分は一体何を言っているんだろう。

相手が祥子だから、つい心が緩んだのかもしれない。ぼろぼろと床に落ちる涙を、藍香は他人事のように眺めていた。

「でもね祥子、わかってる。私はわかってるよ、こうくんは入院してるんだから、いないのは当たり前だよ。だけどふいに怖くなる。このまま、この世界が終わらなかったらどうしようって」

「藍香、ちょっと」

「電話があったの。帰る途中に、いきなりの電話。こうくんがね、万が一のためだって、普段は言わないようなことを言うの。真剣な声だった。もしあの電話が最後だなんてことになったら、私、私……」

声がかすれた。

「藍香！」

　祥子の叫びで我に返る。

「落ち着いて、大丈夫だよ。浩平君は救急車で運ばれて、病院でちゃんと治療してもらってる。間に合ったんだよ。危なかったけれど、助かったんだ。良かったじゃない」

「良かった……の？」

「そうだよ。だから風邪はこれから気をつければいいの。浩平君だって懲りたと思う。そんなこともあったねって、そのうち笑い話になるよ。きっと」

「そうだね」

　藍香は一つ洟をすする。さっきあれほど流れていた涙は、嘘のように止まっていた。

「藍香、前向きに考えようよ。そうだ、退院したら、みんなで海に行こう。浩平君とまたダイビングしたらいいよ。私たちは波打ち際で遊んでるけど。恒樹、泳げないんだよね。太ってる人は浮かぶから平気だって言ったんだけど、怒るのなんの。僕は太ってない、骨太なんだって」

　ふっ、と笑いが出る。

「ありがとね、祥子」

「お礼はやめてよ、友達じゃない。私でよければいつでも話聞くからね」

　一人には広すぎる家の中、祥子の明るさはありがたかった。

「じゃあ、お大事に。外食ばかりじゃだめだよ、栄養偏るから。じゃあ、また」

　電話は切れた。

「自炊してるってば」

藍香はスマートフォンを充電器に繋ぎ、残った味噌汁をプラスチック容器に移して冷蔵庫へ入れる。シャツにアイロンをかけ、寝床を整えてから、ゆっくりと風呂に浸かった。髪を乾かし終えてから、小さなライトを一つだけ点けて、ベッドに入る。

早くこうくんの心臓が元気になりますように。

祈りながら目を閉じた。

†

福原が様子を見にICUに来た時には、すでに藍香がベッドのそばで浩平の寝顔を見つめていた。

「こんにちは、藍香さん」

軽く会釈して話しかける。

「あ、福原先生。いつもありがとうございます」

「いえ」

浩平の容体は依然として不安定だった。少し良くなっても、すぐにまた戻ってしまう。それくらいは想定の範囲内ではあったが、微かな焦りも感じないではない。

何よりも、入院してから毎日見舞いに来ては、意識のない浩平の手に触れたり、耳元に何か話しかけたりしている藍香の姿を見ると、胸が締め付けられるのだった。

「浩平さん、昨夜は少しですが意識が戻られてましたよ」

気休めに近かったが、福原は声をかけた。

「そうなんですか」

こちらを見て、ほっとしたように笑う藍香。

「はい。こちらを見て瞬きされてました。今眠くなるお薬を入れてますから、と伝えると軽く頷いて、また眠ったようです」

「じゃあ、良くなってるんですね」

「ええ。少しずつですが」

良かった、と藍香が呟き、視線を戻す。まさにその時だった。

浩平が微かに呻き、薄目を開けた。

「あっ。こうくん」

これには福原も驚いた。だが、まぶたが開いたのはほんの少しだけで、そのまま動こうとしない。まだ眠り続けているようだ。

「私だよ。わかる？　良かった、こうくん！」

それでも藍香は喜んでいた。浩平の前に顔を突き出し、しきりに話しかけている。しばらく福原は微笑ましい思いで二人の様子を眺めていたが、ふいに言い知れぬ違和感に体が動いた。

「失礼します」

はしゃいでいる藍香を押しのけ、ベッドに覆い被さるようにして浩平の瞳を覗き込む。

まずい。

浩平の目が左右で違っていた。左の瞳だけが大きい、いや今も少しずつ大きくなっていく。猫の瞳が闇で開くように。

「瞳孔不同だ」

近くの看護師を振り返り、福原は叫んだ。

「頭の中を見たい。今すぐCTスキャン、ねじ込んで。それから高張食塩水を投与、急げ！」

「はい」

看護師が一人、電話をかけ始める。別の看護師がベッドの横で移動の準備を始めた。福原もそれを手伝う。急に慌ただしくなった室内で、ただ藍香だけが何が起きているのかわからず、震えながら立ち尽くしている。

福原は藍香のそばに近づき、額の汗を拭いてから伝えた。

「すみません、状況が変わりました。後ほどご説明にうかがいます。しばらく別室でお待ちください」

柔らかく言おうと意識してはいるのだが、どうしても張り詰めた声になってしまう。

「はい」

藍香の顔は蒼白で、唇は紫色に染まり、微かに歯の鳴る音がする。それでも福原は言うしかなかった。

「検査をしてみないとわかりませんが、この後、緊急手術になるかもしれません」

「はい」

「辻村さんを案内してあげて」

福原は看護師の一人に指示を出すと、一礼してその場を離れる。看護師がそっと歩み寄り、藍香の背に手を当てた。気丈にも藍香は頷き、歩き出した。だが数歩足を動かしたところで止まり、ゆっくりと頭に手を持っていき、抱えた。そのまましばらく俯き、床を眺めてから。

毛髪ごと、頭皮を掻きむしった。

†

福原はＣＴ室で、診療放射線技師と一緒にモニターを睨みつけていた。白くて大きなドーナツを思わせるＣＴ装置と、その穴の部分に頭を突っ込むようにして寝かされている辻村浩平がガラス越しに見える。やがて、Ｘ線を通して画像化された脳の様子が、モニターに映し出される。その白黒で非対称な画像を見るなり、福原の顔色が変わった。

「合併症か。左脳半球から出血……しかも、脳ヘルニアを起こしている」

頭蓋骨（ずがいこつ）というパッケージに、脳という豆腐が収まっているとする。今、パッケージの中で出血が起き、血の塊――血腫ができてしまった。その分、行き場をなくした豆腐が押し出されているのだ。瞳孔不同は、目の動きに関わる神経、動眼神経が押されたためであった。

「この年齢では珍しいですね」

診療放射線技師が呟いた。

「放っておくと脳幹部が潰れてしまう」

脳幹は生命維持を司る中枢だ。つまりこの状況は、死神の鎌が首筋に触れ、皮を切り裂きつつあるのと等しかった。

「そのまま造影CTも追加で頼む。できた順でいい、すぐに送ってくれ」

福原は診療放射線技師に、より詳しく血管の様子を撮るように指示すると、CT室を飛び出した。

今すぐ手術して血腫を取り除かなければ、彼は死ぬ。

ICUに戻りつつ次々にスタッフに指示を出し、手分けして動く。手術室を手配し、家族から手術の同意書を取る。

「造影CT、送ります」

診療放射線技師からの電話連絡を受け、福原は会議室の一つに飛び込むと、ノートパソコンにかじりついた。送られてきたCTアンギオグラフィ（血管造影）を睨みつける。

複雑に組み合わさった木の根のような画像。その輪郭をたどれば脳の形をしているのがわかる。造影剤を注射し、X線を照射して描出した、脳内の血管の様子だ。その一点を福原は見つめた。

血腫はここだな。周りの血管を押しのけている。

部屋に看護師が飛び込んできた。

「福原先生、手術室準備できました」

「ああ」

福原はディスプレイから目を離さず、返事をする。

血腫の周りに淡く細い血管が見える……微かな違和感。

肉食獣のように目を細める。

「福原先生！」

「今行く」

くそっ、時間がない。

福原は立ち上がり、ノートパソコンに背を向けた。

手術準備室には、スタッフたちが勢揃いしていた。マスクをつけ、帽子をかぶり、手指を消毒する。空気は張り詰め、みな不安そうな顔をしていた。

「大丈夫だ」

福原は明るく笑ってみせる。

「間に合う。全員で力を合わせればきっとできる。俺たちは、そのために腕を磨いてきた」

スタッフの顔に笑みと血色が戻ってくる。それぞれ目を合わせ、頷き合う。

「さあ、助けに行くぞ！」

福原の檄（げき）と共に、手術室の自動扉が開いた。

命を救う闘いが、再び始まった。

福原は辻村浩平の頭をメスで切開していく。皮膚と筋肉の奥から頭蓋骨が現れる。

「ハイスピードドリル」

電動のドリルを骨に押し当てる。穴を四か所開け、次に穴と穴とを繋ぐように切断し、取り除く。切手よりも二回りほど大きい、四角い窓が骨に開き、柔らかい膜が現れた。

「硬膜がパンパンに張っている。脳の圧が上がってるんだ」

慎重に刃を入れ、膜を切り開く。この奥はもう脳だ。その人をその人たらしめている臓器。脆く、壊れたら取り返しのつかない場所。

さあ、ここからだぞ。

福原は目を閉じ、ゆっくりと息を吐いた。そしてマスクの中、誰にも聞こえない声で、己に言い聞かせた。

――死ね。

もう一度、指をほぐしながら。

――失敗したら死ね。いいな、福原雅和。

覚悟が全身の隅々まで行き渡ったのを感じてから、目をかっと開く。

「始めよう」

清潔なビニールに包まれた手術顕微鏡を、骨窓の中がよく見える位置に固定する。

「モニタリング、目を離すなよ」

潜望鏡を覗き込む潜水艦長のように接眼レンズに食らいつき、フットスイッチを踏んだ。何十倍にも拡大された術野を、ハロゲンランプとＬＥＤの光が鮮明に照らし出す。その中でマイクロ剪刀と鉗子を操り、病巣に向かって最小限の動きで進んでいく。

急げ。だが焦るな。

死んで白くなった脳細胞たちが見える。だが、まだ健康な脳細胞もある。余計な傷をつければ、どんな後遺症に繋がるかわからない。記憶障害、手足の麻痺、そして死。今、福原の指先は、生と死とが紙一重で繋がる、危うい神秘の領域に入り込んでいた。

額に汗が滲む。できるだけ瞬きもしない。

「血腫があったぞ」

赤黒くどろっとした血の池を見つけ、福原は呟いた。

「吸引管を」

細長いストローのような器具を受け取り、そっと差し込む。スイッチを入れ、溜まった血を吸い出していく。

その時だった。

突然、目の前が赤く染まった。

「先生、出血です」

助手が悲鳴のような声を上げる。福原の顔にまで飛沫が飛ぶ。

「わかってる」

吸引管で血を吸い出すが、まるで追いつかない。みるみるうちに術野が赤い液体で満ち、頭蓋骨の端から零れ出す。やがて目の前は赤一色、何も見えなくなってしまった。手術室に緊迫した空気が広がる。

「脈拍急上昇しました、百三十！」

看護師が声を上げる。さらに、その数値は徐々に下がっていく。

「九十。七十。六十、五十……」

命の灯が消えていく。福原は奥歯を噛みしめた。

落ち着け。出血する直前、何か異様なものが一瞬、見えた。あれは何だった？　思い出せ。考えろ。

脳裏をCTアンギオグラフィの画像がよぎる。血腫の周りにあった、淡く細い血管。微かな違和感――。

「二十、だめです。心臓、止まります！」

悲痛な声が飛ぶ。

終わった。

あたりに重い霧のような絶望が立ちこめる。この世から辻村浩平という人間は永遠に失われた。スタッフの一人が肩を落とし、項垂(うなだ)れた。

まだだ。

福原は諦めない。藍香の姿が瞬間、脳裏を走る。

彼には未来がある。帰りを待つ人がいるのだ。逝かせてたまるか。助けるんだ。俺はそのためにここに立っている。

「止血鉗子」

銀色の器具を受け取り、構える。

そっと、静かに。止血鉗子の先端を赤い海に沈めていく。福原は無意識のうちに目を閉じていた。どうせ血で見えないのだから同じだ。見るな。感じるんだ。鉗子の先端が触れるものを、己の指で触れるように。

ここだ。

直感か、はたまた何か大きな意思に導かれたのか。福原は極小の点を狙い澄まし、鉗子の先端で押さえ込む。本能で動き、後から理解が追いついた。直後、一気に術野から血が引き始めた。

「脈拍、上がりました、戻りました！　五十、六十……安定してきました」

歓喜を隠せない様子で看護師が叫んだ。

「見ろ。ナイダスだ」

福原は小さく息を吐く。止血鉗子が押さえる先では、細い血管が蛇のようにぐちゃぐちゃに絡まり合っていた。

「脳動静脈奇形(AVM)だよ。わかるか、先天性の異常血管だ。この若さで出血したのも、たぶんこいつのせいだ」

助手はただ、ぽかんと口を開けるばかりだった。

「十万人に一人という病気ですよ。それをあの状況の中、一発で見抜いて止血したんですか」

「ほら、ぼうっとしている場合じゃないぞ。クリップ鉗子をくれ」

福原はナイダスの処置に取りかかった。入り組んでいる異常な血管の入口と出口を、小さなチタニウム製クリップで止めてから、切除する。

「奇跡だ」

誰かが独り言のように呟いた。

「違うさ」

手を止めず目を離さず、福原は言う。

「最後まで諦めなかったからだ。きっとどこかに道はある。自分を信じろ」

みな、熱い眼差しを福原に向けている。

「さあ、あと少し。気を抜くな」

福原は自分にも言い聞かせるつもりで口にすると、作業を続けた。


長い闘いを終え、シャワーを浴びて院長室に戻ってくると、さすがに疲労感が全身を包んだ。

福原はコーヒーメーカーにカップをセットしてボタンを押し、芳香に包まれながらソファに腰を下ろす。やがて出来上がったコーヒーを飲むのも忘れ、眠りに落ちていった。

夢の世界は薄い靄(もや)に包まれていたが、すぐに福原は気づいた。

あの遊園地だ。

煌びやかな装飾。音楽が聞こえてくる。石畳の上、陽光を受けて少年の福原は駆けて行く。あたりを見回して、すぐに目的のテーブルを見つけた。

「母さん。何だか最近、よく夢で会えるね」

椅子にぴょんと飛び乗って、母親を見上げる。

「さっき手術をしてきたんだ。危機一髪だったけど、うまくやれたよ。みんな驚いてた」

相手はにっこりと微笑んでくれた。

「考えてみれば俺、ずいぶん腕を上げたよね。ゴッドハンド、なんて週刊誌に特集されたこともある。目標にしてくれている若手もいる。昔と比べると信じられないでしょう、母さん？」

ひとしきり胸を張ってから、福原は視線を落とした。

「でもね、俺、まだまだなんだ」

冷たい風が吹き抜けていく。

「頑張っても頑張っても、この手をすり抜けていく命がある。助けられるのはほんの一部だけ。時々しんどくなるよ。ひよっこの頃の方が楽だったかもしれない。少し上達するだけでも、どんどん助けられる人が増えていくからね。だけど今は、分厚い壁に阻まれているような気がする」

母親が何かを気にしているように感じられた。福原はあたりを見回す。

「そういえば父さんはどこに行ったんだろうね」

靄の中に目を凝らしたが、人影がいくつか浮かんでいるだけだ。

「きっとトイレじゃないかな。心配いらないよ、あいつは殺したって死なないような男だから」

ふと、一人の男が姿を現した。優しそうな顔、少しお腹に肉のついた体形。

「あれ？　音山（おとやま）じゃないか。どうしてここに」

音山は黙ったまま、穏やかな表情でこちらを見ている。

「母さん、紹介するよ。音山晴夫（はるお）。大学でできた友達なんだ。もう一人、桐子（きりこ）って奴もいるんだけど。そいつは少し、いやだいぶ変わってる。あれ」

音山は車椅子を押していた。そこに一人の痩せこけた老人が座り、福原を見上げている。眼光は鋭く、仏頂面だ。

「父さん……？」

父はしばらくこちらを睨んでいたが、やがて目を伏せた。ほんの一瞬、柔らかい表情を見せたような気がした。

「何だか変だな。音山、どうして父さんと一緒にいるの」

返答はない。みな、黙ったままだ。

福原はだんだん怖くなってきた。

「あっ」

三人が遠ざかっていく。

「待ってよ、みんな」

いや、違う。みなはそこを動かない。福原だけが現実に引き戻されていくのだ。そんな福原を三人はぼんやりと見つめている。何か言いたそうな、その目――。

眠りから覚めた時、福原は冷や汗をかいていた。

そよ風にカーテンが揺れ、窓から暖かな光が差し込んでいる。平和そのものの院長室を見回しても、しばらくこっちが現実だと飲み込めなかった。

やがて大きなため息をつき、ハンカチで額を拭いてから、すっかり冷めてしまったコーヒーをすすった。

内容は忘れたが、気味の悪い夢を見たという感覚だけが残っている。窓のそばに立ち、太陽の光で体を温める。まだ心臓がどきんどきんと脈打っていて、嫌な感じだった。

辻村浩平の脳内で再び血管が破れたのは、その一週間後。年明け早々の出来事であった。

†

藍香はソファに深く座って膝を抱えたまま、ぼうっと壁の模様を眺めていた。

カレンダーの一月三日という文字が、無意味な記号に感じられる。大晦日もお正月も、どこか遠い国で行われている祭りのようだった。

浩平が入院してからというもの、藍香の生活の中心は病院だった。毎日病院に出かけては面会申し込みの紙に記入し、札(ふだ)を貰ってICUに入る。意識のない浩平に話しかけ、十五分が過ぎた頃に出る。タイミングが合えば福原に病状の説明をしてもらう。すぐ帰る気にはなれず、かといって他に行く当てもなく、院内の喫茶店で飲み物を買い、中庭で病室を見上げながら時間をかけて飲む。その繰り返し。

　同じように年末年始などない人が、病院にはたくさんいた。

　時間を問わずに救急車は飛び込んでくるし、ナースコールも響き渡る。廊下で項垂れたまま背を撫でてもらっている人がいて、車椅子の上で顔を覆っている人がいた。きっとその人たちの家族や友人も、自分と同じ気分だろうと藍香は思った。

　机の上でスマートフォンが震えだした。病院からの電話にあまりいい知らせはない。それでも出ないわけにはいかず、藍香は手に取って応答する。

「武蔵野七十字病院の福原です」

　その口調で、もう嫌な予感がする。

「辻村です。お世話になっております」

「浩平さんの頭の中で、出血が起きてしまいました。血腫ができています。これから手術で取り除きたいと思います。ご同意いただけますか」

「またですか」

　思わず、そう口をついて出てしまった。

「この間も手術しましたよね。浩平の頭を切ってまで」

「はい」

　福原の声には、悔しさが微かに滲んでいる。

「あの手術が失敗だったということですか」

「いえ、成功でした。血腫も脳動静脈奇形も、完全に取り除きました。ただ、今回の出血はまた別の場所なんです」

「どうしてそんなにあちこち血が出るんですか」

「それなんですが……」

福原は早口ではあったが、丁寧に説明してくれた。

そもそもエクモやインペラという機械で血を送る行為そのものが、出血のリスクとなること。最初の出血については、浩平の体質、それから血が固まりにくくなる薬、抗凝固薬（ヘパリン）を少量ながら投与していた影響があったこと。しかしこの薬を使わないと、今度は血管の中に血の塊、血栓ができやすくなる。血栓は体のあちこちで詰まる危険があるほか、エクモの回路にも入り込む。詰まった回路の交換はできるだけ素早く行うとはいえ、その最中は心臓が止まっているのと同じ状態になるため、体にダメージが出てしまう……。

藍香は正直、話についていくだけで精一杯だった。

それでもぎりぎりの状況の中、医者が懸命に最善を尽くし、浩平の命を繋ぎ止めようとしているのは伝わってきた。

スマートフォンを握る手に、ひどく力が入っていた。

思い通りにならない病状が悔しい。せめて怒りをぶつける相手が欲しい。しかし医者を憎むのは筋違いだった。

福原が繰り返した。

「手術のご同意を」

「わかりました。どうかよろしくお願いします」

「ご来院された際に、手術の同意書にご記入ください」

頷き、藍香は聞いた。

「あの。助かるんですよね」

「助けますとも。全力で」

迷いのない声だった。彼を信じ切れたらどんなに楽だろう。だが、この医者はいつかもそう言った。

藍香はクッションを抱きしめ、しばらく顔をうずめた。腹の底でうごめき始めた不安に必死に蓋をして、立ち上がる。淡々とコートに袖を通し、ハンドバッグを手に取る。軽くリップグロスだけ唇に引いて、部屋の電気を消し、病院に向かって家を出た。

†

食堂のメニューに七草がゆと書かれているのを見て、福原は久しぶりに日付を意識した。ついこの間、元旦だったような気がするが。

ふと気づくとあっという間に時間が過ぎている。それだけ一日一日が濃く充実している。しかし不思議と疲れや迷いは感じない。朝起きれば元気いっぱい。三時間しか寝ていなくても平気で仕事ができ、急患があればいつでも飛び出していく。

福原は自分の体力、気力に自信を持っていた。たとえるなら、ろくに休まずとも、どこまでも走り続けられる名馬。自分はそういう力を生まれつき与えられたらしい。が、たまに患者が少ない日など、なぜか不安が頭をよぎったりもする。自分は一度足を止めたら、二度と立ち上がれないのではないか――。

ステーキ定食を注文しようとした時、ＰＨＳの電子音が鳴った。

「はい、福原」

福原は列を離れて電話に応じる。

「そうか。わかった」

眉間に皺を寄せて頷く。

「よし、スタッフを集めてくれ。大丈夫だ、すぐ行く」

列に戻れるよう、一人の職員が場所を空けていてくれたが、福原は笑って首を横に振ると、空のトレイを返却口に下げた。

もう、腹一杯食べるような気分ではなくなっていた。

会議室に入ると、すでに他のスタッフは全員揃っていた。みな、暗い顔をしている。

「辻村さん、また脳出血だって？」

福原はため息交じりに席につく。

「はい。これで三回目になります」

電子カルテに目を落とす。

辻村浩平さんは入院からすでに二週間が経過。しかし未だに心臓が動き出さない。その上、出血が依然としてコントロールできない。さらに、数日前からは腎機能が低下し、透析が必要になっていた。

「この状況では、もう……」

誰かの呟きを最後に、会議室は静まり返った。

みな、うすうす結論はわかっていた。だがちらちらと福原を見るばかりで、口にはしない。

福原が奥歯を嚙みしめる音が響いた。

「何か方法はないのか」

頭を抱え、ほとんど独り言のように漏らした。福原がそう言うということは、もはや病院としての敗北宣言に等しかった。

「ここが治療限界です」

スタッフの一人が言う。

「もはや打つ手がありません。不可逆的な脳へのダメージがあるため、補助人工心臓も適応外になります」

「わかってる」

福原は拳を握りしめる。力一杯握りしめたその手に、筋肉が浮き上がっていた。また別の医者が言う。

「本当なら、最初の出血時に終わっていました。あれから一週間以上もったんです。私たちは最善を尽くしたと思います」

「そんな言葉。何の慰めにもならない」

深い怒りを押し殺したような福原の声。相手は一瞬ひるんだが、やがて悲しげに続けた。

「もはや回復は望めません。緩和ケアに切り替えるタイミングかと」

福原は顔を上げ、充血した瞳で相手を睨みつける。だがすぐに頭を振ると、苦虫を噛みつぶしたような顔で俯いた。

「そうだな。すまない」

スタッフに八つ当たりしたって仕方がないのだ。

大きくため息をつく。息がどこまでも吐けそうな気がした。体中の空気が、全部出て行くようだった。椅子の固さが、部屋の冷気が、しんしんと伝わってくる。

「助けたかった」

ぽつりと零れた言葉は、静寂の中にかき消えていく。

「これまでのみんなの努力に感謝する」

福原は顔を上げ、仕切り直した。

「辻村さんのご家族は？」

「今、奥さんがちょうどいらしてます」

看護師の言葉に頷く。

「わかった。これから行こう」

それが何を意味するのか、全員が理解していた。

福原はスタッフを一人引き連れてICUに入り、ゆっくりと歩いていく。

辻村浩平は一番奥のベッドに寝かされていた。すぐ横で、妻の辻村藍香が寄り添うように座り、愛おしそうに夫の顔を覗き込んでいる。今なお、装置は精力的に血を入れ替え続けているが――浩平の心臓はほとんど動いていない。

「どう、具合は」

藍香の声が聞こえてくる。

「私は元気だよ。毎日のストレッチも続けてる。こうくんもちょっとだけ、顔色良くなったかな」

その手が優しく撫でている顔を、福原は見た。

入院生活と度重なる手術により、浩平の姿は変貌している。

それは一言で言えば悲惨だった。

瞼(まぶた)は赤く腫れ上がり、うつろな瞳の焦点は合っていない。頭は左右が非対称、左側がむくんで膨らんでいる。黒くて艶のあった短髪はすっかり剃られ、頭皮にはみみず腫れに似た手術の跡が走り、医療用ホチキス(ステープラー)で留められている。口には太い管、鼻からは細い管、そして頭からはケーブルが出て横の装置に繋がり、首にも管が入っている。見た目ではわからないが、左の頭蓋骨の一部は外されていて、腹の皮膚の下に埋められている。布団をめくれば、手首や足の付け根から管が出ているのも見えるだろう。

「かぶれちゃって、可哀想に」

　チューブの触れる唇の横は、赤く爛れてしまっている。

「そうそう、おせち料理、凄かったよ」

　広い病室に、藍香の声と電子音が響く。

「受け取った時、重くてびっくりしたもん。一段目を開けたらロブスター？　大きな海老が、ドーンと。初めて食べたよ、噛み応えがあった。それから甘露煮にも驚いたな。緑色の梅の実みたいなのがコロコロ入ってるから何かと思ったら」

　口に放り込んでかじる仕草をしてみせる。

「若桃だって。育つ前に摘み取った小さな桃。あんなに爽やかで甘いなんて知らなかったな。舌触りが滑らかで、種まですっと歯が入るんだよ。こうくんは食べたことあったの？　それとも食べてみたくて注文したのかな。どこから見つけてくるのか、いつも不思議に思うよ」

　浩平は答えない。

「安心してね、ロブスターも甘露煮も、まだたくさん残ってるからね」

　藍香が俯く。声が震えていた。

「そもそも私一人には多すぎるよ。早く食べないと、傷んじゃうよ」

　膝の上でぎゅっと握り込まれた拳。

「早く帰ってきてよ。食べてよ。あんなにたくさん頼んでさ、私、あんなに、どうしたらいいか……」

福原は一歩進んだ。

「辻村さん」

ようやく藍香はこちらの存在に気づいたようだった。怯えたような瞳が福原に向けられている。

「別室でお話しできますか」

どうしても低い声になってしまう。

「はい」

顔をこわばらせて藍香が頷いた。

†

殺風景な部屋の中、藍香は医者二人と机を挟んで向かい合っていた。福原にしては珍しく切り出しづらそうである。普段なら合う目が合わず、ほとんど反射的に返してくれる微笑みすらない。

やがて福原は口を開き、手短に病状を説明してから、ぽつりと言った。

「誠に残念ながら、回復して家に帰るという目標は、達成できそうにありません」

えっ、と思わず呟く。そのまま口が引きつって声が出ない。

「取れる医療行為が、もうないんです」

心臓を鷲掴みにされたような感覚だった。

「でも」

口の中がからからに乾いている。声がかすれる。

「でも、助けると。必ず、助けると言ったじゃありませんか」

福原は口をへの字にし、眉間に皺を寄せて俯く。

「はい。言いました」

それは乾いた果実から無理やり絞り出したような声。

「そのためにあの機械を使うって話だったじゃないですか、そうですよね？」

「仰る通りです」

福原は言い返さなかった。

「こうくんはあんなに頑張ったのに。頭を切ったんですよ。ボロボロになってまで闘ったのに、それなのに……」

悔しそうに福原の表情が歪む。

「だめなんですか」

すがるように藍香は言ったが、返事は端的なものだった。

「はい」

じゃあこれからどうするつもりなんですか。藍香はそう聞こうとしたが、その先の未来が恐ろしくて口をつぐむ。代わりに福原の横にいた医者が、慎重に言葉を選んで説明した。

「私たちは、目標を『回復して家に帰る』から、『できるだけ痛くない、辛くない状態にしてあげる』に切り替えるべきだと考えています。つまり緩和ケアへの切り替えです」

「それは、つまりどういうことなんでしょうか」

「まず、透析や輸血、輸液をやめます。それから医療用麻薬を入れて、痛みをなくします。その上で」

一つ唾を飲んでから、相手は続けた。

「インペラを止め、エクモをフローダウン。つまり、停止します」

「止めるって。浩平は今、生きているじゃないですか。装置のおかげだとしても」

藍香はきょとんとした。

「はい」

「心臓はほとんど動いていないんですよね。それなのに装置を止めたら、浩平は」

「ですが、エクモを続けるよりは痛みが減ります。私たちは緩和ケアの形で、ベストを尽くしたいと」

そこで福原が身を乗り出し、隣の医者を制止した。軽く首を横に振ってから、藍香を真っ直ぐに見て、言葉を濁さず言った。

「そうです。装置を止めたら、もって数分、長くても数時間でしょう」

その充血した瞳を見たとたん、藍香は息ができなくなった。

深い池に投げ込まれたようだ。目の前が暗くなり、音が遠くなり、肌の感覚は鈍り、あるのはただ骨に染み込むような寒さだけ。

叫びたかった。が、何と叫べばいいのかわからない。

暴れ回りたかった。が、何に対して怒りをぶつけるべきかわからない。

「お気持ち、お察しします」

もう一人の医者の声が遠くに聞こえる。

「今すぐにという話ではなく、たとえば立ち会いたい方がいらっしゃるのなら、そのタイミングに合わせて停止することもできます。ご家族と相談していただけますか」

ああ。

もう、だめなんだ。

藍香の心を暗い諦観が覆っていく。

こうくんは戻ってこないんだ。もう終わりなんだ。何もかも。

いつからか、そんな気は少し、していた——。

大きな涙が一滴、零れて落ちた。

「わかりました」

浩平の両親や、兄弟の顔が思い浮かぶ。できることなら、彼らも死に目に会いたいだろうけど。

「では、今すぐ止めてもらえますか」

「よろしいんですか」

「はい。もう、私はこれ以上」

喉が震えた。涙がぽろぽろと落ちた。嗚咽をこらえながら、懸命に藍香は口を動かす。

「こうくんを苦しませたくない。あんなに頑張ったんだもの。まだ無理をさせるなんて、可哀想だよ……」

それで自分が親戚に責められたとしても、構わない。いや、あの痛々しい姿を見れば、みんなわかってくれるはずだ。もう、こうくんを、楽にしてあげたい。

「お願いします」

藍香が顔を上げると、二人の医者が神妙な顔で頷いた。

「では、停止します」

装置の前で男性が何やら手を動かし、操作した。ややあって、ずっと響いていたモーターの音が消えていく。管の中を行き交う血の流れが止まる。

藍香は目の前の光景を理解するので精一杯だった。感情が追いついてこない。かといって冷静なわけでもない。

ここは、どこなんだろう。

違う世界に来てしまったみたいだ。帰りたいな。元気なこうくんがいるあの世界に、帰りたいよ。

静かだった。福原も看護師も、一言も口を開かない。

みなが見つめている前で、浩平の右の瞳孔が開き始めた。二つの瞳孔が同じ大きさになっていく。それと同時に何かが変わっていった。彼の体にずっと宿っていたものが抜け、消えていくのを感じた。

「あ……」

藍香が思わず手を出し、その空中にかき消えていく何かを引き留めようとした時だった。

ピーッと電子音が鳴った。

心電図の波形が直線に変わっている。福原が丁寧な仕草で聴診器を取り出し、浩平の胸に当てる。次に胸ポケットからペンライトを取り、瞳に当てたのち、時計を確かめた。

「一月七日、十一時十二分。お亡くなりになりました。本当にお疲れ様でした」

そのまま福原は動かない。誰も何も言わない。

藍香が言うしかなかった。

「これまでありがとうございました」

その声が合図になったかのように、医療者たちが動き出した。福原は頭を下げて立ち去り、浩平の周りに何人かの看護師が集まってベッドごと移動させ始める。藍香のそばにはまた別の看護師がやってきて、慣れた調子で告げた。

「これから浩平さんの体に繋がった管を抜きます。その間に先生が死亡診断書を作ります。その後、退院について一階受付で手続きしていただきます。葬儀社さんなどはお決まりでしょうか。もし良ければ、病院と提携している会社さんのパンフレットをお持ちしますが」

「そうしてください」

「では、先ほどの部屋でお待ちいただけますか」

「はい」

　ＩＣＵを出て、ロッカーからハンドバッグを出し、藍香は廊下を歩いていく。

あたりにはたくさんの人がいた。

車椅子に乗った人も、点滴棒を抱えている人も、一見元気そうな人も、子供も。

おじいちゃん、僕カルピスがいい。

声が聞こえてくる。

齋藤様、三番待合室にお入りください。

みんなの人生はまだ続いている。明日も、明後日も、続いていく。それなのに浩平の人生だけが終わったらしい。終わったって何だろう。どこに行ったというのだろう。

帰りたいよ。この世界は違うよ。わかった、やるから。帰してくれるまで、ここでの私の役はやっておくから。だから早めに元の世界に帰してください。どうかお願いします。

　心の中で繰り返しながら、藍香は部屋の扉を開く。爽やかな日差しが窓から差し込んでいる。外は快晴だった。

　全てが間違っている、そう思った。

福原は腕組みしたまま、虚空を眺め、押し黙っていた。

†

「それでは外科の定例カンファレンスを始めます」

大会議室に集まった医師たちが、順番に手術の予定について報告し、意見交換を進めていく。

「それでは次の件。脳動脈瘤の患者さん。この手術は明日……」

会話が耳に入ってこない。無意識のうちにため息が出る。軽く貧乏揺すりをしてみたが、余計に気が散るばかりだった。何人かの医師が会話の傍ら、こちらに目をやる。自分が雰囲気を悪くしているのはわかっていた。

「福原先生？」

席を立つと、隣の医者が心配そうな顔をした。

「いや、すまん。少し顔を洗ってくる」

「疲れているのでは。無理もないですよ、辻村さんの件があったばかりですから」

気を遣わせて申し訳ない。一方で、その配慮が煩わしくも感じた。

「大丈夫さ。進めておいてくれ」

無理に笑顔を作って言う。その時、別の医者から質問が飛んできた。

「あ、福原先生。この脳動脈瘤の手術、執刀はどうしますか。患者さんは福原先生を希望されてますが、もしお忙しいようなら私が」

「俺が切るよ」

「ですが」

「俺が切ると言ってるんだ」

少し語気が荒くなってしまった。福原は返答を待たずに廊下に出る。これ以上話していると、怒鳴り声が出そうだ。扉を閉める大きな音が響いた。

室内からは誰かが取りなす声が聞こえてきた。

「一人死ぬたびにあそこまで不機嫌になられると、こっちも困ってしまうね」

「仕方ないですよ。院長先生は熱い人ですから」

軽い笑いがあったのち、議題は次へと進んでいく。

やり場のない想いを抱えながら、福原は廊下を歩いていった。

†

「では、私どもはこれで失礼します」

葬儀社の女性は深々と礼をする。

「よろしくお願いします」

藍香が顔を上げるまで、彼女は頭を下げ続けていた。最後にもう一度会釈し、足音一つ立てずに玄関から外に出る。

さすがプロだ、と思った。

歩き方、話し方、全ての立ち居振る舞いが礼儀正しく、厳かだった。ちょっと仰々しすぎるくらいだ。エレベーターホールに向かう彼女の背をぼうっと眺めていると、入れ違いにこちらにやってくる人影が見えた。

「母さん？」

すぐに向かう、と聞いてはいたが、神戸からの距離を考えるとかなり早い。きっと取るものもとりあえず飛んできたのだろう。まるで近所に買い物にでも行くような格好で、ハンドバッグ一つと風呂敷包み一つだけ抱えている。

「とんだことになって、お前……」

母は藍香を見ると、小走りに近づいてきた。藍香は扉を開けて中に招き入れた。

「まあ入って、母さん。疲れたでしょう。家のことは大丈夫なの」

「私はいいんだよ。それより浩平さんは」

「今、葬儀社さんに運び込んでもらったところ。頼んだもの、買ってきてくれた？」

靴を脱ぐのを途中で止めて、母はハンドバッグから黄色いビニール袋を取り出した。

「本当にこんなものでいいのかい。お前が言う通りにしたけれど」

藍香は受け取って中を覗く。いかにも安物といった感じのウィッグが入っている。

「二千円だよ、それ」

「ありがとう。ちゃんとしたカツラは、納棺の時に葬儀社の人が持ってきてくれるって。ただそれまで寒そうだから」

「そうかい」

母と一緒に居間に入る。その先では二つの部屋が、扉が開け放たれたままになっていた。

「ああ。浩平さん……」

駆け寄る母を、藍香はただ黙って見つめる。

二つの部屋は対照的だ。モノクロのシンプルな家具ばかりが並ぶ藍香の部屋。物が少なく、整理整頓されていて、浩平に言わせれば「会議室じみている」。嗜好品と言えそうなものは、スティック入りの梅昆布茶くらい。

一方、浩平の部屋は色彩豊かだ。壁にはステッカーやジグソーパズルが飾られ、オーディオセットやオカリナ、アロマキャンドルなどが所狭しと並んでいる。流木を組んで作った棚には何種類ものコーヒー豆の缶が、手回し式のミル、そしてココナッツオイルやハチミツの瓶と一緒に並んでいた。

その部屋の真ん中で、浩平は布団に寝かされている。顔に白い布がかかり、枕元に線香が立てられている。

「冷たいね」

手に触れた母がそう言った。

「ドライアイスが布団の中に入ってるから」

「そう。本当なんだね。信じられなかったけれど。こうして見ると、本当に本当なんだね……」

しばらく二人で黙っていると、母が急に振り返った。

「あんた、ご飯は食べたの」

「いや、まだ」

「おにぎり作ってきたから、少しでもお腹に入れなさい。それからお風呂がまだなら入ってきたら。親戚への連絡は私がやっておくから、誰に電話すればいいかだけ教えて。さあ」

「大丈夫だよ、ほとんどの人には連絡し終えてる」

「大学時代の友達なんかには？　たくさんいるでしょうに」

「とりあえず祥子に伝えた。彼女からみんなに連絡してくれるって」

「いい友達に恵まれたね。で、辻村のご両親には」

母がごくんと唾を飲む。

「真っ先に伝えたよ。明日、揃って伺いますって」

母はしばらく沈黙してから、一つ息を吐いた。

「心づもりをしておいた方がいいかもね。取り乱されるかもしれないから」

電話口での義母のかすれ声を思い出し、藍香は俯いた。その肩を母が抱く。

「藍香。とにかくあんたが一番疲れているはずだから、無理はしないこと。葬儀社とのやり取りも、私ができるところはやるから。いいかい、もう一度言うけれどご飯とお風呂、それが一段落したら寝なさい」

「母さんはどうするの」

「ここにいた方がよければいるし、あんたが一人でいたいなら帰るよ」

「帰る？　宿はどうするの。父さんもこっちに向かってるんでしょう」

「そのへんのビジネスホテルに泊まるから平気だよ。あんたはどっちがいいの」

「でも、母さんが」

「人の心配なんかしなくていいから。とりあえずどこでもいいから座りなさい」

「でも、私」

病気になって苦しんだのは浩平だ。自分はただ病院に通っただけ、医者の話を聞いただけ。もっと何かしなくては、そんな気がしてならなかった。

母は、普段の温和さとは別人のように真剣な顔で付け加えた。

「藍香、鏡を見て来なさい。ひどい顔色だよ」


言われた通りに藍香は風呂に湯を張り、ゆっくりと浸かった。少し血色が良くなったのを見て安心したのか、母は満足げに頷くと「また明日来るから」と言って出ていった。テーブルには味噌汁とおにぎりが用意され、「栄養を取ってちゃんと寝るように」と書き置きが残されている。

食物を目の前にすると空腹を感じた。

藍香はお椀を取り、少しだけすすってみる。

温かい味噌汁の風味が、全身に染み渡るようだった。味噌汁の中におにぎりを放り込み、箸でかき回す。お米の粒が味噌の中を泳いでいる。

ふと大きなゴミ袋が台所の脇に置かれているのに気がついた。母がまとめてくれたらしい。冷蔵庫に入れっぱなしだったクリスマスケーキやおせちの箱が、すっかり傷んだ残飯に塗(まみ)れているのがビニール越しに見て取れた。

食べ終わり、箸と一緒に空になったお椀をテーブルに投げ出したまま、藍香はぼうっとしていた。外は少しずつ暗くなっていく。

浩平の部屋の扉は閉まっていた。母がそうしていったのだろう。

その光景を眺めていると、ふと懐かしくなった。

たまに喧嘩すると、こんな感じだったな。

きっかけはいつも些細なことだった。

だいたい始まりは藍香の一言から。「こうくん、何度言ったらわかるの。靴、出しっぱなしにしないで」とか。「せっかく買った玩具(おもちゃ)、こんなところに転がってるけどいらないの」とか。

大抵の場合、浩平は素直にごめんと謝るのだが、時にはムッとした顔で言い返してくる。

「また仕事の八つ当たり？」

ここで藍香が頭を下げればいいのだが、引けない時もある。

「何言ってんの、悪いのはそっちでしょう」

「言い方が意地悪なんだよ。もっと優しく言って欲しい」

「疲れてるんだもの。余裕がないの」

「こっちだって」

言い合いが激しくなると、藍香は口数が少なくなり、声がどんどん低くなっていく。浩平は逆で、饒舌（じょうぜつ）になって甲高い声を上げ始める。いつかデートした時の態度も嫌だったとか、ずっと我慢してたけど歯磨き粉も元の場所に戻してないとか、話はどんどん広がっていく。やがて浩平は「じゃあ別々に暮らせばいいじゃないか！」と、扉を閉めて部屋に閉じこもってしまうのだ。

藍香は居間に一人になる。

何なの、あいつ。いない方がせいせいする。

しばらくは録り溜めしてあるドラマを勝手に見たり、ソファを独り占めして本を読んだり、やりたい放題だ。こっそり買っておいた堅あげポテトのうすしお味だって、堂々と食べられる。だが、それも一時間と続かない。藍香はちらちらと、浩平の部屋に目を向けてしまう。扉が動く気配はない。

いつまで意地を張るつもりだろう？　堅あげポテト、なくなっちゃうけど。中で何してるんだろう。ヘッドホンで音楽を聴いているのか、プラネタリウムでも触っているのか、ハンモックでふて寝か。

だんだん不安になってくる。

このまま仲直りできなかったらどうしよう。扉の向こうではキャリーケースにあれこれ詰め込んでいて、いきなり「僕、出てくから」と言い出したら。

どれだけ凝視しても、扉は透けて見えない。

このまま離婚になってしまったら。浩平ならいくらでも結婚相手が見つかるだろうけれど、私なんか浩平に捨てられたら終わりだ。一生一人だ。お婆さんになっても、浩平との思い出を引きずったまま、惨めに生きていく。そんなの嫌だ。

「こうくん。ごめん、私が悪かったよ」

耐えられなくなり、藍香は勢いよく扉を開ける。

すると浩平がいる。音楽も聴かず、プラネタリウムも点けず、扉のすぐ前で座り込んで、じっとこちらを向いている。赤く腫れた目を瞬かせ、声を震わせる。

「あっこ」

「こうくん、そこで何してるの」

浩平は目を伏せる。

「別に、何もしてない。つまんない。何やっても、あっこがいないと面白くない。あっこに振られて別々に暮らしたら、ずっとこうなのかなって思ってた。あっこはすぐに恋人ができるだろうけど、僕は毎日何にも楽しくなくて、お爺さんになるまで一人ぼっちで。そう思うと惨めで、こうして念じてたら、喧嘩する前に戻れないかなって、それで……」

「バカ」

藍香は思わず笑ってしまう。その拍子に一粒だけ、涙が零れる。藍香は浩平の胸に飛び込んでいく。うわっ、と驚きながらも浩平は受け止めてくれた。浩平の体。ごつごつしていて、ほっとするような匂いがして。

「ごめんよ。さっきのは嘘。僕、あっこと一緒がいい」

「私も。こうくんより素敵な人なんていないよ。ほら、堅あげポテト食べよ。半分残してあるから」

二人で居間に戻り、テレビをつける。ぽりぽりとスナックをかじる音がする。軽く手を握り合ったまま、どちらからともなく言う。

「死ぬ時は、一緒に死ねたらいいね。一人になるのも、一人にするのも嫌だもの……」

部屋は、真っ暗だった。

開けた扉に手をかけたまま、藍香は浩平の部屋を覗いて立ち尽くしていた。線香の煙が漂っている。

藍香はよろけるように中に入ると、布団のそばに、静かに体を横たえた。安物のウィッグをかぶせた頭をそっと撫で、冷たい手を優しく握ると、寄り添いながら目を閉じた。

†

またこの夢か、と福原は独りごちた。

遊園地の中、少年の自分が歩いている。あたりは濃霧に包まれていたが、たくさんのお客さんがいるらしいことはわかる。音楽はどこか調子っぱずれで、不協和音が多い。空は薄暗くどこかでカラスが鳴いている。閉園が近いのかもしれない。

何度か躓きながらも、福原はあのテーブルへと辿り着き、椅子に座った。いつかと同じように母親がいて、そばには音山と車椅子に乗った父もいた。

「母さん」

それだけ言ったものの、何を話したらいいのかわからなかった。

「俺……助けられなかったよ」

俯いて己の足元を見る。赤色の子供っぽいスニーカー。

「全力は尽くしたんだ。嘘じゃない。辻村さんはまだ若いし、勝算は十分あった。でも、だめだった」

木枯らしに吹かれて落ち葉が転がっていく。

「自分がたまらなく無力に感じる。何百人、何千人と助ける中でたった一人、運の悪いケースがあっただけだと、みんなは思うかもしれない。だけどその一人は、誰かのかけがえのない人なんだ。俺にとっての母さんと同じで。数字じゃないんだよ」

母は優しく笑ったまま、福原の言葉を待っている。

「時々思う。俺は大きな力に懸命に抗っているようで、実際にはただ押し流されているだけなんじゃないか。手術も薬も最新の医療機器も、自己満足に過ぎないんじゃないか。どれだけ頑張っても、俺はずっと、苦しいんじゃないかって」

すぐ横に革靴が見える。顔を上げると大学の同期、桐子修司（しゅうじ）が立っていた。色白の肌。虚無的な瞳でどこか遠くを見ている。

「ああ桐子、お前も来たのか」

桐子はちらと福原を見て、すぐに目を逸らし、黙って首を横に振る。ふと福原は、何か嫌な感じがした。

目の前に座っている母親に目を凝らす。

「母さん？」

白いワンピースを着て麦わら帽子をかぶった母親は、さっきから微動だにしない。その微笑みは顔に貼り付けたよう。

目を擦り、よく見ると――それは死体だった。

「ひいっ」

思わず悲鳴を上げる。

おそるおそる手を伸ばし、その白い頬に触れてみた。冷たい。そっと押すと油粘土のような感触。閉じられた目は落ちくぼみ、黒ずんでいる。口角はほのかに上がっていたが、微かに開いた隙間から見える歯茎は濃い紫色で、白い歯とのコントラストが鮮烈だった。

「どうして。どうして、母さん！」

福原は叫んだ。あたりを見回し、助けを求めようとした。

「父さんも……音山もじゃないか」

車椅子に乗っている父も、そばに寄り掛かっている音山も、よく見るとみな死体だった。それればかりではない。霧の中にいる無数のお客さんたちもまた、白い肌で立ち尽くしていた。何人かが糸が切れたように崩れ落ちる。死体だ。死体だらけだ。

「桐子！」

立ち去ろうとする桐子の背を追う。どうやらまだ生きているのは桐子と福原、二人だけのようだった。しかし、桐子は振り返らず、どんどん遠ざかっていく。

「待ってくれ、大変なんだ。母さんが！　それから父さんも、音山もだ。みんな死んでしまった、どうしたらいい？　どうしたら」

母の死体がしなだれかかってきた。冷たい体を受け止めきれず、福原はそのまま石畳に押し倒される。

「どうしたらいいんだよ、誰か」

次々にこちらに死体が倒れ込んでくる。

「誰か来てよ！」

冷たい肉のトンネルの中、福原は必死にもがいた。目の前に子供一人くらいなら通り抜けられそうな小さな隙間がある。あそこから出られる。懸命に身をよじって進んでいくと、突然誰かが向こう側から覗き込んだ。

赤く腫れ上がった瞼、焦点の合わない瞳、膨らんだ左の頭部。手術痕に突き刺さった医療用ホチキス。口や鼻から飛び出した管。

辻村浩平だった。

福原は絶叫と共に飛び起きた。

勢い余って蹴り倒したテーブルから、本や論文のコピーがばさばさと音を立てて落ちる。院長室のソファにうずくまり、福原は頭を抱えて震えていた。

今度は悪夢の全てを覚えていた。忘れたくても忘れられない。自分の頭が作り出したとは信じられないほど、悍ましい夢だった。胃がうごめき、喉の奥が震える。口の中が酸っぱい。えずき、咳き込むと涙が数滴落ちた。

その時、無情にも院長室の電話が鳴った。

「はい」

かすれ声で何とか応じると、事務的な声が聞こえてきた。

「福原先生。脳動脈瘤の手術、そろそろお時間です」

†

辻村藍香は数珠を握りしめ、住職の読み上げるお経を聞いていた。

納棺師が施してくれた化粧のおかげもあり、棺の中の浩平は安らかに眠っているように見える。

また一人、黒い服に身を包んだ親戚が立ち上がり、焼香台までやってくると、こちらを向いて一礼する。藍香も礼を返す。喪主を示す白と黒のリボンが胸元で微かに揺れる。ややあって、香炉からかぐわしい煙が立ち上った。

儀式は滞りなく進んでいく。

葬儀社が説明してくれたプランの中から一番オーソドックスに思えるものを選んでからは、全てがどこか自動的に進み始めた。式の手順も進行も葬儀社の人が教えてくれ、導いてくれる。藍香は必死に流れに沿いながら、意思の力だけでここに座っていた。

本当は、もう何もしたくなかった。

布団の中に引っ込んで、そのまま朽ちていきたかった。

きちんと礼服を着て、薄化粧をして、自分はよく頑張っていると思う。全てを投げ出したくなるたびに遺影と目を合わせて頷く。

やり遂げなくちゃ。こうくんが見てるもの。

やがて読経が終わったところで、司会者が言った。

「この場をお借りしまして、喪主、辻村藍香様より、皆さまにご挨拶を申し上げます」

藍香は立ち上がる。深々と頭を下げてから話し出した。

「本日はご多用の折、亡き夫、辻村浩平の通夜式にご参列いただき、心より御礼申し上げます。夫は昨年の末、劇症型の心筋炎で入院して以来、闘病を続けており……」

内容は葬儀社が送ってくれたサンプルを基に作った。藍香はしばし、覚えてきた言葉を口から再生することだけに集中した。

「お上手ですね」

突然、良く通る声が響いた。

話を中断して顔を上げる。みなが会場の一点を見つめていた。

「本当に挨拶がお上手だと言ったんです」

義母であった。黒い和服に身を包み、小柄ながら存在感がある。その顔は青ざめ、眼は充血し、髪はやや乱れている。今日は藍香と一度も目を合わそうとしなかった彼女が、鋭くこちらを睨みつけ、吐き捨てるように続けた。

「全く気持ちがこもっていない」

藍香は黙って俯く。そんなところがまた義母は気に入らないのだろう、顔が引きつりだした。

「なぜそう冷静でいられるんですか、あなたは。ご自分の責任を感じませんか」

声が、握りしめられた数珠と一緒に震えていた。

「あの子は体が弱いって、何度もお伝えしましたよね。子供の頃は何度も入院したんですよ。忘れもしない、小児病棟では点滴を繫がれた子供がたくさんいて、浩平もその一人だった。私はおかゆをスプーンですくって、含ませるように食べさせた。一口でも、一口でも多く食べさせようと。あなたにその気持ちがわかる？　あそこにいた親は、みんなそうだった。必死だった、必死に育てたんですよ」

藍香側の親戚はざわついていた。だが浩平側の親戚は、義母に好きなようにさせるつもりらしかった。

「何が仰りたいんですか」

藍香がそう言うと、義母はすっくと立ち上がった。鼻の脇に大きな皺が寄っている。

「本当は私、ずっと反対でした。浩平があれほど言うから結婚を許したけれど、もっとふさわしい女性がいると思ってました。やはり私が正しかった」

一歩ずつ、近づいてくる。藍香はただその様を見守った。

「あなた、ちゃんと見てたんですか、浩平の体調を。何のために一緒に住んでたんですか」

義母はすぐ目の前だ。皺だらけの手を突き出し、射貫くように藍香を指さす。

「二十六ですよ、二十六！　どうして？　どうしてあの子がこんなに早く。私がどれだけ……どんな思いで、これまで……返して、返してください、浩平を。返せよ、あんたが殺したようなもんじゃないか！」

ほとんど悲鳴だった。

顔合わせの食事会と、結婚式と、毎年の正月。顔を合わせる機会はそれくらいだったが、義母はいつも品が良く、礼儀正しい人だった。今や豹変した彼女が一歩踏み出し、藍香の喪服の袖を掴む。

「この女は、私からこうちゃんを奪って！　嫌がらせに、死に目にも会わせなかったんだ！」

「違います、私は」

目の前に火花が散った。気づくと藍香は天井を見上げ、床に尻餅をついていた。鬼のような形相の義母が、馬乗りになっている。どうやら勢い余って、二人とも転んだらしい。

「やめてください、藍香の気持ちも考えてください」

「藍香さんのせいじゃないでしょう」

双方の親戚が群がり、二人を引き剥がす。義母は両手を押さえられながらも、まだ足を踏みならし、何事か喚いていた。そのそばに悲しそうにこちらを見下ろしている義父と、眉間に皺を寄せて刺すような視線を向けている義兄二人の姿があった。

口にはしないものの、彼らも同じ気持ちなのだろう。義兄などは、良く言ったよお母さん、と言わんばかりに義母の背の埃を払っている。

そうですか。

藍香は小さく息を吐く。誰かが渡してくれたハンカチで口元を拭く。少しだが血がついた。

冷静に見えますか。平然と喪主をしているように見えますか。浩平を殺した殺人者に見えるんですか。

見えるんでしょうね。

怒りは湧いてこない。

自分が代われるものなら、代わりたかったですよ。

心の底蓋が抜けたように、虚しさばかりが広がっていく。

むしろ義母が羨ましかった。誰かのせいにして気が晴れるなら、どれだけ楽だろう。同情もした。この人は、まだ現実に追いついていないのだ。私を責めることで何かの取り返しがつくと、勘違いしているのだ。

「私のことはどう思ってもらっても結構です」

藍香はゆっくりと立ち上がる。自分でも驚くほど冷たい声が口から出た。

「でも、弔いのために設けた席です。こんな形では供養にならないでしょう。私が気に入らないのなら、いっそ別々に執り行いませんか。この後のお食事も、明日の葬儀も、今後の法事も全部そちらの家とは分けてやりましょう。そして金輪際、顔を合わせなければいい」

　義父たちの顔色が変わった。

「いや、それはちょっと。さすがに」

　どうして今さらうろたえるのか、わからない。

「そうされたいのかと思いましたが。私はどちらでも結構です。挨拶を続けますね」

　項垂れている義母をよそに、改めて会場を見渡す。

「皆さま、失礼いたしました。ささやかではございますが、別室に通夜振る舞いの席を設けております。ぜひ召し上がっていただき、故人を偲んでいただければと思います。本日はありがとうございました」

　ぺこりと藍香が頭を下げると、しばらく沈黙が場を支配した。やがて司会者が「皆さま、お食事の席は左手から出ていただき、右手に廊下を進んだ先、さくらの間になります」と後を引き取った。

　ぞろぞろと移動し始めた親戚たちを案内するため、藍香は歩き出す。自分という人形を、どこか遠くから操縦しているような気分のままで。

　今日は通夜。明日は葬儀をして、告別式を行い、火葬となる。

　今はただ、己の役割を果たそう。

　藍香は繰り返し、自分に言い聞かせた。

うらぶれた街の一角、雑居ビルの二階に、「桐子医院」と手書きの看板が出ている。設備が貧相な割に常連客は多いが、初めて訪れた者は驚くだろう。看板には堂々とこんなことが書かれているからだ。

「診療時間、だいたいお昼前〜あまり遅くならないくらいまで」

それだけでも眉をひそめる人がいるというのに、院長の桐子修司はさらに余計な一言を加えようとしていた。

†

「この張り紙はどういうことですか、桐子先生」

唯一の看護師である神宮寺千香が文句を言う。

「何が」

「『しばらくの間、雨天休診』って。これ以上患者さんに喧嘩を売らないでください」

「僕、低気圧が来ると体調が悪くなるんだよ。今日もそうなんだ」

確かに桐子の顔色はよろしくないが、もともと彼は色白だし、仕事を休むほどとは思えない。

「雨天というのは、どういう意味ですか」

「え？　雨の日だけど」

「一日中降る日ばかりじゃないですよね。たとえば朝にちょっとだけ降って、昼前に止んだ場合はどうするんですか」

桐子は、はたと顎に手を当て、考え込む。

「混乱を招くのは良くないね。いっそ正直に、院長の気分次第で休診と書いてしまおうかな」

「ちょっと、桐子先生！」

桐子は室内に取って返すと、あくび交じりに椅子に腰を下ろした。この人にはどうもやる気というものが感じられない。神宮寺としては嫌味の一つも言いたくなる。

「誰かさんと違って、福原先生は今頃精力的に働いているでしょうね」

「うん、彼はきっとそうだね」

「かたや大病院の院長。かたや、ボロビルのサボり魔。大学の同期で、どうしてここまで違うのか」

桐子はくすくすと笑った。

「比べること自体が間違ってるよ。彼は僕とは全然違う。並外れて強い体と精神を生まれ持っただけじゃない、全ての人を救おうと燃えているし、それができると信じてる」

ポットからお湯を注ぎ、少し水道水を混ぜる桐子。

「全ての人を救おうって……医者はみんなそうでしょう」

「まさか」

桐子は即座に否定した。

「医者がどれだけ無力か、医者ならみんな知ってる。僕たちにわかることなんて、ほんの一握りなんだよ。ヒーローには決してなれない。医学という世界で、できる範囲で要望に応じる、そんな一介の職人が関の山だ」

「そうなんですかね。でも福原先生はきっと、ヒーローを目指していますよ」

「そう、彼はそういう男だ。たぶん、その望みは永遠に叶わない。だけどね、むしろ凄みを感じないか。なれそうもないのにヒーローを目指す男は、ヒーローより尊いとは、思わないかい」

「ちょっと、よくわかりませんけど」

　桐子は束の間、陶然とした目を神宮寺に向けた。

「僕は、福原のそういうところを心から尊敬している。ずっと彼の闘う姿を見ていたい。だから彼と同じになろうだなんて、考えもしないよ」

　そう言って無表情に戻り、白湯（さゆ）をすすった。

†

　葬儀でも、藍香は淡々と自分の役割をこなした。弔問客に頭を下げて、焼香をした。誰もが惜しい人を亡くしたと言い、残された藍香を気遣ってくれた。

　ありがたいことだ。

「夫は皆さまのおかげで、充実した人生であっただろうと思います。改めて、故人に代わりまして厚く御礼申し上げます」

　藍香は会場中を見回して、挨拶を読み上げた。

いや、本当にありがたいのだろうか。

心に生じた微かな澱みを、気取られないように言葉を続ける。

「最後になりますが、本日はお忙しいところご参集くださいまして、誠にありがとうございます」

遠くから来てくれた人がいる、忙しい中時間を割いてくれた人もいる。だけど、それが何？　みんな、家に帰れば家族がいるじゃないか。共に人生を歩む人が。独身だとしても、これから出会う可能性がある。未来が待っている。相変わらず恨めしそうな目つきでこちらを見ている義母にだって、夫がいるのだ。

私は違う。

どれだけ遠くに行っても、どれだけ時間をかけようとも、こうくんには二度と会えない。私の人生を二つに分けるとしたら、こうくんに出会うために歩いてきた時間と、こうくんと二人で歩く時間になるだろう。もう、どちらにも意味がない。私には何も残されていない。

藍香の閉じた瞼から、つぅ、と涙が伝い、一文字に結んだ唇に触れた。

この会場で、一番可哀想なのは私だ。そんな私がどうして、お礼を言わなければならないのか。

スピーチを終えて頭を下げると、厳粛な沈黙が会場に満ちた。集まってくれた人たちの顔には、一様に心痛が表れている。藍香にもらい泣きしている人も多い。

悲しんでくれてありがとう。一緒に泣いてくれると少し救われる。でも、あなたたちに私の何がわかるの。どうせみんな、家に帰ったら、家族の顔を見てほっとするんだろうな。そして言うんだ、うちはあんなことにならないように、お互い体に気をつけようねと。結局、他人事だ。


　自分の中で感情が荒れ狂っている。止められない。

「それでは前列の方から順に、別れ花をお願いします」

　司会者の言葉に人が動き始める。一人ずつ、盆から切り花を取り、棺に入れては別れを告げていく。

「どこに行くの、浩平。あなた、どこに行ってしまうの」

　義母は泣き叫びながら、浩平の顔を撫でていた。義兄は人目もはばからず、棺にしがみついてはわんわんと泣いていた。一人、また一人と棺に近づくたびに、そばの藍香に会釈していく。藍香も頭を下げて応じる。ほとんど機械的に、延々と続ける。

「辻村さん。辻村藍香さん」

「はい」

　顔を上げると、葬儀社の人が心配そうにこちらを見ていた。

「お花、どうぞ」

「あ、はい」

　いつの間にか他の全員が喪主を待っていた。藍香は花を取り、棺まで歩み寄る。

「この後、釘打ちをしてご出棺となりますので」

藍香は頷く。白い棺に近づいて、遺体の顔を覗き込む。エンバーミングしてもらったとはいえ、肌は青白く、目の周りに深い皺があり、老いて見える。

藍香は大きな白い花を浩平の頭のそばに置いた。長い睫毛。小さめの唇。細長くて繊細な指に、ごつごつした肩の骨。

ありがとう。これまでこうくんのために働いてくれた、こうくんの体、ありがとね。こうくんの目、こうくんの鼻、こうくんの口。みんな、本当にありがとう。

冷たい肌に触れ、そっと抱き寄せるように撫でた。

こうくんは私と違って、葬式で性格の悪いことを考えたりはしないだろうな。素直でお茶目で、優しい人だった。どうしてあなたがいなくなるんだろう。どうして私が残ってしまったんだろう。どうして……。

残りの花を入れ終わると、棺の蓋が閉められた。

「ご出棺です」

男性陣が棺桶に取りつき、担ぎ出す。車に積み込み、ぱたんと扉が閉じられた。

あっけない。

「それではご親族の方はこちらのバンに。喪主様はこちらへどうぞ」

藍香は促され、位牌を抱えて車に乗り込む。霊柩車はごく普通の黒いワゴン車であった。運転手が弔いのクラクションを鳴らした。みなが見送る中、車が動き出す。

葬儀会場を出てすぐ、渋滞に巻き込まれた。無数の車に囲まれ、じりじりと道を進んでいく。

藍香は窓からぼんやりと外を眺める。これまで何気なく見てきた中にも、死んだ人を乗せた車があったのだろうか。

しきたりの存在を、これほどありがたいと思ったことはなかった。なすべきことが全部決められていて、藍香はただその通りに動けばいい。考える必要がない方が、今は楽だ。

火葬場で、大きな炉に棺が収められていくのを見届けた。待合室でお茶を飲んでいるうちに、遺体はすっかり骨だけになった。竹と木の箸を使い、みなで骨壺に納めた。

お坊さんにお経を上げてもらった。香典返しの手配をした。四十九日忌法要の手はずを整えて、葬儀社に代金を振り込み、相続などの手続きをする。

やることはたくさんあり、内容によっては親戚との相談も必要である。ただ、あれだけ敵意を剥き出しにしてきた義母は、息子の骨を拾ってからすっかり憔悴してしまい、大人しくなってしまった。そのせいもあって話し合いはおおむね平和に進んだ。それでも家に帰ってくるとへとへとで、ベッドに倒れ込むようにして眠りについた。一日一日が、飛ぶように過ぎていった。

浩平が旅立ってから一週間が経つ頃には、だいぶ落ち着いてきた。

身の回りのことをする余裕も出てきた。

藍香は溜まっていた洗濯をし、軽くだが掃除をし、ゴミをまとめた。ずっと捨てられなかったポットの中のコーヒーも、ようやくシンクに流した。少し嫌な臭いを残して、黒い液体は排水口に飲まれていった。

　居間に祭壇を作った。花瓶をどかし、綺麗なテーブルクロスを畳んで敷いて、位牌や骨壺、線香立てなんかを並べた。線香に火をつけ、薄い煙が香りと共に流れていく中、手を合わせて祈った。

　いつの間にか暖かい日が増えていた。

　今日は暖房をつけなくても過ごしやすい。差し込んだ日差しが、居間を優しく照らしている。骨壺や遺影がずっと前からそこにあった家具のように馴染んでいる。

　電話が鳴った。スマートフォンを取り上げる。

「もしもし。辻村さんですか」

　微かな違和感を飲み込んで、藍香は答えた。

「はい、そうです」

　ふと思う。自分はいつまで浩平の姓を名乗っているべきなのだろう。

　相手は浩平が勤めていた会社の人事部で、簡単にお悔やみの言葉を述べると、事務的に続けた。

「死亡退職届と健康保険証、ご郵送ありがとうございました、確かに受け取りました。浩平さんは勤続四年目でしたので、少しですが退職金を出させていただきます。最終給与と合わせて、ご指定の口座に振り込みますね」

「はい。お願いします」

「承知しました。これまで大変お世話になりました」

「こちらこそ、夫が大変お世話になりました。皆さまにもよろしくお伝えください」

スマートフォンを耳に当てたまま何度か頭を下げ、電話を切る。深く息を吐いて、ソファに腰を下ろした。

また一つ、手続きがすんだ。

白い壁を見つめる。

儀式が終わり、代わりに日常が戻ってくる。

つう、と涙が頬を伝う。

片手で拭って首を傾げた。

肌が濡れて、初めて泣いたと気づくような涙だ。水っぽく、生暖かく、なお流れ続けている。日だまりの中に置き去りにされたような気分。どこか心地良くもある。悲しいとか、寂しいとか、切ないとかを、まるで感じない。

ぼうっと時計を眺めているうち、日が沈み、夜になった。部屋は真っ暗だ。窓のそばで寒そうな骨壺を見て、藍香はようやく立ち上がり、明かりをつけてカーテンを閉めた。余勢を駆って台所に向かい、立ったまま残り物を適当に胃に送り込み、またソファに体を沈めた。横のタオルケットを取って体にかけると、そのまま浅い眠りに落ちた。時々目覚めては呆然とし、少しの間泣き、トイレに行き、ちょっと家事をしたり何かを食べたりした。

ふと、疑問が浮かぶ。

辛いは辛いが、何も喉を通らないとか、起き上がる気力が湧かないというほどではない。こんなものなんだろうか。それとも自分は冷たい人間なのか。わからない。

死別についてほとんど何も知らないのだと気づいた。せいぜい映画や本で見たくらい。身近に経験者もいない。

大切な人がいなくなったら、と想像してみたことはある。考えるだけでも恐ろしく、辛かった。そして、おおむね予想通りだった。

だけど大切な人がいなくなった一週間後を想像したことはない。十日後、三ヶ月後、半年後、一年後、全部知らない。どんな気持ちがどんな風にやってくるのだろう。

まあ、いいや。

藍香は黙って首を振り、カレンダーを眺める。

どうせこれから嫌でもわかる。

十日間の忌引き休暇が明けようとしていた。

†

「ちょっと、すまない」

福原はよろめくようにして手術室を出た。額には脂汗が滲んでいる。

「大丈夫ですか」

看護師が心配そうにしている。

「ああ。執刀は室井先生に代わってもらうから。悪いが後を頼む」

手術準備室の隅っこにあったパイプ椅子に体を預け、項垂れた。何度かゆっくりと深呼吸をしているうち、ようやく落ち着いてきた。

どうしてしまったんだ、俺は。

全身の汗が少しずつ乾いていくのを感じながら、福原は自問した。

手術ができない。

最初は手が震えてメスが持ちにくい程度だったが、今は手術室の空気を嗅ぐだけでも気分が悪くなってしまう。心臓が高鳴り、耳元がぴくぴくするほど脈が速まる。視界が狭まり、冷や汗が噴き出し、呼吸が浅くなっていく。我慢して立っていると、だんだんと足元や指先が冷え、震え始める。そして貧血のように気が遠くなっていくのだ。

原因に心当たりはあった。

顔に布をかけられ、手術台に寝ている患者さんが、一瞬青白い死体のように感じる。ひどい時にはそこに、辻村浩平の顔が重なったりもする。

「くそっ」

要するに、怯えているのだ。

拳で頭を叩く。鏡の中の自分を睨みつける。顔色は悪い。

あの日あの悪夢を見てから、歯車が狂い出した。以前はほとんど無意識にやっていたことが、できない。指に変な力が入って結紮(けっさつ)を失敗したり、メスで切りすぎたりする。勝手に誰かが自分を操っているようだ。こうして手術室を離れていれば、嘘のように手は言うことを聞くのだが。

　イップスかもしれない。

　病名で言うならおそらく、局所性ジストニア。自分の体が思い通りに動かせなくなる神経疾患である。原因にはまだわからない点も多く、普遍的な治療法はない。プロ野球選手やゴルファーが、肝心なところでミスをする原因として話題になったりもする。

　外科医がなったとしても不思議はないが。

「冗談じゃないぞ。手術のミスは人が死ぬんだ」

　手に向かって毒づいたところで何も変わらない。福原は立ち上がり、院長室に引き上げるため、歩き出した。

　みじめな気分だった。

　かつては一日に何件もの手術をこなし、この廊下を早足で行き来していたのに。今は同僚に仕事を押しつけ、尻尾を巻いてこそこそと逃げ帰っているなんて。

「前から思ってたんだ。院長のやり方、少し無理があるんじゃないかって」

　ふと聞こえてきた声に、思わず足を止めた。すぐそこの医局で誰かが話している。

「一人一人を本気で救う、そりゃ理想だけどさ。医者になって思うけど、助けたくない患者って結構いるんだよな」

「いる。これ以上飲んだら命に関わるって言ってるのに、ぐでんぐでんに酔っ払って救急車で運ばれてくる奴とか」

「言った通りに薬を飲まない癖に、治らないと怒り出す奴とか。医者を親か聖人だと勘違いしてんだよ」

「こっちは客を選べないからな」

「仕事は仕事、理想は理想。適度に距離を保って働かないと、やってられないよ。院長も、少し割り切った方がいいんじゃないのかな」

福原は歯ぎしりした。

今の自分には何一つ言い返せない。

福原は足音を忍ばせてエレベーターへと向かった。院長室に辿り着き、ソファに倒れ込むと、あとはもう動けなくなってしまった。

夕方、心配した副院長の新渡戸(にとべ)医師がやってくるまで、福原はそこで寝そべっていた。

†

久しぶりの通勤電車。久しぶりの街の雑踏。

会社に近づくにつれ、藍香の胸はざわつき出した。どんな顔で同僚に会えばいいのかわからなかった。

エレベーターでビルの五階に上がり、カードキーで扉を開けた。まだオフィスに人はまばらだ。自分のデスクまで行って、鞄を置く。

「あ、おはようございます」

一人が挨拶してくれた。おはようございますと返し、意識して微笑む。自動販売機コーナーから出てきた部長が、藍香の姿を認めると近づいてきた。

「辻村さん、おはよう。今日からだったね」

「はい。色々とご心配をおかけしました」

藍香は深々と頭を下げる。あちこちから同僚が声をかけてくれた。

「お休み中の案件は、全部順調だからね」

「もう出てきて大丈夫なの？　しばらくは無理しないように」

みな優しかったが、どこか不安そうだった。向こうは向こうで、どう藍香に接したらいいのかわからないのだろう。腫れ物に触るよう、という言葉の意味がよくわかる。

一人がぽろっと口を滑らせた。

「思ったよりも元気そうで、安心したよ」

藍香は黙って微笑んだ。その言葉は棘(とげ)のように心に突き刺さり、デスクで作業を始めてからもちくちくと痛んだ。

思ったよりも元気そう？　ちっとも元気じゃないけど。それとも、もっと落ち込んでいるべきって言いたいの？　あなたに何がわかるの？

時折、首を振って考えを振り払わねばならなかった。深読みするのが悪い。他意のない発言なんだから。

問題と言えばそれくらいで、仕事はそこそこ捗った。普通に電車も乗れるし、夕食の献立だって考えられる。回り始めた日常の歯車に、何とか自分を嵌め込んでいけるという手応えがあった。

帰りの電車に揺られながら、藍香は呆然と通り過ぎていく夜景を見つめる。

これでいいんだ。とにかく目の前のことをこなして、生活を回そう。


出社するようになって初めての土曜日。

それは朝起きると同時に始まった。

藍香はベッドに横たわり、天井を見つめたまま ため息をついた。

ああ、この世界か。

心臓がどくん、と縮む。胃の底がきゅうと締め上げられ、きりきりとした痛みが喉の手前まで上ってくる。

こうくんのいない、この世界にいるんだ、私は――。

息ができない。思わず唇の上と下を指でつまんで引っ張り、口を開けた。息の吸い方を忘れてしまったみたいだ。金魚のように口をぱくぱくして、ようやく酸素が入ってきた。起き上がろうとしたが、体が動かない。

起きてどうする？　こうくんがいない世界じゃないか。

長い時間をかけて足を踏ん張り、ベッドの柵を支えにして立ち上がった。全身がずっしりと重く、だるい。体のあちこちが痛い。関節の一つ一つに、熱した鉄球を埋め込まれているようだ。一歩足を踏み出したところで、猛烈な目眩(めまい)と耳鳴りに襲われ、その場にうずくまってしまった。

再び顔を上げて、目を疑った。外はもう明るいはずの時間だが、あたり一面が薄暗く感じた。天候のせいではない。太陽は昇っているのに、妙に色褪せている。

しばらく混乱して、やがてはっと気づいた。

聞いたことはあったけれど。絶望すると世界が灰色に見えると。あれは比喩じゃなかったのか。

胸にキリッ、キリッと鋭い痛みが走る。これも比喩じゃなかった。胸が張り裂けそうな悲しみ。本当にその通りじゃないか。

こんなに、なのか。

藍香はあえぎ、唾が糸を引いて床に落ちていくのを見つめる。視界が端の方からゆっくり狭まっていく。気が遠くなりそうだ。何度か咳き込んでいるうちに、少し目眩が和らいだ。その間隙を縫って立ち上がったが、ほんの数秒もしないうちにまたも目眩が襲いかかってくる。

よろめきながら、震える指で薬箱から体温計を取り出して脇に当て、そのまま床に倒れ込んだ。内臓が鉄釜で煮られているように熱い。腹を押さえてこらえる。

やがて電子音が鳴った。薄目を開けて表示を見ると、三十六度五分。平熱だった。

病気じゃない。信じられない。

私は悲しみだけで、こんなことになっているんだ。悲しみとはこれほど凄まじいものなのか。今までの悲しみは、悲しみの入口ですらなかった。

涙は一滴も出ない。代わりに脂汗ばかりが出る。眉間に皺が寄る。顔が歪む。歯を食いしばる。

苦しい、ただ苦しい。一秒に何十回、一分間に何百回も苦しい。横たわっているだけなのに苦しい。よく晴れて平和な土曜日なのに。家で一人、何をすることもなく過ごしているだけなのに。トイレに行くのも、ありったけの決意を振り絞ってやっとだ。

藍香の感覚では、軽くてちっぽけな筏（いかだ）に乗り、暴風雨に巻き込まれているかのようだった。吐き気を催す浮遊感と、どん底に突き落とされる衝撃とが交互に襲ってくる。必死にしがみついていなければ、あっという間に振り落とされ、海底に引きずり込まれそう。

凄まじい悲しみの嵐は、ほとんど途切れることなく、一日中続いた。

ふと藍香は暗闇で目を覚ました。スマートフォンを見ると、日付が変わり、日曜日になっていた。

いつ、どのようにして寝たのか思い出せない。たぶん疲れ果ててベッドにうずくまり、そのまま眠りに落ちたのだろう。そんな風に昨日を冷静に振り返ったのも、ほんの束の間だった。

獲物を見つけたとばかり、あの強烈な悲しみがまた襲ってきた。

ベッドの上で呻吟（しんぎん）する。のたうち回るような余力はない。横たわったまま頭を抱えたり、髪の毛を掴んだり、瞼を手で覆ったり、乾いた口の中で煮詰まった唾液の味に顔をしかめたりしているだけ。

ただ過ぎ去るのを待つ。次に一呼吸できる一瞬が訪れるのを待つ。

少しも嵐が弱まる気配はない。変わらず藍香を翻弄する。だが昨日も経験した分だけ、ちょっとした発見はあった。

悲しみは波のようにやってくる。

来るかも、と思うと押し寄せてきて、一気に高まる。もうだめだ、と感じる頃に突然、さあっと引く。だが一息つけるほどではない。次の波はもうそこまで来ているのだ。毎分毎秒、新しい波がやってくる。ほんの少し休んで、また始まる。乗りこなすどころじゃない。

このままじゃ死んじゃう。悲しみに殺される。

藍香は這いずるようにベッドを出ると、家の中を彷徨(さまよ)った。何か助けになるものでもないかと、ふらふらと歩く。

居間には浩平の遺影や線香立てなどが置かれているが、それ以外は以前のままだ。浩平の私物もたくさんある。ポスターやスマートフォンの充電器、そして携帯ゲーム機。呆然とそれらを眺めていた藍香は、ふと弾かれたように動いた。

携帯ゲーム機を充電スタンドから取り、見つめる。

真っ暗な画面に、光の反射で指紋が見えた。藍香はゲームには全くと言っていいほど興味がなかったから、その主は一人しかありえない。

こうくんだ。こうくんの指の跡だ。

こうくん、よく金曜の夜はソファに座って、遊んでた。必ずコーヒーを二人分、テーブルに用意してくれる。私はだいたい文庫本を広げて、椅子に腰かけてた。「今、ボスと戦ってるところ」なんて言われながら、私はページから目を離さないまま、ふーんがんばれ、って生返事する。でも、どちらからともなくそっと足を伸ばして、足同士が触れあっていて。すべすべの肌をそっと足の指で撫でたりしていた。

　こうくん。

　こうくん……こうくん！　どうして、いないの？

　悲痛な叫びを上げた途端、堰（せき）を切ったように涙があふれ出した。拭っても拭ってもきりがない。携帯ゲーム機を胸に抱いて、藍香は子供のようにわんわんと声を上げて泣いた。

　夢中で泣いて、もう泣けないというところまで泣いたら、自然に涙が止まった。その時、何か世界が変わった感じがして、あたりを見回した。

　灰色一色に見えない。ちゃんと色がついている。壁や床が歪んだり、狭まったりもしていない。何よりもあれだけ引っ切りなしだった悲しみの嵐が、止まっていた。

　久しぶりに日の光の暖かさを感じた。澄んだ空気が胸に行き渡る心地よさを思い出した。お腹が減っているのがわかり、服も着替えたくなった。

「パジャマを替えて、何か食べよう」

　藍香は瞼を拭い、洟をすすって立ち上がる。携帯ゲーム機を元の場所に戻す。まるで返事でもするように、かしゃんと音がした。

泣くと楽になる。

これは大きな収穫だった。

泣いている最中よりも、泣けずに歯を食いしばっている時の方がずっと辛いのだった。藍香は少し勘違いをしていた。悲しいから人は泣くというよりも、悲しみを外に吐き出すために人は泣くのだ。涙は、救いでもあるのだ。

それからというもの、藍香は苦しくなると、泣くために何かを求めて部屋をうろつくようになった。

涙をもたらしてくれるものは、その時によって違う。

携帯ゲーム機で泣けたのはあの一度きりだった。思い出のアルバムを見たり、浩平の部屋に入ってみたり、重い体を引きずりながら藍香は試行錯誤を繰り返す。

次に泣けたのは、洗濯機の脇、プラスチック籠の中に浩平のシャツを見つけた時だった。洗えないままになっていたシャツに顔をうずめ、抱きしめる。

こうくんの匂いだ。懐かしくて落ち着く、こうくんがいつも纏（まと）っていた空気。優しくて、温かくて、そばにいるとほっとする。

こうくん、こうくん……。

今度は声を上げず、ただ流れる涙に身を任せた。時折しゃくりあげながら、藍香は静かに洗面所の隅にうずくまっていた。体重計や洗剤の買い置きに囲まれ、白い蛍光灯の光に照らされて。浩平のパーカーや靴下、そして下着といった洗濯物に埋もれ、藍香はゆっくり目を閉じた。遠くから、石焼き芋を売る屋台の声が流れてくる。

やがて藍香は安らかに眠りに落ちていった。

月曜日。アラームで目を覚ました辻村藍香は、はっと立ち上がった。会社に行かなくちゃ。着替えて準備を始めようとして、ふと気がついた。

あの恐ろしい悲しみが襲って来ない。

消えたわけではないのだ。何ならすぐ近くに気配を感じる。油断すれば顔を出すのがわかる。それでも土日とは大違いだ。

パンをトースターに入れて焼き、バターとジャムを塗って食べた。シャツを着て、スーツを着て、パンストを履いた。軽く化粧をし、髪を整え、鞄の中身をチェックした。少し体はだるいけれど、問題なく出勤できそうだ。

駅までの道を歩きながら、藍香は考える。

たぶん、仕事に行くからだ。目の前にやることがあり、周りの目がある。そういう状況だと、悲しみは出てきづらいのだろう。

悲しみってそういうものなんだ。初めて知ることばかり。私はこれから悲しみを知り、悲しみとの付き合い方を学んでいくんだ。

藍香は一つ息を吐いた。

電車は規則的に揺れながら、線路の上を進んでいく。窓の向こうに広がるのは、以前と変わらない街並み。周りには他人に無関心を装う乗客たち。藍香も黙って吊革に掴まり、心を閉ざした。

†

神宮寺千香が桐子医院の扉を開くと、ちょうど一人の老人が出てくるところだった。

「じゃあ先生、またな。次は一子減らしてやろうや」

「お大事にどうぞ」

道を譲った神宮寺が診察室に入ると、真ん中に囲碁盤が置かれていた。桐子が白と黒の石を片付けている。

「またそんなもので遊んでたんですか」

「人聞きの悪いことを言うね、診察だよ。腰の調子が悪いという話を聞いていたんだ。その流れで碁も打ったけどね。話してるうちに楽になったそうで、満足してもらえたよ」

「それで診察料はいくら取ったんです」

「畑で取れた野菜をいただいた。サラダでも作ろうか」

ビニール袋から立派なキャベツを取り出す桐子。神宮寺はため息をついた。

「相変わらず呑気ですね。聞きましたか？　福原先生の話」

「何かあったの」

「休職されたんですよ。期間は三ヶ月」

「えっ？」

桐子の手が止まったのは一瞬だった。キッチンでまな板にキャベツを載せ、包丁を取る。

「ああ、旅行にでも行くのかな。彼のことだからすぐに仕事が恋しくなるだろうけど」

「いえ、表向きの理由は休養とリフレッシュだそうですが、問題は根深いかもしれませんよ。今、福原先生は手術ができないともっぱらの噂なんです」

「詳しいね」

「私、たまに七十字病院にもアルバイトに行ってますので」

「あ、そうか。若手を育てるつもりなんだよ。これまで彼が活躍しすぎたせいで、周りが割を食っていたから。少し仕事や実績を分けてやらないと」

「そうじゃなくて。ノイローゼのような状態で、手術ができないそうなんです」

桐子は包丁を置き、きょとんとする。

「どうして」

「担当していた患者さんが、亡くなったからだとか」

「まさかと思うけど、何か重大な医療過誤でも？」

「いえ、手術は成功したし、特にミスもなかった。ただ、想定したようには回復しなかったそうです。それで、ショックだったのではないかと」

桐子は小さく微笑んだ。

「そんなはずないよ」

そしてまた、キャベツを切り始める。

「七十字病院で一日に何件の死亡退院があると思う？　死は病院では日常だよ。福原だってこれまでに相当の数、患者を見送ってきてる。患者を救えなかったのは残念だろうけど、今さらそれで心が折れたりするもんか」

「でも、実際にそうだと聞いたんです」

「デマに決まってる。これまでに一万人を見送って平気だったのに、一万と一人目で急にノイローゼになるわけがないじゃないか。数学的帰納法だよ」

神宮寺はそれでも言い返した。

「一万と一人目で心が折れたっておかしくない。それが、人の死だと思いますけど」

桐子はちらりと視線を向けるだけ。

「いえ、これまでだって平気だったとは限らない。福原先生は、ただやせ我慢をしていただけかも。考えてみてください。あの人はいつも置いていかれる側だったんですよ。桐子先生もご存知ですよね」

「それは、まあ」

「福原先生は小さな頃にお母さんを亡くしています。医者になってからは、同僚であり同期だった音山先生も。そして目の上のたんこぶだったお父さんを亡くし、代わって院長の地位についたんです。平気だったわけがないですよ。むしろずっと無理をしていた。無理が当たり前になってしまっていた」

「だけど、福原に限って……」

「桐子先生は福原先生を、超人か何かのように考えてませんか。彼だって人間ですよ」

桐子は黙り込んでしまった。

「人間というのは人の死で傷つくんです。それこそ病気や怪我をするのと同じか、それ以上に。桐子先生、病気や怪我の方ばかり見過ぎて、人間がわからなくなっているんじゃありませんか」

無言のまま、桐子は二つの器にキャベツを盛り付け、軽くドレッシングをかけた。一つを神宮寺に差し出し、一つを机に置いてじっと見つめる。

「これ、サラダとは言えない気がしますが」

「そうかもしれないな」

ぽつりと桐子は呟いてキャベツの塊を口に運ぶ。

「そうかもというか、ただキャベツを四つに切っただけですよね」

「確かに僕は、死について考えてはいても、死を見送る側の視点が欠けていた」

ばり、と固い音が響く。

「あ、そこは芯ですよ！」

「福原は大丈夫だと思うよ。彼は強いからね、心配はしていない。すぐに元気になって、復帰してくるよ。けど……念のため。念のため、今後は死別についても、学んでおくべきかもしれないね」

ばり、ばりと音を立てながら、桐子は芯をゆっくりと咀嚼(そしゃく)していく。神宮寺は呆れた顔で、その様子を見つめるばかりだった。

†

オフィスに着信音が響いた。藍香は素早く机の受話器を取る。

「お電話ありがとうございます。ディレクション部、辻村が承ります」

「あれっ、辻村さん？　いやあ、お久しぶりですねえ」

元気のいい声に、圧倒されそうになる。相手はかつて藍香が担当していたお客さんだった。

「ご無沙汰しております」

「お話しする機会が減っちゃって、寂しいですよ。そうそう、旦那さんにご不幸があったって聞きました、お悔やみ申し上げます。もう復帰して大丈夫なんですか？」

「はい、何とか」

「家に男がいないと何かと不安でしょう。再婚する気になったら言ってくださいね、うちの若いのをいくらでも紹介しますから。余っててしょうがないんですよ、男が、はっはっは。じゃあ部長さんに代わっていただけますか」

電話を取り次ぎ、藍香は一つため息をつく。隣の席から後輩が話しかけてきた。

「大丈夫ですか。顔色、悪いですよ」

「そう？　平気だよ」

藍香は笑いかけたが、相手は心配そうな顔のままである。

「辻村さん、もっと周りを頼ってくださいよ。今日は早退して、ゆっくり休んだ方がいいんじゃないですか」

「うん、ありがとね。心配かけてごめん」

後輩はまだ何か言いたげだったが、藍香がキーボードを打ち始めると、黙って作業に戻った。

確かに、調子が良いとは言えない。

仕事の進みは遅いし、小さなミスも増えた。軽い風邪を引きながら働いているような感じだ。

だが、それでも藍香は会社にいたかった。家で悲しみの嵐と闘うより、ずっと楽だから。

電話を終えた部長が席にやってきた。

「辻村さん、無理はしなくていいんだからね」

「はい」

藍香は手を止める。

「色々と大変なのは、私もわかっているつもりだから。今は自分を一番に考えてくれていいんだよ」

「ありがとうございます」

「私にできることがあったら言ってね。遠慮なく」

微笑んで頭を下げる。感謝しなくちゃならない。部長も、後輩も、さっきの電話のお客さんだって、みんな気を遣ってくれているのだ。

ただ、あまり嬉しくはない。悪い言葉を使っていいのなら、余計なお世話だ。

——再婚する気になったら言ってくださいね。

今、そんな気持ちになれると思う？

——周りを頼ってくださいよ。

じゃあ一つお願い。こうくんを元通り蘇らせて。

——できることがあったら言ってね。

私に構わないでください。その上で適度に楽な仕事を、好きなようにやらせてください。親切にしてもらっても、浮かんでくるのはトゲトゲした気持ちばかり。自分でもどうしようもない。

昼休みになると、藍香はデスクで一人、お弁当を広げる。茹でたほうれん草とハム、そしてご飯。適当な中身を適当に口に運び、水を飲む。

週末が近づいてくるのが嫌で仕方なかった。またあの嵐を必死に耐えねばならないのだ。給料はいらないから、出社させて欲しいとすら思う。

味のしないご飯を咀嚼しながら、藍香は思いつきでインターネットの検索エンジンに文字を打ち込んだ。

死別。悲しみ。辛い。

サイトがいくつもヒットした。どうやら同じ悩みを抱える人は少なくないらしい。ある病院のホームページでは一言で「死別反応」と表現されていた。

「親しい他者を喪失した個人の反応のこと」

画面を覗き込む。

「多くの場合、死別を体験した人のこころとからだには、様々な変化が現れます。回復までの時間はその人の資質や状況によって異なり、数ヶ月を要することもあれば、何十年もかかることもあります」

そんな前置きに続いて、具体的な症状がずらりと並んでいた。

「抑うつ気分、睡眠障害、気分の低下、食欲の減退、胃痛、下痢、疲労感、絶望感、希死念慮（きしねんりょ）、幻覚、正気を失う不安、自殺企図、疼痛……」

頷けるものばかりだ。それにしても、言語化するとなんとあっさりしていることか。「絶望感」の三文字に潜む奥行きときたら。

「死別反応とそのケアについては、まだ研究が十分になされていない領域であり、より詳しい調査が望まれる」と文章は結ばれていた。

藍香はがっくりきた。

要するに、わかってないことの方が多いらしい。

気を取り直して検索を続けた。無数にサイトが表示される。

精神科病院。宗教。互助会。哲学。カウンセラー。

死別でお悩みの方はこちら、と広告まで出てきた。何でも相談に乗ります、心配はいりません、まずはお悩みお聞かせください。良心的価格、初回無料。

藍香は眉をひそめた。

わかってもらえないのも辛いけど、歩み寄られるのも気味が悪かった。他人にこの気持ちが、わかるわけがない。私にとってこうくんがどんな存在だったか、わかってたまるもんか。

ブラウザを閉じ、肩を落とした。しばらくしてから、藍香はお弁当の中身を口に運ぶ作業に戻った。

†

春であった。七分咲きの桜並木を福原は一人、ビニール袋を提げて歩いていく。もうコートはいらない暖かさで、桜の下にシートを敷いて宴会をする人の姿も見えた。

少し坂を上ると、さほど大きくはないが雰囲気の良い霊園がある。音山晴夫の墓は、その外れの方にちょこんと建っていた。

福原は簡単に墓の周りを掃除すると、線香に火をつけて穴に差し込み、しばらくぼうっと墓石を眺めた。音山の残した貯金と、福原や桐子など同窓生が金を出し合って建てた墓だ。木々のそよぐ気配の中に、遠くで急行列車が走る音が響く。

「お前にはちゃんと言っとかないとな」

福原は墓に声をかけた。

「俺、休職中なんだ」

墓の根石に腰を下ろすと、石の冷たさが伝わってくる。テイクアウトした紙コップ入りのコーヒーを二つ取り出し、一つを墓前に置いた。

「副院長の新渡戸先生には引き留められたけど、致命的なミスをしてからじゃ遅いだろ。とりあえず三ヶ月、休む。これで治るといいんだけどな」

自分のコーヒーを一口すする。馨しい香り。

「未だに慣れないよ。こんな真っ昼間から、のんびりしてる自分に」

鳥がどこかで鳴いている。福原は腕時計を確かめた。ようやく十一時。

「一日ってこんなに長かったんだな。もう、暇で暇で。昨日はプールで二時間近く泳いできた。こないだは朝から晩まで寝たりもした。でも、だめだな。たまにはいいけれど、すぐ飽きる。色々娯楽にも手を出したけど、いまいちのめり込めない」

目を閉じる。浮かんでくるのは病院の光景ばかり。

次々に運び込まれてくる患者に優先順位をつけ、スタッフに指示を出して捌いていく自分。カルテと睨めっこしながら飯をかき込み、少しまとまった時間があれば論文や医学書を読みふける自分。難しい手術を成功させ、スタッフはもちろん、患者やその家族と喜び合う自分。

毎日忙し過ぎる、たまには休みが欲しいと思っていたけれど。

「俺にとってあの場所は、充実してた」

ビニール袋を漁る。花見団子を取り出して、一本口にくわえた。ほの甘い味が広がる。

「なあ。俺、またあそこに戻れるのかな」

墓は何も答えない。

「もしもだぜ、このまま手術ができないままだったら……外科医としてはおしまいだ。いや、そもそも臨床医が無理か。注射ですらミスりそうだもんな。新渡戸先生は言ってたよ、知識や経験が失われたわけじゃないんだから、サポートに回ればいいって。そうかもしれない、だけど俺は」

ぐっと拳を握り込む。腕が震え始める。

「あの最前線に立ち、血飛沫を受けながらも全身全霊で人を助けるってのが。いつの間にか生きがいというか」

胸が苦しくなってきた。

「大事な大事な、芯になっていたみたいだ……」

眉間に皺を寄せ、歯を食いしばる。しばらくしてようやく呼吸が落ち着くと脂汗を拭い、福原は笑った。

「考えてみりゃ、贅沢な悩みだよな。大学に入った頃は、将来医者になれるかどうかすら、わからなかったのに」

ふと木漏れ日を受け、きらりと墓石が光った。

「そうだな。あの頃に戻ったと思えばいいのか」

音山がすぐそこで微笑んでいる気がした。

「案外休んでいるうちに、あっさり元に戻るかもしれないし。あまり後ろ向きに考えすぎるのも良くないよな」

団子を食べ終え、紙コップを傾ける。中身はほとんど残っていなかった。立ち上がり、思いっきり伸びをする。

「ああ、いい天気だ」

気持ちのいい風が霊園を吹き抜けていく。青空を見上げたまま、福原は大きなあくびをした。

「何だか当時を思い出したら、大学まで足を運んでみたくなったな……」

独り言を口にし、墓に軽く笑いかけた。

†

桐子が喫茶店の入口に立つと、バス通りを挟んだ向かいの幼稚園がよく見えた。小動物のように追いかけっこする園児たちを眺めていると、約束の時間きっかりに女性が現れた。

「浜山京子（はまやまきょうこ）です。桐子先生ですね。すみません、遠くまで来ていただいて」

そう頭を下げる京子。ばっさりと切った髪が涼しげな印象だ。

「いえ。無理にお願いしたのは僕ですから」

窓際のテーブル席に座り、飲み物を注文する。やがてコーヒーが二つ運ばれてきた。

「お手紙が届いて驚きました」

鞄から封筒を取り出す京子。茶色い無機質な便箋に、桐子の小さくて細かい字が並んでいる。

「正直に言うと、桐子先生を思い出すのに時間がかかりました。雄吾が入院中にお世話になった方ですね。当時は色々とありがとうございました」

「いえ、僕は大したことはしていません」

京子が窓の外を見た。桐子はその視線を追う。

「夫が旅立ってから、もう四年が経ちます」

京子の夫、浜山雄吾は急性骨髄性白血病で入院。勇気を出して造血幹細胞移植に踏み切ったものの、不運にも急性GVHDにより亡くなった。桐子はかつて、少しだが彼の相談に乗ったことがあったのだ。

「お悔やみ申し上げます」

京子の顔には憂いとも諦めともつかぬ微笑みが浮かんでいる。

「それで、今日は私の話が聞きたい、ということでしたよね」

「はい。手紙に書いた通りです」

桐子は身を乗り出した。

「僕は、死別について何も知らない。だから教えて欲しいんです。どんなことが起きるのか、どんな気持ちになるのか」

京子は相手の瞳を覗き込んだ。彼の表情は真剣そのものだった。

「正面からそんなこと聞かれたの、初めてですよ」

軽く微笑んでから続ける。

「気持ち、ですか。私自身、明日の自分がどんな気持ちなのかわからない。四年経ったんですよ？　だけど私、嘘みたいですよね……まだ雄吾が治ると思ってるんです。心のどこかで」

たまたまあたりの会話が途切れ、静かになった。コーヒーの湯気が、二人の間を流れていく。

「同じ人がいないように、同じ死別もないと思います。私の話で参考になるでしょうか」

「ぜひ、聞かせてください」

京子は頷いた。

「何から話したらいいのかな。よく『時薬（ときぐすり）』とか、言いますよね」

「時間が全てを解決するという考え方ですね」

「あれ、嘘みたいです。少なくとも私の場合は。雄吾がいなくなってから、ずっと私の中には大きな穴が開いたまま。埋まるどころか、小さくなってもくれない。たぶん一生このままでしょう」

胸のあたりを手で押さえ、京子は微笑む。

「でも、隠すのだけは上手になりました。作り笑いも。落ちこんでるとこ、不用意に他人に見せられないんですよ。四年も引きずるなんて変わってるね、と言われたりもしますから。自分としては、まだ四年ぽっち、という感覚なのに」

「四年の間に、お子さんも生まれたんですよね」

「ええ、あの後すぐに。早々に実家に帰ることにして良かったです。両親が助けてくれなかったら、育てられなかった。私、性格が悪いから」

「性格？」

「雄一(ゆういち)は父を知りませんが、やっぱり面影があるんですよ。時々驚くほどそっくりな顔で笑ったりもして。見ると腹が立つんです」

京子の眉が辛そうに歪んでいた。

「せっかく忘れようとしているのに。ようやく前を見て歩けるようになってきたのに。雄一が一瞬で、あの日に私を引き戻してしまう。気持ちをかき乱す。辛くて辛くて、もちろん雄一には何の罪もないけど、暴れ回る感情を止められなくて、つい物に当たってしまったりする。そんな自分が凄く嫌になる。イライラすることも増えました。不倫のニュースとか見ると悔しいですね。反射的に頭にくるんです、どうしてのうのうとお前なんかが生きてるんだよ。うちの人と命、替わってよって。理屈がおかしいし、そんなこと言っても意味ないんですけど」

震える手がカップを置いた。黒い液体がソーサーに零れる。

「時々、自分をリセットしたいと思いますよ。何もかも捨てて家を出て、どこか知人のいない遠い街に住んで、あの人との出会いも含め、過去を全てなかったことにしたくなる」

だけど、と京子。

「息子が愛おしいのも本当なんです。あの人がいた確かな証(あかし)だから、よりいっそうの責任も感じる。あの子がいてくれなかったら、私、生きていられなかったかもしれない。何よりも大切な存在だけど、だからこそ苦しくなる。また失ったらどうしようと、怯えることも。揺れているんですよ……夫に対してもそう。心から感謝しているし、今でも大好きだけど、一人で先に逝ってしまったのを恨む日もある。ぐちゃぐちゃです。忘れたいのか、忘れたくないのか、軸が定まらない。一日一日、混乱しながらも必死に歩いてる。ただその時、光があると感じる方に進もうとしている。そういう魚とか、虫みたいに。一生懸命に、バカみたいに」

京子は一気に言い切ると、お冷やを口に運んだ。

「生きることがそういう形になった。それが死別によって、私に起きた変化ですね」

「なるほど……」

桐子は丹念にメモを取り、少し考えてから言った。

「やはりお話を聞けて良かったです。知らなかったことばかりだ。ありがとうございます」

京子が不思議そうな顔で聞いた。

「どうしてお医者さんが、こんな話を聞いて回ってるんですか」

「僕が勉強不足だからです」

ペンをしまいながら、桐子は付け加えた。

「それから、友達を理解する助けになるかもと」

「死別に悩んでいる友達がいるんですか？」

「いや、悩んでいるというほどではないはずです、これまでは平気だったわけだし。ちょっと疲れたとかその程度だと思うんですが、念のためですね」

「そうですか」

京子はしばらく桐子を見つめていた。

「確か、十四時までというお約束でしたよね。行きましょうか」

桐子は伝票を持って立ち上がった。

会計を終えた時、ふと京子が口にした。

「桐子先生。『まりの会』に行ってみたらいいかもしれません」

「『まりの会』？」

「死別に悩む人たちの互助会です。私、一時期そこに通っていて。あそこなら色んな話が聞けると思いますよ」

ご来店ありがとうございました、と店員の声。

「中でも私、主催者の方の言葉が忘れられません。『死別は交通事故に遭ったようなもの』と言われたんですよ」

桐子は思わず目をしばたたかせた。

「どういう意味ですか」

「つまり、死別しただけなら、人は一見無傷じゃないですか。自分でも怪我をしたような自覚はない。でも、心は大怪我を負っているんだから、ちゃんと休みなさいと。そしてゆっくり時間をかけて治せば、きっと社会復帰できますよ、そういう意図の言葉だったんです。その方も死別経験者で。十年ほど前に羊水塞栓症で、奥さんとお子さんを失っているんですよ。新婚で奥さんが妊娠、もうすぐ初めての子供が生まれてくる……そんな幸せな日々から、一瞬にしてどん底に突き落とされた」

「それでも治せると、社会復帰できると、その方は言ったんですか」

京子は頷いた。

「個人的にはそう思う、と付け加えていましたけどね。私はさっきも話した通り、心の傷が治るとは到底思えません。でも、治ったらいいなと。いつか昔のように、無邪気に明日を信じて歩けたらいいなとは思う。だから、その言葉にずいぶん勇気を貰ったんです。会の連絡先、お渡ししますね」

京子は手帳にボールペンで電話番号を書き、破り取って渡してくれた。穏やかに笑う。

「何かの参考になれば」

メモを両手で受け取り、桐子は頭を下げる。

「色々と本当にありがとうございました」

「いえ。ではここで失礼します」

京子は足早に立ち去る。しばらくすると、舌足らずに「おかあさーん」と叫ぶ声がして、桐子は振り返った。

幼稚園の正門前で京子がしゃがみ込み、駆けてきた幼子を抱きしめたところだった。可愛らしい制服と帽子。

「お疲れ様。今日はどうだった？」

「あのね、おともだちとおそとあそびしてたら、ばあば、きてくれたの」

「そうだね。お迎え、来てくれたね。お母さんとお祖母ちゃんと三人でおうち、帰ろうね」

幼稚園の鞄を持った老婦人が後から追いつき、にこにこしている。傍からは何の変哲もない、幸せな家族の光景にしか見えない。子供は京子に抱っこされたまま、あどけない声で質問した。

「ねえ、おかあさん。どうしてゆうくんには、おとうさんがいないの？」

大通りの信号が赤に変わり、流れていた車列が止まる。大きくて汚れのない瞳は、真っ直ぐに母を見上げている。桐子は思わず固唾を呑み、京子の返答を待った。

「お父さんはね、私たちのすぐそばにいるんだよ」

言い聞かせるというよりは、事実をそのまま伝えるような口調だった。京子は雄一の額にキスをして、そっと地面に下ろす。

「お買い物して帰ろうか」

「ゆうくん、アンパンマンのチョコ食べたい」

「一個だけね」

「ゆうくん、一個だけ食べるよ」

京子の心の中で今、どんな波が立ち、どんな光が灯っているのか。桐子には満足に推し量ることすらできず、手を繋いで道を歩く三人の背を、立ち尽くしたまま見つめていた。

†

うららかな日差しの中をのんびり歩き続け、やがて福原は母校の前に立っていた。卒業以来だった。

オフィスビルや住宅に紛れて東教医科大学のキャンパスはある。大学と言えば広くて緑いっぱいの敷地や、大きくてお洒落な建物なんかを想像していたから、願書を取りに来た時には拍子抜けに感じたものだ。だが、六年の学生生活を過ごすうち、このこぢんまりとした雰囲気にも慣れ、好きになっていった。

福原は正門をくぐり、中に足を踏み入れた。

灰色の講義棟。苔の生えた石畳と、鬱蒼とした木々。緑に濁った中庭の池。当時との違いは、教務課の入口が自動ドアになったくらいか。

入学式の日、満開の桜の下を歩いた充実感を、今でも鮮やかに思い出せる。ろくに家にも帰ってこない親父も、その日だけは休みを取り、蕎麦を奢ってくれたっけ。会話は少なかったが、あの蕎麦は本当に美味しかった。

夢が全部叶ったような気持ちだった。

入学の手続きも、大教室で行われたオリエンテーションも、どこか足元がふわふわしたまま終えた。帰り際、同期になる仲間同士で親睦を深めようと誰かが言い出し、みなで連れだって食事もできる居酒屋へと向かい——あいつらと同じテーブルに座った。

音山晴夫、桐子修司。二人の友人との出会いであった。

「ここいいか」

そう言って半ば強引に、壁際の席に割って入ったのを覚えている。

「うん、もちろん」

丸顔の学生が快く場所を空けてくれた。対面に座る色白の学生は仏頂面で、ウーロン茶の入ったカップを握りしめたまま、口を利こうともしない。それでも先ほどまでの雰囲気よりはましだった。

「あっちで話してたんだけどさ。逃げてきたんだ」

福原は顎で宴席の中央あたりを示した。そこでは一際華やかな学生たちが騒いでいる。

「親が大病院の院長だの、港区の開業医だの、そんなのばかり。外車のキーをちらつかせるくらい可愛いもので、運転手に送迎させてるって奴までいるんだ。落ち着かないよ」

「あれ？　でも福原君も、お父さんが七十字の院長だよね」

「知ってたのか。ええと」

「うん。俺、音山晴夫」

音山がにっこり笑って続ける。

「福原君、新入生総代で挨拶してたでしょ。その時から噂になってたから」

「親父は親父、俺は俺だよ」

「やっぱり、後継ぎとか意識するの」

「まさか。あれだけでかい病院だと、親父の一存だけで後継者が決められもしないさ。ただ、向こうの奴らはそうなのかもな」

福原は持ってきたグラスをぐっと呷る。

「笑い話にしてたよ。家が肛門科だから一生ケツを見て過ごすんだとか、透析やってるから客が逃げる心配がなくて安泰だとか。そこそこ稼いだら早めに引退したいとか。それからどの科が楽かという話になって。外科、救急科、小児科はキツいから絶対やめた方がいいだの。眼科が意外に楽ちんだの。精神科は病まずに続けられるなら最高の環境だの……やれやれだよ。夢がなさ過ぎる」

心なしか、色白の学生が眉をひそめる。柔らかい口調で音山が聞いた。

「福原君は、目指している診療科とかあるの？」

「俺は断然、外科だね。だけど救急科のスキルも身につけたい。年齢問わず診たいから、いずれ小児科もやりたいな」

音山が目を丸くする。

「キツいって言われてた三つじゃないか」

「望むところだよ。なあ、知ってるか。飛行機の中で『お客様の中にお医者様はいらっしゃいませんか』と聞くシーンあるよな」

「映画でなら見たことあるけど」

「あれ、実際には名乗り出ない医者が多いんだと。無視するよう指導してる病院もあるって話」

「えっ、どうして？」

「ほいほい出て行って専門外の病気だったら手も足も出ない。そもそも道具もスタッフも参考書もない中で大した仕事はできないし、時間も拘束されて訴訟のリスクまである。損しかないってわけ」

「なるほど。わからなくもないけれど、ちょっと悲しいね」

音山が眉を八の字にした時、色白の学生がぼそぼそと呟いた。

「医者の本性なんて、そんなものだよ。驚くには当たらない。いざというときにこそそするなら、普段から偉そうにするなとは言いたいけどね」

「音山、彼は？」

「桐子修司君。オリエンテーションで隣同士だったんだ」

「そうか。桐子、俺もそんな医者にはなりたくない。困っている人がいたら、いつでもどこでも出て行く。誰より先に駆けつけて、どんな病気でも治してやる。誰かを失って悲しい思いをする人なんて、この世からなくしてやるんだ。そんなヒーローみたいな医者が、俺の夢なのさ。だから外科、救急科、小児科、全部マスターしてやるんだ」

胸を張った福原を、ちらりと桐子は見た。

「馬鹿げてるね」

「何？」

「人を救うのがそんなに簡単なら、誰も苦労しない。君は医学に夢を見過ぎてる」

これには福原もかちんと来た。

「なら、お前はどんな医者になるって言うんだ」

「医者になんかなりたくない。僕は小さい頃からさんざん、あいつらの嫌な面ばかり見てきたんだ」

ため息交じりに桐子は続けた。

「ふんぞり返って、相手が子供だからと鼻で笑って。予約を取って来ているのに何時間も待たせて、顔も見ずに数十秒の診察で薬だけ出し、金をふんだくる。あげくのはて、保険適用外の妙な健康食品を売りつけようとする」

うわあ、と音山が口に手を当てる。

「だいぶ医者運が悪かったんだ」

「それでも綺麗に治ればいいけれど、結局は治せない病気のなんと多いことか。そのくせ自分は人の役に立っているつもりだから始末が悪い。奴ら、無意識に他人を見下しているのに気づいてないんだ。福原、君のようにね」

「ちょっと桐子、どうしてそんなけんか腰なの」

慌てる音山。だが福原は怒りを通り越して、むしろ興味が湧いてきた。

「よくわからないな。じゃあ、どうしてお前はこの場にいるんだよ」

「僕は来るつもりはなかった。音山がどうしてもと言うから」

「この会じゃない。医者になりたくないのに、何で医学部に入った。研究医志望だとでも言うのか」

「わからない？　医者の顔なんか二度と見たくないんだよ。ただ、不本意だけど僕にはアレルギーを始め、いくつかの持病がある。生きるには多少の医薬品が必要だ。自分が医者になれば、自分で処方できる」

福原は思わず噴き出してしまった。

「凄いなお前。そんな理由で入試を突破したのか」

「自分が少数派なのは知ってる。別に仲良くしてくれなくて構わない」

「いや、俺はお前が気に入ったよ。だって既存の医療に満足していないってとこは同じだろ」

グラスを差し出し、桐子のグラスにかつんと当てる。不審げにグラスと福原を交互に見る桐子。

「体の調子、良くなるといいな。アレルギーだったか？　何なら俺がいつか、お前を完治させてやるよ。ハハ、こんなこと言うとまた甘く見るなって言われるか」

グラスを口に運びもせず、桐子はこちらを睨みつけている。

「で、音山は？　どんな医者を目指してるんだ」

話を振られ、照れくさそうに頬を掻く音山。

「二人の話を聞いちゃうと言いにくいな。俺は本当に何もないんだよ。夢を持てる人がいつも羨ましくて、憧れてた。勉強はそこそこできたから進学を決めたけど、将来何をしたいのか、結局最後の最後までわかんなくて……だからね、思ったんだ。自分の夢がないなら、誰かの夢を応援しようって。今はね、病気や怪我で夢を断念してしまう人がいるなら、助けになれたらいいなって思ってる」

これを聞いて福原だけでなく、桐子も微笑んだ。

「お前それ、立派な夢だろ」

「あれ、そうかな？」

「そうだね。それは夢だ」

桐子も頷く。音山の顔が赤くなる。ふと、三人の間から壁が消えた気がした。

福原はグラスを掲げる。

「よし、乾杯だ。俺たち三人の未来に」

今度は桐子も自分からグラスを差し出した。音山が慌てて続く。ちん、と爽やかな音が響いた。


あの時夢見た未来が、こんな形になるとはな。

歩き疲れた福原は中庭のベンチに腰掛け、一息ついた。自動販売機で買ったお茶を開け、ゆっくりと一人で飲んだ。

†

辻村藍香が目覚めた時、部屋はすでに明るかった。

また嫌な時間が始まる、そう思った。もはや休日は恐怖でしかない。ゴールデンウィークが、不吉な言葉に感じられるほどだ。

ふらつきながら起き上がると、テーブルの惨状が目についた。空き缶が転がり、プラスチックのパックが散乱している。昨日はお酒をたくさん買ってきて飲み、アルコールの力を借りて寝たのだった。

台所で水を一杯くんで飲む。

ああ。

心の奥がざわつき出した。

やっぱり見逃してはもらえないか。

あの悲しみの嵐が湧き上がる。

また、これと闘うのか。もう疲れたよ。

項垂れると、シンクに髪の毛が落ちた。

スマートフォンが音を立てている。アラームを止めなきゃと手を伸ばして、ようやく電話の着信に気が付いた。咄嗟に受話ボタンをタップして耳に当てる。

「はい、もしもし。辻村です」

「あの、私だけど。寝てた？」

「あ。祥子……」

大学時代からの親友、中田祥子だった。

「ごめん、急に電話しちゃって。お葬式以来だね。元気？」

「まあまあかな」

「もう仕事には戻ったんだっけ」

「とっくに働いてるよ」

「そうなんだ。無理しちゃだめだよ、しっかり休まないと。力が必要だったら言ってね、私にできることならするから」

「ありがとう」

既視感のあるやり取り。祥子は続ける。

「何かさ、あれからずっと藍香が気がかりで。ほら、いつか私、浩平君は大丈夫、とか言っちゃったじゃない？　それがこんなことになって。何か言わなきゃと思ってて、でもタイミングがわかんなくて、今日思い切ってかけてみたの」

「そっか、大丈夫だよ。気にしないで」

「藍香のことだからそうだとは思うけど、でもさ」

「何とかやってるから、うん」

会話を切り上げる言い回しを藍香が探し始めた時だった。

「浩平君のためにお線香を上げに行きたいんだけど、どうかな」

「あ、それは嬉しいよ。こうくんも喜ぶと思う」

すると電話の向こうのテンションが一気に上がった。

「じゃ、今から行ってもいいかな」

「えっ、今から？」

藍香はごくんと唾を飲み込んだ。

「実はついでがあって、すぐ近くまで車で来てるんだ。それで藍香は大丈夫か、落ち込んでないかって急に不安になってさ。ちょっとだけ寄ってってもいいかなあ。お線香上げたらすぐに帰るから」

藍香はカーテンを開けてみた。さすがに窓からは見えないが、どこかに彼女の青くて丸っこい車がいるのだろう。

どうしよう。

「ね、ちょっとだけだから」

「わかった……大丈夫だよ」

結局押し切られてしまった。

「十分くらいでつくから。あ、何か買ってきて欲しいものとかある？」

「特にないかな」

「そっか、了解！　じゃあ後でね」

電話は切れた。藍香はスマートフォンを握りしめて、軽くため息をつく。

昔からこうなんだよな。良く言えば行動力がある、悪く言えば自分勝手。でも、もしかしたら意外に気が紛れるかもしれないし。疲れそうなら、そう言って早めに帰ってもらえばいいか。

藍香は重い体にむち打って、部屋の片付けに取りかかった。

空になったペットボトルをゴミ箱に放り込むと、福原は立ち上がり、また歩き出した。

大学の構内にはほとんど人気がない。長期休暇か試験期間中なのかもしれない。当時を懐かしみながら歩くうち、やがて煉瓦作りの講義棟が見えてきた。あまりいい思い出のない場所である。そろそろ引き返したいような、だからこそこの機会に見ておきたいような。迷っているうちに、一番奥の教室――解剖実習室に辿り着いてしまった。

ああ、こんな感じだったな。

うすら寒く、日当たりが悪く、いかにも怪談話が作られそうな一角。微かにホルマリンの臭いを感じる。窓から覗き込むと、大きな銀色の机が均等に並んでいるのが見えた。

解剖台である。

実習の時には、あの上に一つずつご遺体が乗せられていた。白い布に包まれて、胸元に菊の花が添えられて。

一般教養を終えて二年生になると、本格的に基礎医学の勉強が始まる。そもそも人体がどのようにできているのか、どんな仕組みなのかを学ぶのだ。そうして夏が過ぎ、ある程度知識がついたころ、満を持して始まるのが解剖実習だ。

当時を思い返すと、福原は今でも暗い気持ちになる。

あれは自分にとって初めての挫折だった。抱いていた夢も希望も、粉々に打ち砕かれたのだから。


いよいよ実習が始まる日、教室にはえもいわれぬ厳粛な空気が漂っていた。

学生たちはみな真新しい白衣を着て、マスク、手袋、そしてメスやハサミといった解剖器と文房具を、テキストと一緒に抱えている。助手の案内で、三、四人ずつの班へと振り分けられていく。たまたま連れだってやってきたため、福原は音山や桐子と同じ班になった。三人は席につき、静かに開始時間を待っていた。

口数が少なくなる者もいれば、「やべ、マジか」などと軽口を叩く者もいたが、楠瀬巌教授が二人の助手を引き連れて教壇に現れると、誰もが自然と口をつぐんだ。

「皆さん、手引き書には目を通してきましたね」

灰色の髪とスマートな長身に、白衣がよく似合う楠瀬教授。太い眉の下、澄んだ鳶色の瞳を瞬かせ、微笑みと共に続けた。

「言うまでもありませんが、念のため。今、この教室には十九名の亡くなられた方のお体があります。君たちが良く学び、良い医師になるため、差し出された尊いご献体です。君たちに同じことができますか。自分や家族の体を、顔も知らぬ未熟な医学生に渡せますか」

穏やかな口調だが、空気が張り詰めていく。誰も身じろぎ一つしない。

「大切な家族を思い浮かべてください。その体だと思って、丁重に扱うように。さて、アトラスをお持ちの方」

何人かが手引き書の下から分厚い図録を取り出す。フルカラーで人体の構造が描かれている書籍で、参考教材の一つだった。

「良くできた本ですが、それはあくまで一例に過ぎないと心得なさい。自分の目で直接見たものが真実、ご献体が君たちの先生です。医師として生きれば、いくつもの命に学び、いくつもの命を背負うでしょう。その第一歩を、これから踏み出します。二ヶ月、三十回の実習、誠心誠意取り組むように」

福原は思わずごくりと唾を飲んでいた。

同じ解剖台を囲む音山や桐子をちらりと見る。音山は神妙な顔つきだが、桐子は普段と特に変わらないようだった。

「黙祷」

楠瀬の一言で、七十五名の学生を含む、教室内の全員が目を閉じた。

「やめ。それでは手引き書通り、上半身は頸部と胸部、下半身は腹部と大腿前面から。手分けして始めなさい」

三人の班員は立ち上がり、無言で目を合わせた。

「じゃあ、まず俺がやるぞ」

最初に動いたのは福原だった。菊の花を傍らによけ、白いネル布をそっと開いていく。

多少の緊張はあったものの、怖くはなかった。

誰よりもたくさん作業して、誰よりも学ぶぞ。

福原は燃えていた。

　この日に備えて準備してきた。手引き書やアトラスに何度も目を通し、少しだが家で鶏肉を使って練習もした。手順も構造もすっかり頭に入っている。

　やがて布の中から蒼白な遺体が姿を現した。お婆さん、というには少し早いくらいの痩せた女性である。冷たく固いその肢体。首から上が露わになった時、福原は思いがけず息を呑んだ。

「うっ」

　顔から目が離せない。胃が縮み上がる。心臓が割れ鐘のように鳴り出した。ややあって頭から血の気が引き、唇がぴりぴりと痺れ始める。首筋に冷たい汗が滲み出る。

　顔の造作は似ても似つかないし、体格もまるで違う。それなのに福原には幼い日の記憶が重なって見えた。棺の中に寝かされていた、物言わぬ骸。

　母さん——。

「福原、大丈夫？」

　目の前が暗くなる。次の瞬間、脇から支えようとした音山もろとも、福原は解剖実習室の床に倒れ込んでしまった。


　解剖実習で気分が悪くなる学生や、怖くてメスが入れられないという学生は珍しくない。何度もトイレと教室を往復している学生もいた。だが回数をこなすうちに少しずつ慣れ、二週間もすればほとんどの学生が平常心で作業できるようになる。

初回で失神したあげく、いつまで経ってもまともにメスを持てない学生は初めてだ。そう助手さんに言われた時は、目の前が真っ暗になるような気がしたっけ。

福原は教室から目を逸らし、茂みの方を見つめた。奥には慰霊塔があり、地下に納骨堂がある。ご遺族の意向にもよるが、かつて自分たち三人が解剖したご献体も、納められているかもしれない。

いや、三人とは言えないか。やったのは音山と桐子の二人だ。

――長い実習の間、共に過ごしているうちに、ご献体に対して不思議な親近感と、感謝の想いが湧いてきました。文字通り、導いてくれた先生という感覚です。慰霊祭では自然に手を合わせていた自分に気づきました。

最終日に音山が書いたレポートは、学生感想文として優秀賞に選ばれ、大学の冊子に載っていた。一方の桐子は、鮮やかな手際で、実習中ずっと大活躍だった。

今でも思い出せる。桐子があの華奢な体で腕をいっぱいに伸ばし、ごわごわの硬くなった皮膚にメスを入れ、切り口に指を突っ込んで引っ張る。ハサミに持ち替えて刃を差し込み、つーっと皮膚を剝がしていく。事前に抜かれているので血はほとんど出ない。現れた皮下脂肪をピンセットで取り除き、血管や神経を器用にかわして分け入り、筋肉や内臓、骨の位置を確かめていく。他の班どころか噂を聞いた先輩までもが、彼の技を見学に来たほどだった。

二人に比べて、俺ときたら。

手引き書のページをめくったり、鉗子やハサミを手渡したりしていただけ。まるでアシスタントである。福原のような足手まといがいたのに、居残り数回程度で済んだのは、桐子と音山が人一倍頑張ってくれたおかげだった。

「学生時代は落ちこぼれだったなんて、若手のスタッフが聞いたら驚くだろうな……」

講義棟と講義棟との間、狭い空を見上げて福原は呟く。

「だけどそれが俺の正体なんだ。勇ましい言葉を口にしていても、心の奥では人一倍怖がってる。死が、白くて冷たい姿に変わってしまった母さんが、怖くてたまらないんだ」

大きな体が、ぶるっと一つ震えた。

「俺一人だったら、医者になれなかったかもしれない」

音山はいつも優しく励ましてくれた。大丈夫だよ、きっと何とかなると、笑ってそばにいてくれた。桐子の奴は冷たかった。最初の威勢はどうしたの、とまで言いやがった。だが、なにくそ、と思えた。崖っぷちであと一つ、ふんばれた。

「でも、おかげで医者になれた。医者になれたじゃないか」

福原は拳を握りしめる。

「それだけじゃない。外科のエースになり、院長にもなった。国会議員がわざわざ執刀を依頼しに来たことだってある。ほんの少し前まで、確かに俺は優秀な医者だったんだ」

気づくと、必死に自分に言い聞かせていた。

「きっと俺は戻れる。一度できたことなんだから、きっとやれる。そうだ、やれるんだ」

両手の拳を何度も虚空に振り上げる。空に浮かぶ太陽の熱を受け、体に宿そうとする。

「やれるんだ……信じろ」

声がかすれた。

やがて福原は項垂れると、両手をポケットに突っ込み、歩き出した。懐かしい大学を後にし、繁華街に入り、たくさんの人に紛れていく。さっきあれだけ己を鼓舞したのに、もう心の中は暗い不安に覆われ始めている。

やれるって？　本当にそうか？　いつかと違って、今は一人ぼっちなのに。

生暖かい風が吹き、福原の足元で渦を巻いていた。

†

部屋の片付けを終え、藍香がソファで天井をぼんやり見つめていると、外から話し声が聞こえてきた。祥子が来たらしい。

一つ気合いを入れてから立ち上がり、玄関に向かう。インターホンが鳴った。

「なあ、ちょっと強引だったんじゃないか」

扉の向こうから、囁（ささや）くような男性の声。

「ううん、これくらいじゃないと。普通に言っても、絶対遠慮されるから」

こっちは祥子の声。

「あの子、学生の頃からそうなんだよ。何でも一人で抱え込んじゃうの。見てると私、ほっとけなくて」

「でも僕、お会いするのはこれでやっと三度目だ。こんな状況で、何を話したらいいのか」

「いいの、あなたは黙ってそこにいれば。顔を見せるのが大事なんだから。直接会って、藍香は一人じゃないって伝えたいの」

藍香は愕然（がくぜん）としていた。

夫の恒樹さんまで連れてきたの？　どうして夫婦で来るんだろう。見せつけるつもりなのか。

慌てて首を横に振る。

違う、そんなはずない。祥子はそんな子じゃない。ただ……ただ、深く考えなかっただけだろう。

それに、玄関先まで来ているんだ。今さら断るわけにもいかないじゃないか。

藍香は深く息を吸って、そしてゆっくりと吐いた。心を空っぽにして、感情を止める。よし。

意識して口角を上げ、ドアを開けた。

「いらっしゃい」

「あっ。どうも」

恒樹が、長い体を折りたたむようにして頭を下げた。

「や、やあ」

祥子はぎこちなく手を上げる。彼女は少し太ったかもしれない。きょろきょろしてから、横の恒樹に促されるように頭を下げた。

「いきなりごめんね。ちょっとその、ほら、心配で。ちゃんとご飯食べてる？」

「このたびは誠にご愁傷様です」

　祥子の言葉を途中で遮って、恒樹が和菓子らしき包みを差し出した。

「こちら、御仏前に」

「お気遣いありがとうございます」

「すぐおいとましますので」

「え、お線香上げさせてもらおうよ、いいでしょう？　藍香」

　恒樹は困ったように藍香と祥子を交互に見る。祥子はもう靴を脱ぎ始めていた。藍香は仕方なく「ぜひ、どうぞ。浩平も喜びますから」と招き入れる。

「それでは」と一歩前に出た二人を見て、少し後悔した。

　横から見ると明らかだ。祥子は太ったのではなかった。見覚えのあるキーホルダーがハンドバッグにもくっついている。

「祥子、そのお腹」

「うん。七ヶ月なんだ」

　洗面所で手を洗いながら祥子が言う。

「安定期が終わったら伝えようと思ってたんだけど、ほら、色々あったからタイミング逃しちゃって」

「そうなんだ。おめでとう」

声が震えかけた。

「男の子なんだけど、どうも頭の位置が良くないらしくて。最近は逆子体操ってやつもやってるよ」

「へえ。治るといいね」

「恒樹なんて心配性だから、毎日のように治ったか聞いてくるんだ。そんなにすぐ治るわけないのにね」

だらだらと話し続ける祥子に、返事をする気力もなかった。どうしてわざわざ目の前に晒すのか。妊娠。安定期。逆子体操。私とこうくんにもありえたかもしれない未来。

藍香は黙って二人を居間に案内する。祥子もさすがに遺影を見ると、お喋りを止めた。

「マッチと蝋燭、その脇にあるから。飲み物、何がいい？」

「任せるよ」

藍香は湯呑みを出してきて、ほうじ茶を淹れる。その間に祥子たちが線香を上げてくれた。白檀の上品な香りがたちこめ、おりんの澄んだ音が響く。

テーブルに三つ湯呑みを並べる。浩平のお気に入りだった黄色いマグカップにもお茶をそそぎ、そっと遺影の前に捧げた。

しばらく誰も何も言わなかった。さすがの祥子も気まずそうに俯いている。静寂に満ちた室内を、午後の日差しが照らしていた。

「ね、藍香。その……」

重々しい空気の中、祥子が探り探りといった様子で口を開いた。

「気を落とさないで、ね」

「うん。ありがとう」

藍香は微笑んでみせる。二人のやり取りは、普段よりはるかに時間をかけて進んだ。

「私、わかんないけどさ。生きていればきっとまた、いいこともあると思う。浩平君も藍香がにこにこしてた方が、嬉しいはずだし、彼のためにも、前を向いて」

「そうだね」

「私、できることがあれば何でも手を貸すから」

「ありがとう」

白けたような空気。

藍香はため息をつきたくなるのを我慢していた。

どうしてあなたたちは同じような受け答えを何度もやらせるの。不幸があったのは私だよ。なぜ私ばかり、延々と負担を強いられるの。

実のないやり取りがしばらく続いた後、祥子が言った。

「でもさ、藍香は偉いよ。毎日ちゃんとご飯食べて、仕事もしてるんだから」

藍香は自分のこめかみが引きつるのがわかった。

あなたに何がわかる。

「私だったらとてもそんな風にできないだろうな。すぐサボっちゃうはず」

どういう意味だよ。私が異常だって言いたいの。

「そんな藍香だったら、きっといつか乗り越えられると思う。ほら、こんな言葉聞いたことない？　神様は、乗り越えられる試練しか与えないって」

バカにしてるのか。どれだけ上から目線だ。

「落ち着いたらまた海にでも行こ。まだ若いんだしさ、新しい出会いがあるかもしれないよ、ね」

喉の奥がきゅっと詰まった。

言うに事欠いて、それか。

怒鳴りそうになって、藍香は懸命にこらえた。足に何かがぶつかったような振りをして俯き、床を見つめて呼吸を整える。それから顔を上げて、どこにも焦点を合わせずに微笑んでみせた。

「うん」

そこで恒樹が軽く祥子の袖を引っ張り、言った。

「なあ、長居はよくない。きっとお疲れのはずだから。そろそろ」

「そうだね。じゃあ藍香、何かあればいつでも連絡してね」

「うん」

「最後にもう一度お線香、上げていこうかな」

遺影に向かう二人の背を見て、藍香はほっと胸をなで下ろした。良かった。何とかやり過ごせた。

祥子と恒樹が遺影の前で正座し、そっと線香に火をつけては立てる。おりんを鳴らす。ちんという音が部屋に溶けていく。

祥子が洟をすすった。

感極まったらしい。遺影に反射して、二人の悲痛な表情が見て取れる。祥子は眉間に皺を寄せ、唇を噛みしめている。目の周りは赤かった。そのまましばらく、二人は祈りながら手を合わせていた。

遺影の浩平は笑っている。にっこり、嬉しそうに藍香を見ている。二人で行った海で撮った写真だ。あんなに幸せそうに笑っているのに――。

こうくんは死んだ。

喉が震えた。ぐふっ、とむせるように唸ると、藍香の目から大粒の涙が零れ出た。

「どうしてなの」

はっとした顔で、祥子と恒樹が振り返る。

いけない、あと少し耐えるんだ。あと少しだけ。

だが、一度湧き上がった感情は収まらなかった。噴火のように、藍香の口から轟然と出て行った。

「どうしてこうくんが笑ってて、あなたたちが泣いてるの。おかしいでしょう、こんなのは」

「藍香……」

呆然と口を開く祥子を指さし、睨みつける。

「幸せなくせに。幸せで、全部持ってるのに」

恒樹の顔が、みるみるうちに青ざめていく。

「何が新しい出会いだよ。あなたの、そのお腹の中にいる赤ちゃんが死んじゃったとして、新しい赤ちゃんを作ればそれでいいって思えるの？　人間に替えは利かないんだよ。どれだけ無神経なの。どれだけ考えなしなの」

「藍香、ごめん。私、そんなつもりじゃ」

口から唾が飛んだ。その間も涙は止めどなく流れ続けた。

「あなた、私を慰めるつもりなんかないよね。自分が安心したいだけ。今日来たのも、お線香も、全部、自分のためでしょう」

「違う、藍香、どうして」

祥子を恒樹が制した。

「藍香さんの言う通りだと思う。僕たちが無神経だった。帰ろう。本当に失礼しました」

蒼白な顔で、恒樹が祥子の腕を引いて玄関に向かう。

「帰って。もう二度と来ないで、連絡もしないで！」

金切り声が藍香の口から飛び出した。

「藍香、本当にごめん。私、ただ」

「うるさい！」

二人を追い出すと、藍香は扉を閉め、力一杯鍵をかけた。取って返すと、テーブルに並んだ湯呑みが目に入る。祥子たちが使った湯呑み。まだ微かに湯気が立っている。

こんなもの。

藍香は湯呑みをひっつかむと、歯を食いしばって振りかぶった。

そしてそのまま、動けなくなってしまった。

時計の秒針の音を聞いているうち、少しずつ体から力が抜けていく。藍香は床にうずくまった。湯呑みが転がっていく。涙で濡れた床に額を擦りつけながら、皮に爪が食い込むほど頭を抱えた。

悪気はないことくらい、わかってる。わかってるけど。

何度か拳で床を打ち付けてみた。固く冷たい感触が戻ってくるばかりだった。

†

診療所を閉め、部屋を片付けながら、ふと桐子は窓の外を見た。

桜はすっかり散ってしまったが、瑞々しい若葉がそよ風に揺れている。何だかずっと眺めていられそうだった。

電話が鳴った。受話器を取ると、向こう側で穏やかな男性の声がした。

「『まりの会』主催の川澄陽一(かわすみよういち)です」

「こんにちは、桐子です。先日はありがとうございました」

「いえ、いったん検討するとお伝えしたまま、回答が遅くなってしまってすみません。桐子さ

んはええと、浜山京子さんのご紹介でしたよね。お医者さんで、ご自身が死別に悩んでいると
いうわけではないけれど、色々と話を聞きたいと」

川澄の口調には、聞いていて安心するような柔らかさがあった。

「はい、その通りです」

「なるほど、なるほど」

頷くように繰り返し、川澄は続けた。

「まずですね、会の参加は原則、死別経験者に限っているんです。どんなことをしているかは
ご存知ですか」

「ホームページに目を通しました。お互いに死別の体験を話し合うんですよね」

「はい、順番に話をして、他の人がそれを聞くという形ですね。相づちやちょっとした質問は
いいですが、批判したり文句をつけたりはしない決まりです。目的は言葉にして吐き出すこと。

すると自分の考えを整理できるし、似た境遇の人がいるということが支えになったりもするの
で」

「その結果、互いに苦しみが和らぐのですか？」

「場合によりますね。残念ながら、言い争いになってしまうこともあります。『交通事故で一
瞬にしていなくなる方が辛い。お別れの時間が十分持てただけ、あんたは幸せだ』という人と、

『長いこと苦しんで、転院に転院を繰り返して、力尽きるのを見送る辛さがお前にわかるか』

という人とがいたとして。こうなるともう、お二人を引き離すしかないです。どちらが正しい

という話ではありませんから」

「そういうすれ違いがあるとしても、話をした方が良いわけですね」

「どうなんでしょう。少なくとも、会話を望む人が安心して話せる場所があった方がいい、と私は思っています。ただ、必ず誰かと話すべきだとか、そういうことは言えません。その方によりますから」

川澄は決して断定するような言葉を使わない。何か意見を言うとしても、あくまで主観であることを常に付け加えた。

「ただ、葛藤しながらも会話をしようとしたり、こういう場に来ようとしたりする方は、私からすると見ていて安心できますね。良くないパターンの人は、そもそも表に出て来ないんじゃないかと、個人的には推察しています。完全に人付き合いを絶ってしまうとか、酒に溺れてしまうとか。あるいは逆に、次の結婚相手を見つけるぞとばかり、毎週のように合コンに励むなんていう人もいましたね。やがて生活が破綻してくような方もいました。私の見てきた中では、という話ですが」

桐子は少し考え、メモ帳を取り出して開く。

「あのう……『死別は交通事故に遭ったようなもの』というお話を聞いたのですが」

「ええ、懐かしい。寺山さんという、私の前に主催をされていた方が当時よく言っていました」

「今はもういらっしゃらない？」

「転勤されて、運営から離れました。会を引き継いで二年になります。ただ、私も今は同じような感想を持っています」

「つまり、自分の心は大怪我をしているのだと認め、無理をせずきちんと休めば、いずれ必ず社会復帰できると」

「そうですね、かなりの割合で元気を取り戻していくと、自分が体験した範囲ではそう思いますよ」

　桐子は受話器を耳に当てたまま、身を乗り出した。

「どれくらい休めば、その怪我は治りますか」

　しばらく川澄は考え込んだ。

「治るという言葉を、どう解釈するかにもよりますが……」

「三ヶ月の休職ではどうでしょう」

「私は、難しいと思います。年単位、たとえば五年、十年かかっても不思議ではありません。ただ、仕事に復帰できるという意味では、もう少し短いかもしれません」

「でもそれで言うと、そもそも福原が母親を失ってからもう二十年は過ぎています。そしてその間、ずっと頑張り続けてきた。勉強し、働き、闘い続けてきた。音山が逝った時だって、翌日にはもう病院で手術をしていましたから。彼は特別に強い男です。それが今になって急に崩れてしまい、何年も休まねばならないなんて、あり得るんでしょうか。僕は信じられない」

　川澄はしばらく口ごもってから、申し訳なさそうに言った。

「何とも言えません。隠しているとかではなく、私にも本当にわからないので。ただ、これまで色々な人を見て、接してきました。その方について、一緒に考えていくことはできると思いますが、どうでしょう」

「お願いしたいです。でも、会への参加は死別経験者に限るんですよね。僕が行ってもいいんですか」

「それなんですが、会そのものではなく、私と個人的にお話しするという形ではいかがですか」

「ぜひ、それで。ご都合の良い日はありますか」

川澄と日程を摺り合わせ、桐子はカレンダーに予定を記入する。日付を眺め、ふと思う。予定では、福原の休職期間はそろそろ終わるはずだ。しかし神宮寺から復帰したという知らせは、一向になかった。

†

藍香が改札口を出ると、しとしとと霧のような雨が降っていた。傘の持ち合わせがなかったので、しばらく立ち尽くす。駅前で乗客たちが開いた傘が、次々に夜闇へと吸い込まれていくのを眺める。

もう梅雨だった。季節は巡っていく。

藍香一人を取り残して。

祥子たちを追い出したあの日から、すでに一月以上が過ぎていた。働いて、土日をやり過ごし、また働いて、土日をやり過ごす。延々とその繰り返し。ただ生きているだけ。それだけで精一杯だった。

相変わらず体は重い。油断すればいつだって、悲しみの嵐は襲ってくる。

藍香は軽く駅の壁に寄りかかり、ため息をついて座り込んだ。

苦しいのが日常になり、諦めだけは良くなった。繰り返し、繰り返し、無抵抗のままむち打たれる。逆らわず、悲鳴も上げず、ただ痛みに晒され続ける。

地獄ってこんな感じなのかな。

少し心が落ち着いたところで立ち上がる。そして冷たい雨の中へと歩き出した。

ただ、足元にだけ集中する。一歩踏み出せば一歩進む。進んでいけば、やがて家に辿り着く。家で眠れば一日が進む。また一日、生きる。これは確かな事実だった。一歩。また一歩。足を止めたくなったら、一休みしてからまた一歩。

水溜まりに波紋が広がる。背中がしっとりと湿ってくる。

やっぱり傘を買えば良かったかな。

もう一歩。また一歩。

どのあたりまで来ただろう。

ふと顔を上げる。

大きな橋に辿り着いていた。

車道を車が走り抜けていく。ヘッドライトの閃きと、水をかき分ける音。両脇の歩道を薄ぼんやりとした街灯が照らしていた。歩行者の姿は他にない。冷たく濡れた金属製の手すりに体を預けて下を見ると、そこは暗い線路だった。

もう一歩も歩けない。

藍香は線路を見下ろしながら、疲れ切った思いで大きなため息をついた。

家までの道筋にこんな橋はない。おそらくどこかで道を間違えたのだろう。いや、降りる駅すら間違えたかもしれない。

どうしてこんなところにたどり着いたのかな。

警笛が鳴り響いた。轟音と共に、眼下を通勤快速が通り抜けていく。まばゆい光と振動、そして突風に舞う水滴。肌が細かく震えるのがわかる。大きな蛇が躍動しているようだった。あれに飲み込んでもらえば、もう辛い土日を過ごさなくてもすむ。あの光り輝く大蛇が、生命力に満ちあふれた、この上なく魅力的なものに見える。

死ぬのがそんなに怖くない自分に気が付いて、ごくりと唾を飲んだ。

だって、向こうならこうくんに会えるかもしれない。少なくともここにいるよりは可能性がある。この世界にしがみつく意味って、何かあったっけ？

手すりをぐっと握りしめた。掌に汗が滲んでいるのがわかった。

全身がこわばる。動輪とレールが擦れ合い、耳をつんざくような音が鳴り響く中、藍香は動けなくなってしまった。身を投げそうな自分に抗っているのか、この場を離れて家に帰ろうとする自分を押しとどめているのか、わからない。

　歩道を男性が歩いてきて、ちらりとこちらに目をやった。ふと体のこわばりが取れた。藍香はスマートフォンを取り出して、眺めている振りをした。

　男性はそのまま通り過ぎていく。そのまま眩く輝く画面を呆然と眺めていると、藍香の脳裏に懐かしい声がよぎった。

　――あっこ。

　藍香はスマートフォンに触れた。着信履歴をスワイプしていく。ここ最近は親戚や会社関係の履歴ばかりだったが、やがて「こうくん」という履歴が現れた。忘れもしない去年のクリスマスイブ、十八時四十七分にかかってきた電話。彼と話した最後の五分。一字一句覚えておこうと思ったのに、もう細部の記憶は曖昧だ。いや、万が一が起きるのが怖くて、どこかで真剣に覚えようとしなかった。

　それでも最後の言葉だけははっきりしていた。

　――大好きだよ。僕がいなくなっても、幸せになってね。

　藍香は飛びのくように手すりから離れた。快速列車の振動で、橋が細かく揺れている。脈打つ心臓を服の上から押さえて、自分が生きているのを確かめた。

　それから天を仰いだ。

「思えないよ」

　喉が震える。か細い声が、黒い空に吸い込まれていく。

「まだ、思えないよ。幸せになろうなんて。頑張ってる。毎日頑張ってるけど、どうしても思えないよ……ごめん……」

湊をすすり、瞼を拭った。

降り注ぐ雨に向かって繰り返す。

「ごめんね……こうくん……」

しばらく、あるはずもない返事を待ってから、藍香は歩き出す。マンホールを踏み、電信柱の横を通り過ぎ、一歩ずつ、一歩ずつ。家に向かって自分の体を懸命に運んだ。

第二章　とある恋敵の死

「今何時」と聞かれた気がして、倉庫にしている奥の部屋から神宮寺は答えた。

「十一時くらいじゃないですか。人に会う約束は十三時と言ってましたっけ。まだ余裕がありますよ」

アルコール綿の箱を手にして戻ると、桐子が膝を抱えて椅子に座り、軽く貧乏揺すりをしていた。机のペン置きが音を立てている。

「神宮寺君、何の話だ」

「え？　今、時間を聞いたでしょう」

「違う。時間なんて時計を見ればわかるもの。日付だよ、今は何日って聞いたんだ」

「一月の二十九日です。時計の横にカレンダーがあるから、自分で見てくださいよ」

「見えてるよ。カレンダーが正しいのかどうかを聞いたのに」

神宮寺はふんと小さく息を吐き、倉庫に戻る。

何をイライラしてるんだろう、この人は。

フラストレーションをぶつけられるのは愉快とは言えないが、興味深く感じてもいた。普段は平静を崩さない桐子が、珍しく感情を露わにしている。白い肌を歪めて、眉間に皺など作っている。それはどこか悲しげな表情にも見えた。

「神宮寺君、今は何日」

「何度も同じことを聞かないでください」

ぼきりと音がした。桐子が折れた鉛筆の芯を震える指でつまみ、握りしめながら言う。

「何日目か、教えて欲しいんだよ」

「ああ、福原先生が休職してからですね。三百六十九日、いや七十日かな」

即答できたのは、このところ毎日のように同じ質問を受けるからだ。

「最初は三ヶ月という話だった。それが六ヶ月になって、九ヶ月になって、もう一年以上になるじゃないか」

「私に言われても困ります」

桐子は神宮寺の方を見ようともせず、下唇を噛んで俯いている。

「それに桐子先生はご自分で言ってましたよ。すぐに元気になって、復帰してくると」

「そうだけど」

「だから私が言ったじゃないですか。問題は根深いかもしれないって。福原先生は――」

「やめてくれ」

悲鳴と共に、桐子が立ち上がった。椅子が倒れて音を立てる。

「ごめん。でも、聞きたくないんだ」

白衣を脱いで放り、ジャケットを羽織るとポケットの財布を確かめる。

「ちょっと出かけてくる」

ぼそりとそう言い、ゆっくりと歩き出す。途中で下駄箱に腰をぶつけ、よろめいて反対側の壁にもぶつかったのを神宮寺は見逃さなかった。

「何やってんだよ」

おそらく無意識にだろう、ぶつぶつ呟いている。

「あいつ、何やってんだよ。らしくない。こんなの、本当にらしくないよ」

スニーカーの右左を逆に履き、桐子は外に出て行った。

†

ある地方都市の交差点で、一台の営業車が信号待ちをしていた。

「思うんですけどね、さっさと切り替えて次の恋人探せば良くないすか？　落ち込んでるだけ時間の無駄ですよ」

青信号を確かめると、桃谷尋（ももたにひろ）はアクセルを踏み込み、片手でハンドルを回した。社用車のエンジンが大げさに唸りを上げ、薄っぺらなシート越しに振動が伝わってくる。

この車、外見こそ綺麗だが、中身はおんぼろ。タバコの臭いもこびりついている。それでも尋は、こいつの運転が嫌いではない。自分にちょうどいい気がするからかもしれない。

「尋、お前なあ。そういう問題じゃないよ」

助手席の重松和也（しげまつかずや）が、尋を睨みつけた。

「付き合って七年目だったんだぜ。小学生が卒業する長さだよ。いきなり他に好きな人ができたって言われて、ハイそうですかって思える？」

重松は天を仰ぐ。

「や、そりゃしんどいのはわかりますよ。だからこそ、早く切り替えた方が得かなと。女なんか他にいくらでもいますって」

「お前みたいにコロコロ女を替える人間と違うんだよ、俺は」

アハハ、と尋は笑った。

「好きでそうしてるわけじゃないですよ。すぐ嫌われちゃうから、仕方なく次を探すんです。俺も必死なんすよ」

「嘘つけ。前は二股かけてたじゃないか」

「あれ？　何で知ってるんですか、まいったなあ」

踏切前で一時停止して、尋は頭をかく。栄えているのは駅前だけで、ほんの数分車を走らせれば、あたりは田畑と森ばかりが広がる田舎町。のどかなものである。電車の気配はもちろん、人通りもほとんどない。窓を開けると澄み切った空気が車内に入り込み、清々しい気持ちになった。

「これ、あれだ。梅サワーの匂い。どこかで咲いてますね」

「誤魔化すな、女性の敵め」

「シゲさん、これだけはわかってくださいよ。二股が先じゃありませんから」

「どういう意味？」

「わかるじゃないですか。相手そろそろ冷めてきてんな、もうじき振られそうだなあって感じ。怖いじゃないですか、独りぼっちで放り出されるの。だからいつ捨てられてもいいように、他の女の子に手当たり次第に粉かけとくんです。すると、中には優しくしてくれる子がいる」

「え。じゃあ何、予備ってこと？」

「そう。マリオの1UPキノコです」

尋は車を発進させた。重松が白い目でこちらを見ている。

「何その考え方、怖いんだけど。じゃあ二股かけといて、振られずに持ち直した場合はどうなるの」

「その場合は気づかれないようにキープですよ。1UPキノコ、あるに越したことはないでしょ」

「凄いな。それで？　今はどれくらい残機があるわけ」

「いやー、それがねえ。全部バレちゃって、どっちからも振られて、寂しい独り身なんですよ。誰かいい人、いないですか」

「自業自得だ、バカ……」

アハハハ、と尋は笑う。

重松がシートに座り直し、「あ、そこ左」と呟いた。

大きな柿の木がある古い家の前で曲がり、坂道に入る。するとほどなくして、行く手に大きなスーパーマーケットが見えてきた。

「さあて、ちょっくらお仕事しますか」

　尋はネクタイを軽く締め直した。

「いつもお世話になっております！　東洋冷食の桃谷と申します」

大きな声で挨拶し、風を切る音が聞こえそうな勢いで頭を下げる。

自分の名刺は遥か下から差し出し、相手の名刺をうやうやしく受け取る。三年ほど営業職を続けてきた結論として、大げさなくらいでちょうどいいと尋は思っている。

「あーどうもどうも」

　スーパーの店長はちらりと尋の顔を見ると、無造作に名刺をポケットに放り込んだ。あちこちに段ボール箱が積み上げられた事務室で、重松が一歩前に出る。

「長いことお世話になりました。電話でもお伝えしましたが、このたびの配置換えで、桃谷が私の後任になります」

「うんうん、元気そうな人だね。よろしく」

　疲れた様子の店長は、ほとんど尋と目も合わせなかった。それでも元気よく切り出す。

「さっそくですが、新商品のご案内、いいですか。『極みにんにく醤油鶏から揚げ』です。これ、ほんとに早くお知らせしたくて。シゲさんにも、早く引き継ぎの挨拶行きたいってせっついてたくらいでして」

パンフレットを差し出す。

「開発に五年もかけてます。醤油から造ったそうですよ。俺も食べてみたんですが、マジめっちゃうまいんですよ！　子供から大人まで胃袋掴みます。ぜひ、ぎっしり売り場に並べてもらえたらと」

店長はパンフレットを机の上に投げ出した。

「そういう話なら、冷食担当としてもらおうかな」

「担当者さん、いらっしゃいましたっけ」

重松が聞くと、店長が扉を開けて外を覗いた。

「新しく入ってね。この頃は発注もやってもらってるんだ。おーい。藤間さん、手が空いてたら来るように伝えてもらえる？」

しばらく世間話をしていると、控えめなノックの音がした。

「どうぞ」

店長の言葉を受け、灰色の扉がゆっくりと開く。尋は手元に名刺を用意し、相手が現れるのを待つ。さっきと同じように、たたみかけるように挨拶するつもりだった。

「あ、失礼します」

だが、笑顔で入ってきた同年代くらいの女性を見て、尋はしばらく動けなくなってしまった。

華やかな人だ。

あたりの景色がぼやけ、女性の姿が視界いっぱいに広がっていく。店内に流れる音楽や放送が遠ざかり、自分の心臓の音が規則正しく鳴るのがわかる。

　背は尋と同じくらいで、女性としては高い方だ。長い黒髪を後ろでまとめ、白いシャツに緑のエプロンをつけている。胸のプレートには「藤間」とあった。化粧っ気は少ないが、整った鼻筋ときりっとした眉が印象的。何よりも、大きくて黒い瞳から目が離せない。

　尋はさりげなく指をチェックする。結婚指輪はつけていない。

「こちら東洋冷食の方。今度担当替えになるそうで」

　店長の声で尋は我に返る。慌てて名刺を手に叫んだ。

「初めまして、桃谷と申します。今後お世話になります！」

「藤間です、よろしくお願いしますね」

　相手は軽く頭を下げる。柔らかな印象の声と、髪をかき上げる仕草がたまらなく魅力的だった。

「今後商品のご連絡などは、藤間さんにすればよろしいですか」

「そうですね、私に。あ、そうだ私、今は名刺がなくて」

「事務所のお電話でよければ、そこにかけますよ」

　尋はふと思いつき、付け加える。

「藤間さんさえ良ければ、メールはもちろん、ラインなんかでも対応できます。ご都合のいい方法で」

　すると思いがけず藤間が言った。

「じゃあラインを交換してもいいですか」

「えっ、いいんすか」

「はい」

藤間は机からメモ用紙を取り、胸ポケットのボールペンでさらさらと書き込むと「これ私のＩＤです」と気軽な感じで手渡してきた。

「りょ、了解です」

紙片を手に、尋はへらへら笑いそうになるのを必死にこらえた。

こんなに簡単に連絡先を貰っちゃっていいのかな。

横から重松が何か言いたげな目で睨みつけてくる。

何ですか。大丈夫っすよ、問題なんか起こしませんよ。たぶん。

尋は目をそらすと、四角い紙切れを両手で大事に折りたたみ、そっと財布にしまった。

†

桐子は都心近くの駅で電車を降り、オフィス街へと歩き出す。死別経験者の互助会「まりの会」が開催されるのは、とある雑居ビルのレンタル会議室だ。エレベーターを出て廊下を進むと、小さな木の看板が出ていた。インターホンを押すと、川澄陽一のはきはきとした声が応じた。

「桐子さん、いらっしゃい」

「失礼します」

　中に入ると、お茶のペットボトルや紙コップ、お菓子などがテーブルに並べられていた。日当たりはよく、光が窓からふんだんに差し込んでいる。灯油ストーブの熱気が心地良い。

「まだまだ寒いですね」

　川澄は白髪交じりで口元に皺も見えたが、所作は若々しく眼差しは知的である。

「定例会は十五時からでしたっけ」

「そうです。今、紅茶を淹れますから。桐子さんは座っていてください」

　ガラスのティーポットが運ばれてきた。澄んだ真紅の液体と、空中を揺らぐ湯気が美しい。

「こうして定例会の前後に桐子さんとお話しするようになってから、ずいぶんになりますね」

「ええ」

　桐子は椅子に座り、頰杖をつこうとする。だが位置が決まらず、左右を逆にして肘をつき、顎を乗せた。そして貧乏揺すりをする。そんな様子を川澄は黙って見つめながら、紅茶をカップに注いだ。ポットの中でくるくると茶葉が舞う。

「ご友人の方とは、まだ連絡が取れないんですか」

「はい。一応、職場には定期的に連絡があるみたいですが。それも公衆電話や、ビジネスホテルの電話からみたいで」

「旅行中なんでしたっけ」

「そうらしいです。詳しくはわからないんですが」

桐子は頭をかく。それから腕組みし、首を傾げる。かと思えば目を閉じて脱力し、ため息をつく。

「福原が旅行を楽しんでいるなんて、想像できない」

「懸命に置き場を探している最中なのかもしれませんね」

川澄の言葉に、桐子は顔を上げた。

「置き場？」

「あ、すみません。私たちの会では死別を忘れるとか、乗り越えるとか、そういう言い方をあまりしないんです。『置き場が見つかる』の方がしっくり来るので」

「死別の置き場ですか」

「死別という出来事の置き場。それから悲しみ、怒り、感情の置き場と言ってもいいでしょうか。心の中で暴れ回っていたものが、居場所を見つける。あるいは扱い方がわかる、そういう時が来ると考えています。傷はそう簡単には消せないし、完全に消してしまう必要もないと思っています。置き場が決まれば大丈夫。一緒に歩いて行けるようになるから」

ティーカップが桐子に差し出された。赤い水面を覗き込む。同心円状の波の中、茶葉の欠片がくるくると舞っている。ずっと見つめていると少しずつ動きは緩やかになり、やがて底に落ちて静かになった。

「置き場……」

ぼんやりと同じ言葉を繰り返している桐子に、川澄が切り出した。

「桐子さん。これまで色んな死別者についてお話ししてきましたよね。ケースバイケースで、人によるということはご理解いただけたかと思います。正直、どこまで役に立っているのかはわかりませんが」

「いえ」

「最後に私の話をさせてもらえますか」

最後？　訝しむ桐子に、川澄は続けた。

「以前、少し話したかとは思いますが。私は病院を開業し、妻と必死に切り盛りしていました。病院は繁盛し、朝から晩まで働き詰め。でも、楽しかったんです、仕事が。疲れは感じても、休みたいとはほとんど思わなかった。そんな時でしたよ、一人娘が発病したのは」

「確か、ＡＬＳでしたね」

川澄は頷く。ＡＬＳ——筋萎縮性側索硬化症は、体が少しずつ動かなくなっていく原因不明の難病だ。決め手となる治療法はない。

「私はあの子を治すどころか、あの子の病気をきちんと受け入れることすらできなかったんです。ただ苛立ち、慌て、おろおろしているうちに時間が過ぎていった。娘の病状を淡々と伝える医者に怒りすら覚えました。私自身が、同じようなことを患者さんにしてきたというのに」

口調は穏やかなままだったが、その目は赤くなっていた。

「あの子があっという間に逝ってしまってから、世界の全てが無意味に感じました。自分がこれまでやってきたことは何だったのか。何のために生きてきたのかと。病院を閉め、貯金を切り崩して生活していました。いや、あれは生活とは言えない。ただ息をしていたというだけです。本当に朝から晩まで、床に転がっているだけの日もあった。寝転んで、涎（よだれ）を垂れ流しながら、ぼうっと壁を見ているだけ……」

軽く微笑んで、川澄は続ける。

「妻が『まりの会』のチラシを見つけてこなかったら、私はあのまま干物になっていたかもしれません」

その視線の先には、互助会のチラシが数枚積まれていた。

「会に興味はありませんでした。救われたいとも思っていなかったので。ただ、名前です。たまたま会の名前が目に留まったから。まりえに呼ばれたような気がしたから。足を運んで、みんなと話し、少しずつ、少しずつ……いつの間にか主催を引き継いで。色々な人を見て。桐子さんのような人とも会って、いつの間にか、本当にいつの間にか。私も『置き場』を手に入れたようです」

一呼吸置いて、川澄は桐子の顔を真っ直ぐに見た。

「新潟で友人がやっている病院に、グリーフケア外来が新設されることになりました。妻と二人でそこに行くつもりです」

「グリーフケア外来というと、つまり死別者のケア？」

「ええ。おわかりだと思いますが、まだまだ発展途上の分野です。精神科医が抗うつ剤を処方しているだけ、なんてのはまだましな方。ひどい例では何の資格も経験もない人が、ネット上などでカウンセラーを名乗り、高額な報酬を取っていたりもします。それで癒やされるならまだいいですが、傷ついたり、かえって心が混乱したりする人がいる。確かに研究は足りないし、わからないことは多いけど、そういうものだと諦めてしまうのはどうかと。もっと私たち、医者にできることがあると思うんですよ。私はこの機会に医学だけではなく、宗教や哲学など……一から勉強し直して、本気で取り組んでみたいと思うんです」

その表情は明るかった。

「まりえは将来、医者になると言っていました」

川澄の唇が震えた。

「あまり構ってやれなかった。成績に悩んだり、試験に失敗したり、苦しんでいるのは気づいていたのに。あの子を奮い立たせようと冷たく接したこともあった。忙しいからと邪険にしてしまったこともあった。ですがそんな私に、あの子は言ったんです。いつか一緒に働いて、お父さんに楽をさせてあげるね、と……」

こらえきれず涙を拭い、充血した目で川澄は言う。

「まりえと一緒のつもりで。残された時間、精一杯働いてこようと思います」

すみません、と川澄はハンカチでしばらく顔を覆った。桐子は何も言えなかった。余計な言葉を差し挟むのは憚(はばか)られた。

川澄はハンカチを下ろし、紅茶を一口飲んで笑った。

「そういうわけで、今後、会は他の方に引き継ぐつもりです」

「そうだったんですね」

「桐子さんともお会いしづらくなりそうです。でも、何かご質問などあればメールでも電話でも対応できますので。これまでどうも、お世話になりました」

「いえ、こちらこそ。本当にありがとうございました」

桐子はお礼を言うのが精一杯だった。

最初に電話で話した時から、川澄は落ち着いている印象だった。それこそ心の大怪我はすっかり治り、今は日常生活の傍ら互助会をやっているのだろうと思い込んでいた。

だが、違ったのだ。

彼もつい最近まで悩んでいた、もがいていた。そして今、ようやく新天地へと足を踏み出そうとしている。それだけ死別した人の心は外からはわからない。逆に言えば、自分はそんなこともこの一年足らず、見抜けなかったのだ。

紅茶を口に運ぶ手が震えた。澄んだ香りと微かな苦味で、桐子は何とか平静を保つ。

「ご友人の方、『置き場』が見つかると良いですね」

「はい」

曖昧に返事をすることしかできない。こんな自分が、福原の何を知っているというのだろう。

桐子は雑居ビルを出て帰途につく。まっすぐ歩いているつもりなのに壁際のバケツにぶつかり、倒してしまった。慌てて元に戻したものの無性に腹が立ち、桐子は壁を掌で叩いた。固い煉瓦の感触。そのまま額を壁に擦りつける。

どうすればいいんだ。

何かしたくても、できない。そもそも何をすればいいか、それすらわからない。今も福原はどこかを彷徨っている。どこで何をしているのか。どんな顔で、何を食べ、どんな気持ちでいるのか。

「お前、そんなもんじゃないはずだろ」

思わず声が出た。

「君はあんなに強いじゃないか。もっとできるはずだろ。しっかりしろよ。早く、帰ってこいよ！」

自分でもわけのわからないことを言っているとは思う。それでも止められない。ふだんからほとんど大声を出さない桐子が吐き出した声はあまりに小さく、あたりの人混みや車の音に紛れてかき消えていく。行き交う人は誰ひとり、その叫びに気づくことはなかった。

†

ラインの友だちリストに、熱帯魚のアイコンと「ふじま」という文字が確かに並んでいる。桃谷尋が画面を睨みつけていると、チューハイの缶を片手に真理子が絡んできた。

「ねえ尋。さっきから何見てんのさあ」

「ラインだよ、ライン」

酒臭い息を感じた瞬間、古い畳や出しっぱなしのこたつ、ビニール袋にため込まれた空き缶、そしてあちこちに積み重なった埃から立ち上る臭いが、途端に鼻に引っかかった。

「また女？」

真理子が尋の手元を覗き込んだ。着古して襟が伸びきったTシャツの中で、大きな胸がだらしなく揺れていた。

「仕事の取引先だよ」

「でも女でしょ。何年の付き合いだと思ってんの。ラインのアイコンもパチンコ屋でピースしてる画像から、お洒落な海岸の画像に変えてたね。媚び売っちゃって、まあ」

真理子は尋の元カノである。

と言っても、交際期間は僅か一週間。高校の文化祭で仲良くなり、周りにもてはやされながら付き合ったのだが、最初のデートで別れてしまった。お互い、恋愛というものに興味があっただけで、相手が好きではないとわかったからである。

だが、不思議と縁は切れなかった。

今でもしょっちゅう家を行き来し、酒を飲んだりして過ごす。距離感は仲のいい姉弟のよう。たぶん根っこの人間性が似ているのだろう。相手に興味もないのに、とりあえず付き合ってしまうような軽さも含めて。

二人とも相手の恋愛遍歴は全部知っていて、今さら見栄を張る必要もない。何でも話せる友人だった。

「お前こそさっきの電話、何。露骨に猫なで声だったけど」

「仕方ないの。今の彼氏、すぐキレるかスネるかしちゃうから」

「面倒くさそうな男だなあ。なんで付き合ってんの」

「それ以外は文句ないから。実家との距離感、学歴、稼ぎ。おだてれば優しいし、適度に不細工だから浮気の心配もないし。養ってもらうなら優良物件かなって」

「そうかあ？　一生おだてるのって、大変だと思うぞ」

「私のことはいいから、あんたの相手を見せなさいよ」

真理子は尋からスマートフォンを奪い取り、画面を見た。

「何だこりゃ、冷凍餃子（ギョーザ）の在庫について？　仕事の話しかしてないけど」

「だから、そう言ったろ」

「口説くタイミング見計らってるってわけ？」

「ちーがーう。とっくに玉砕したの」

口を尖らせてスマートフォンを取り返し、ソファに身を投げ出した。

「遊びに誘ったんだけどさ、『ごめんなさい、その日はデートの予定があるので』だって。もう、何も言えねえよ」

「あー。一刀のもとに斬り捨てられたね」

「ま、あんなに綺麗な人に彼氏がいない方がおかしいか」

真理子は缶を逆さにして口を開けた。一滴だけぽつんと、酒が鼻に落ちる。盛大にくしゃみをしてから、こちらを向いた。

「そんなに美人なの」

　尋は力強く頷く。

「清楚でさ、髪なんかさらさらで、背もすらっと高くて。頭も良くて、仕事もできるんだぜ、憧れちゃうよ。なんでスーパーでバイトなんかしてるんだろ？」

「私みたいに巨乳でギャルっぽいのがタイプ、って言ってなかったっけ」

「それはそれで好きだけど」

「なんじゃそりゃ」

　ふと、真理子はタバコに火をつけた。

「うちらもさ、いい歳になったよね」

　語尾を口から吐き出す紫煙に紛らせる。

「何だよ、いきなり」

「最近、そろそろ腰を落ち着けるのもいいかな、なんて思ったりするんだ」

　いくらも吸っていないのに、真理子は灰皿にタバコを押しつけて、視線を外したままぼそりと言った。

「もしもさ、もしもだよ。私、今の男とうまくいかなかったらさ。ここ、結婚してみる？」

　尋はえ、と口ごもり、瞬きする。真理子は己と尋とを交互に指さしていた。思わず変な笑いが出た。

「冗談よせよ」

「へへ。割と、居心地いいと思うんだけど。私たち、最初から愛とかないから、変に期待せずにやっていけそうじゃない」

「なら今のままでいいだろ」

「まあそっか」

　真理子は二本目のタバコに火をつけた。今度はゆっくりと味わって吸っている。尋は酒を飲み干すと缶を握りつぶし、立ち上がって上着を羽織った。

「ねえ尋、ホラー映画でも見ない？」

「いや、帰る……明日、仕事あるんだった」

「ありゃ残念。またね」

　うん、と尋は踵(きびす)を返すと、足早に外に出た。真理子はテレビに顔を向けたまま、見送りにも来ない。こたつの温もりへの未練を振り切ろうと、尋は冷えきった夜気をかき分けて駐車場へと急いだ。ポケットの中で車のキーがカチャカチャ鳴る。

　車の前まで来たところで尋はアパートの窓を振り返った。カーテンから漏れる光と一緒に、真理子の笑い声がここまで響いてくる。

「結婚なんて。誰かを一生好きでいる自信も、誰かに好きでいてもらえる自信もねえよ」

　呟いて車に乗り込み、ラジオの音量を上げた。


　翌日は晴天だった。

んでいた。

吐いた息が白く渦巻き、かき消えていく。駐車場で尋が頭上を仰ぎ見ると、青空に月が浮か
つまり、宇宙まで空気が透き通ってるってことか。

土曜日に仕事に出るのも、こんな天気だったら悪くない。

積み上げたクーラーボックスのバランスを取りながら、尋は台車を押していく。広場のあち
こちで「早春グルメ祭り」と書かれたのぼりが翻っている。まだ早い時間帯なのに、すでにあ
ちこち人混みができていた。

「すみません、ちょっと通ります。すみません、通りまーす」

奥のブースで手を振っている人影が見えた。

「おう尋、こっちこっち」

重松だった。スーツの上にはっぴを着ている。周りには何人かの見知らぬ若い男女の姿もあ
った。

「シゲさん、お疲れ様です。これ、どこに置けばいいっすか？」

「テントの裏に頼む」

尋は言われた通りにブースを回り込み、台車からクーラーボックスを降ろした。中にはぎっ
しりと自社の冷凍食品が詰まっている。

「助かったよ。悪いな、出てきてもらって」

「今度奢ってくれればいいっすよ。しかし思い切ったことやりますね、冷凍食品でグルメフェ

スに参加するなんて」

「少しでも新製品を知ってもらいたいからな」

「頑張ったって、どうせ給料はそう変わらないじゃないですか。仕事、好きなんですねえ」

尋はへらへらと笑う。

「やるからには本気の方が楽しいぞ。あ、君、それは冷凍庫入れといて。釣り銭は用意できた？　はいはい」

周りの若者にきびきびと指示を出す重松。尋はポケットに手を突っ込んだまま首を傾げた。

「シゲさん。このあと俺、何すりゃいいですか。なるべく楽な仕事がいいんですけど」

「それがさ、尋。重ね重ね悪いんだけど、実はブースの人手は足りてんだ」

「え？」

重松は何やら意味ありげに目配せしてきた。

「部長からいきなり、内定者を研修がわりに手伝わせろ、と言われてさ。その分……な。お前、もう帰って大丈夫だから」

重松は苦笑いしてはいたが、有無を言わさぬ様子だった。背後で新人らしき若者たちが、こちらを見ている。どこか冷ややかな視線だ。

「悪いな」

「はあ、そうですか」

頷いて、その場を離れるしかなかった。ぶらぶらと歩き、ブースがのぼりの陰に隠れたところで立ち止まり、頭をかいた。重松の申し訳なさそうな顔がまだ、目の前をちらついている。

「はあー……ほんとひで」

胸ポケットからタバコを一本つまみ出す。あたりを見回したが、喫煙所はなかった。仕方なくそのまま戻し、木陰にしゃがみ込む。

「人手は足りてる、ねえ」

遠目にブースを窺う。紙皿を出したり椅子を並べたりと、みな忙しそうだ。冷食グルメ、冷食グルメはいかがっすかあ、と重松が声を張り上げている。

仕事がないってことはないだろう。いるだけ足手まといと思われたか、無駄な人件費をかけるなと言われてるのか、あるいは……新人の女の子に言い寄ったりさせないためか。どれもありえそうなのが、我ながら情けない。

何気なくスマートフォンをいじってみても、誰からも連絡はない。たくさんの色とりどりのアプリアイコンとは裏腹に、貧しい気分でポケットに戻した。

「ま、働かなくてすんだ分、よしとするか」

尋は自分に言い聞かせるように独りごちると、立ち上がる。

帰ろう。

揚げ物やスパイスの匂いが漂ってくる。時々、甘ったるい香りも。カップルらしき楽しそうな声。正面から歩いてくる女性に道を空ける。

ふと、何となく気になって振り返った。細いシルエットに見覚えがあった。

はっと息を呑む。次の瞬間には駆け出し、声をかけていた。

「藤間さんじゃないですか」

「えっ。あ！」

「俺ですよ。東洋冷食の桃谷です」

確かに彼女だった。ベージュのセーターに黒いコート、黒のスニーカー。化粧はごく控えめで地味と言えば地味だったが、それがまたいい。

「桃谷さん、どうして」

「いや、うちの会社が出店してて。というか藤間さん、今日は彼氏とデートって言ってましたよね。何でここにいるんですか」

「それは、だから……」

藤間は眉間に皺を寄せ、軽く頰を膨らませる。だが次の瞬間、顔を赤くして俯いた。

「ここにデートに来たんですよ」

「彼氏さんはトイレにでも行ってるんですか」

「喧嘩別れしました、来て早々に」

「ええっ？」

「途中で言い合いになって。私だけ車から降ろして、怒って帰っちゃったんです」

ため息をつき、物憂げに項垂れる藤間。初めて見る表情だ。尋はしばし見とれてから、はっと我に返る。そして心臓の高鳴りを抑えつつ、できるだけ平静を装って切り出した。

「だったら、もし良かったら、俺と回りませんか」

「でも桃谷さん、お仕事があるんでしょう」

「いや、その。お、俺は企画だけで。ブースは部下が担当してるんですよ。だから俺はフリーなんです」

「お仕事で来たのに、フリー？」

　怪しまれてるけど、何とか押し切れ。こんな偶然、今後あるもんか。

「こういうのは二人の方が絶対得ですよ。食べ物はシェアできるし、行列では退屈せずにすむし……そうだ、冷凍食品の視点から色々解説しましょうか。俺もスーパーの売れ筋の話とか聞きたいっす」

　苦し紛れだったが、尋は必死に押した。藤間の顔から少しずつ警戒の色が消えていく。やがてこくりと頷いてくれた。

「じゃあ、ご一緒しましょうか」

　その瞬間、喜びが噴水のように湧き上がってくる。

「やった！　ありがとうございます」

　尋はぐっと拳を握り、突き上げた。そして慌てて戻した。

「あ……いや、すいません。つい」

　くすっ、と藤間が笑ってくれて、尋は一瞬、天にも昇る心持ちがした。しかしすぐに気を引き締める。

浮かれてる場合じゃないぞ。何とか今日中に、それなりの仲にまで持っていきたい。できれば手を繋ぐまで。最低でも敬語がなくなるまでだ。

尋は一人、鼻息荒く気合いを入れた。

ブースを巡り、楽しげな雰囲気の中にいると、普段はできないような話ができた。

「え、じゃあ彼氏さんは、マッチングアプリで出会った方なんですか」

「そうです。会うのは二回目だし、まだ彼氏でもないですけど」

「藤間さん、そういうアプリ使うんだ。意外」

「そうですか？」

「だって、いくらでも出会いがありそうだから」

おだてたい気持ちもあるが、半分以上は本音である。

「そんなことないですよ」

困ったように藤間は否定した。

「私、結構面倒な性格で。なかなかうまくいかないんです」

またまた、そんなはずないでしょう。いったん笑いとばした尋だったが、一緒にあちこち見て回るうち、何となくわかる気もしてきた。

この人はちょっとマイペース。別の言い方をすれば、少々ノリが悪い。

「藤間さん、見てくださいよこれ」

たとえば尋が、トイレの帰りに包みを手に走ってきたとする。

「イチゴ餡ドーナツアイスですって。途中、凄い行列で。もうすぐ売り切れだって言うんで、慌てて買ったんです。半分こしましょうよ。イチゴ、好きですか」

「好きですけど、あんこで、ドーナツで、アイスですか」

「あんこでドーナツでアイスです」

藤間は困ったように笑う。

「私は大丈夫です。どうぞ、全部食べちゃってください」

「えっ、でも、限定販売ですよ？」

しかし藤間は黙って首を横に振る。仕方なく、尋はドーナツ形のアイスを口に運ぶ。やけに大きく、甘ったるい。腹の底の方が重くなる。

普通こういう時は、味見だけでもしないか。せめてどんな味か聞くとか。文庫本に目を落としている藤間を、恨めしく眺める。

それでも尋は、頑張って盛り上げようとした。

「あ、藤間さん。あそこにコーヒーのブースがありますよ。買ってきましょうか」

しかし、藤間はこれにも頷かない。

「大丈夫ですよ、持ち合わせがありますから」

すでに足を踏み出していたので、転びそうになった。そんな尋に構わず、藤間は鞄から円柱状の水筒を取り出す。

「良かったら、桃谷さんも」

「飲み物持ってきたんですか？　せっかくのグルメフェスに」

どうも噛み合わない。この人、何しに来てるんだか。

ベンチに紙コップを二つ並べ、藤間が水筒を傾けた。微かな音と湯気が立つ。差し出された紙コップを受け取ると、紙越しに熱が伝わってきて、自分の手が冷え切っていたのに気づいた。

「じゃ、まあ、せっかくなんでいただきます」

仕方なくコーヒーを口に運んで、その優しい味に驚いた。

「何ですか、これ。甘くないのにお菓子みたいな味がする」

少し考えてから藤間が言った。

「あ、ココナッツオイルを垂らしてます。椰子の実からとった油です」

「そんな飲み方があるんですか。さすが藤間さん、詳しいですね」

「ううん、割と邪道だと思いますよ。香りが台無しになるっていう人もいるから。私も同感です」

「じゃあ、どうして？」

藤間は軽く微笑んで俯いた。

「昔、コーヒー好きの知り合いがいたんです。色んな豆を試したり、自分で焙煎したり、色々やる人で。味のアレンジもしてたんですね。ハチミツ混ぜたり、シナモンスティック入れたり、あんこを溶かしてたこともあったかな。その中で一番気に入ったのが、ココナッツオイルだったみたい」

　そして紙コップに視線を落とした。

「その人の影響受けちゃって、私もコーヒーだけはたまにやってるんです」

　名残惜しくて、空になった紙コップに尋は鼻を近づける。

「俺は気に入りましたよ、これ。そのオイル、どこで売ってるんですか」

「そんなに珍しくはないですよ、大き目のスーパーなら大抵どこでも。ただ、買う前によく考えた方がいいかも」

「え？」

「一人でコーヒーに入れるくらいじゃ全然減らないんですよ。今の瓶、たぶん一生使い切れません」

　藤間はそこで、憮然としてみせた。

「だから私はずーっとあいつに、棚の一角を占拠され続けるんです。おばあちゃんになっても」

　尋は思わず噴き出しそうになった。

　なんか可愛いな、この人。

　しかし、ちょっと打ち解けたと思ったのも束の間。まだ一時間そこそこしか過ごしていないのに、藤間はそろそろ帰ると言い出した。

確かにだんだん空は曇ってきて、冷たい風も吹いてきた。帰りの混雑を避けることも考えれば、正しい判断なのかもしれない。

だが、迷いなくバス停へと向かう藤間の後ろ姿を見ていると、尋は何だか寂しい気持ちになった。

「本当にバスでいいんですか。俺、車出せますけど」

「ありがとうございます、大丈夫ですよ」

聞こえないように尋はため息をついた。結局手を繋ぐどころか、敬語のままである。

バス停には誰の姿もなかった。藤間が髪をかき上げ、時刻表を確かめる。それほど待つことなく、バスは来そうだった。

「すんませんね」

尋は頭をかき、へらへらと笑った。

「俺、急に誘っちゃって。つまんなかったっすよね」

すると藤間がきょとんとした。

「そんなことないですよ。おかげで久しぶりに楽しかったです」

「え？　そうなんですか」

尋はまじまじと藤間の顔を覗き込む。社交辞令かと思ったが、相手は真顔でこちらを見ていた。どういうことだろう。

「だけど藤間さん、ろくに食べたり飲んだりせず、持ってきたコーヒー飲んだだけじゃないですか。俺もずっと空回ってて、退屈させただろうし」

「そんな。別に桃谷さんに一方的に楽しませてもらおうなんて、考えてませんよ。それに退屈でもいいじゃないですか。誰かと一緒に何でもない時間を過ごせるのって、とても幸せなことです」

「だけど」

藤間は胸に手を当てて遠くを見た。

「この頃一人でいると、時々たとえようもなく寂しくなるんですよね。もう、本当に……体が震えるくらい。このままずっと一人で生きていくなんて、怖くて、怖くて、涙が出る。若い頃は孤独くらい平気だと思っていたけれど。これも歳のせいですかね」

尋は瞬きした。

今度はまた、ずいぶん大げさなことを言うんだな。そんな歳でもないでしょうに。

乾いた口を懸命に動かして聞く。

「藤間さん。そ、それはつまり、彼氏募集中だと考えて、いいんですか」

「はい。気の合う方がいらっしゃれば」

照れくさそうに笑顔を見せた藤間に、尋は思い切って言った。

「じゃ、じゃあ。藤間さんがそう言うなら、また、こんな風に俺とどこか行きませんか。ほんと、ご都合がいい時で構わないっすから。映画でも、飲みでも、何でも」

藤間はちょっと驚いたように口を開ける。

断られるのを覚悟して、すでに尋は笑って誤魔化す準備をしていた。だが、返ってきたのは思いも寄らぬ言葉であった。

「はい。誘ってください」

「いいんですか」

「桃谷さんさえよければ」

何だか変な人だな。天然なんだろうか。だけど、断られなかった。断られなかったぞ。

バスがゆっくりとロータリーに滑り込んでくるのが見えた。

「では、失礼します」

エアブレーキの音がして、バスの扉が開く。乗り込もうと一歩踏み出す藤間に、最後に聞いた。

「藤間さん。下の名前、何ていうんですか」

藤間が振り返る。尋の顔を見て、答える。

「藍香です。つじ……いえ。藤間藍香です」

「藍香さん」

新鮮なその発音を確かめるように、もう一度尋は言った。

「藍香さん、じゃあまた」

「はい、また」

扉が閉じた。バスのアナウンスが遠ざかっていく。尋は両手で拳を握りしめていた。バスが見えなくなったころ、ついにこらえきれなくなり、アスファルトを踏みしめて叫んだ。

「おっしゃあ！」

何だよ何だよ、意外と脈ありなんじゃないの？

尋がその場で小躍りすると、思わず握りつぶしていた紙コップからココナッツの香りが吹き出し、甘くあたりを包んでくれた。

†

ホテルの部屋番号を告げ、福原は鍵を受け取る。フロントの女性はこちらの顔を覚えていたようで、声をかけてくれた。

「どうでしたか、お化け樹氷」

「ええ、良かったですよ」

福原は愛想笑いで応じた。

「あの凍り付いた中に樹があるってのも、考えてみると凄いですね」

「でしょう。二月の終わりくらいまでライトアップはしているので、またぜひ」

「ありがとうございます」

エレベーターに入ると、ため息をついた。樹氷。それが何だというのか。ただ白くて大きな氷の塊だ。色とりどりの光で照らしたところで、面白みなんか全くない。ただ眩しいだけだ。

いや、違う。樹氷がつまらないのではない。実際、そばにいたカップルは嬉しそうにしていたじゃないか。問題は俺にある。俺の心が、楽しむ力を失っているんだ。

部屋に入って電気をつけると、福原は荷物を投げ出し、椅子に腰掛ける。それからコンビニで買ったおにぎりやパンで夕食を済ませた。せっかく旅行で来ているのに、こんなものばかり食べている。仕方がない。何を食っても同じにしか思えないのだから。腹が満たされればそれでいい。

さあ、今日もやるか。

スティックのインスタントコーヒーを作ってひとすすりすると、福原は鞄を開いた。

備え付けのテーブルにストロー、ハサミ、ティッシュなどを並べ、ピンセットのような形の持針器と、指の爪くらいの三日月形の針、そして細い縫合糸を取り出した。

卓上灯をつけ、大きな体を丸め込むようにして、福原はしばらく机の上で、何やらちまちまと手を動かし続けた。

だめだ。

小一時間が過ぎた頃、福原は頭を抱えて掻きむしった。

まるっきり、だめだ。

ストローやティッシュには、糸で細かく縫われた跡がある。

ふらふらと立ち上がり、ベッドに倒れ込む。大きな体の重みでスプリングが軋んだ。

福原は結紮（けっさつ）の練習をしていたのだった。針と糸とで傷口を縫い合わせたり、強く結んで止血したりする、外科医の基本となる技術である。他人がテーブルを覗き込めば、まあまあ上手くできているじゃないか、と言うかもしれない。福原も己の指さばきが衰えたとは感じていないかった。縫ったり結んだりなら目を閉じたってできるだろう。

だが、決定的な問題があった。

「本番をイメージすると、とたんにできない」

呟き、福原は額の汗を拭う。

一種の手芸としてやる分には問題ない。だがこれが手術室で、患者がそこに寝ていて、治療している——そう意識すると崩れてしまうのだ。手は震え、針の動きも糸の流れもぐちゃぐちゃ、そのうち持針器を取り落としてしまう。

「練習でこれだ。実際に現場に立ったらどうなるか」

致命的な出血を引き起こすかもしれない。組織を壊死させてしまうかもしれない。

歯を食いしばって目を閉じた。

無理だ。まだ仕事には戻れない。だが、いつまでこうしていればいいのか。楽しめない観光地を見て、味のしない飯を食って、ただその日を無為に潰し続ける。耐えられない。

枕をかかえ、深いため息をつく。

学生の頃より、しんどいんじゃないか。

あの頃も気分は八方塞がりだった。でも、これほど苦しくはなかった。

「先生、人の切り方を教えてください」

解剖実習室を出てすぐの廊下。いきなり学生に頭を下げられて、さすがの楠瀬教授も驚いたようだった。相手が口を開くより先に、福原はまくしたてた。

「ご存知かと思いますが、医学部二年生の福原雅和です。今年の解剖実習でもっとも出来の悪かった人間です」

「君のレポートは見ましたよ。技術はともかく、よく勉強していたように思いますが」

「ヒーローみたいな医者になりたいんです。外科か、救急科か、小児科を目指しています、本気です。自分は弱点を克服したいんです」

「ご献体の解剖と臨床の手技はまた別です。それに慌てずとも、色んな科を回りながらゆっくり適性を見極めても遅くはありません」

楠瀬の行く手を阻むように福原は前に出た。

「先日、手技実習がありました。筋肉注射の練習をしたんです」

「ええ、シミュレータを肩に取り付けてやる、あれですね」

「自分の手は、解剖の時以上に使い物になりませんでした。もう間違いない、自分でわかるんです。俺は、人を傷つけるのが怖い。たぶん、相手が生きた人間だったら、なおさら」

「最初はそんなものですよ。誰もが経験や慣れによって……」

「みんなと同じようにやっていたら俺、一生かかっても、ものになりません！」

もう一度、深々と頭を下げる。

「お願いです。助けてください」

困ったように視線を落とす楠瀬。

「私ではなく、現場の臨床医に聞いた方がよいのでは」

「実は、もう何人かに聞きました。でも、臨床は諦めろと言われるばかりで」

学生たちがこちらに視線を投げながら通り過ぎていく。これ以上楠瀬がしぶるようなら、福原は土下座だってするつもりだった。

「わかりました。ここでは何ですから、講義が終わったらうちに来なさい」

楠瀬は根負けしたように、番地の入った名刺を渡してくれた。


楠瀬の家は、大学から歩いて十分ほどの住宅街にあった。瀟洒(しょうしゃ)な邸宅の間を通ったどん詰まり、松の木に隠れて小さな古い平屋が建っている。住所を確かめていると引き戸が開き、紺の着物に身を包んだ楠瀬が現れた。導かれるままに和室へと入り、ちゃぶ台の前に座る。先生の伴侶、春江(はるえ)さんが淹れてくれたお茶を、しばらく黙って二人で飲んだ。

ふと楠瀬が口を開いた。

「福原君の気持ちもわかる気がします」

福原は顔を上げる。

「君は人一倍、救いたいという想いが強い。その分、裏返しで失敗する恐怖も強いのではありませんか」

「そう、そうなのかもしれません」

メスで、注射針で、相手を傷つける。血が溢れる。目の前の人が傷つき、死んでしまう――

白く冷たい体に変わってしまう。嫌だ。絶対に嫌だ。侵襲は最小限に。できるだけ血を出さず、完璧に治したい——そんなことを考えているうちに、やがて顔から血の気が引いていく。いつの間にか手が震えているのだ。

「割り切れとか、感情移入するなとか言われても、思うようにならないんです。父には臆病者とも言われました」

楠瀬は頷く。

「そういう見方もあるかもしれませんが、私は君に共感します。人を救うというのは、本来はとても恐ろしいことですよ。平気な顔で挑んだり、深く考えずに手がけたりできるのは、ただ物事を十分に知らないだけではないかと」

湯呑みを置き、楠瀬は横を見やる。視線の先には仏壇があり、色褪せた写真が飾られていた。写っているのは精悍な男性。若い頃の楠瀬かと思ったほど、顔つきがよく似ている。

「兄です。私の六つ上で、外科医をしていました」

「亡くなられたんですか」

「ええ。手術中に誤って指先に針を刺したんです。ほんの小さな傷から、B型肝炎ウイルスが入ったのでしょう。二週間後、劇症肝炎であっという間に……」

新婚だったんですけどね、と付け加える。

「人を救うには、人と関わらなければなりません。他人の肉体、精神、人生に触れ、奥へと手を伸ばしていく。これは恐ろしいことですよ。途中で自分も傷を負ったり、悪いものを貰ったりしかねない。助けようなどと考えなければ、見ない振りしてやり過ごせば、避けられるリスクなのに」

「先生」

「君は恐怖を十分に知った上で、なお誰かのために闘おうとしている。よほど強い想いでこの道を志したのでしょうね。臆病者どころか勇者ですよ」

　涙腺が緩みそうになるのをこらえ、福原は楠瀬の顔を見つめた。

「兄の死を目の当たりにして、それでも臨床を目指すほどの勇気が私にはなかった。だから教鞭を執る道を選んだのです。君もどうするか、決断しなくてはなりません」

「俺に、講師を目指せと仰るのですか」

「いえ、覚悟の問題です。怖くて手が震えたり指が動かなくなったりするのは、確実にやり遂げる自信がないから。要は技術が足りないんですよ。逆に言えば、練習次第で克服できるはず。人一倍、いや何十倍もの練習で」

　どきりとした。

「生半可な量ではないでしょうし、おそらく一生続けなくてはならない。目の前にあるのは茨の道でしょう。それでも進むかどうかです」

　そうか。

　どうしますか、と言うように楠瀬が福原の瞳を覗き込んでいる。

　それだけのことだったのか。

楠瀬は優しい目をしていた。仮に福原が「やはり臨床医は諦めます」と言ったところで、責めなどしないだろう。若き日の楠瀬自身もまた、茨を避けたのだから。

唇が震えた。福原は目を閉じる。

実習であれだけ怖いのだ。打ち克つには、一体どれほど練習したらいいのか、想像もつかない。

古い記憶の中、いつかの音楽が聞こえてくる。電飾が輝いている。遊園地のテーブルを挟んだ向こうに誰かいる。

大丈夫だよ、カズ。

最期の瞬間まで笑っていた母さん。

あなたならきっとできるわ。

「俺はヒーローみたいな医者になります」

いつの間にか心は定まっていた。澄んだ瞳で宣言した福原に、楠瀬が頷いた。

「わかりました。君の意志を尊重します。私もできる範囲で、お手伝いしましょう」

楠瀬が頷いた時だった。甲高い声が聞こえてきた。

「こら、うちには盗るものなんかないよ、他当たりな」

何事かと二人で縁側に出ると、春江が箒を振り上げ、生け垣を叩いていた。

「違います、泥棒じゃないんです」

「なら何だってんだい、覗きかい」

「それも違うんです。あ、いや、覗いてたのはそうなんですけど」

「何をわけのわからないこと言ってんだ」

　はたかれながら椿の間から現れた顔を見て、福原は思わず叫んだ。

「音山。桐子まで」

「えっ？　ご学友さんかい」

　春江が福原の顔と二人組とを交互に見る。

「何してるんだ、そんなところで」

「ごめん、悪気はなかったんだ。ただ福原、思い詰めてるみたいだったから。心配になっちゃって、つい」

「桐子もなのか」

　桐子はそっぽを向いたが、音山が頷いた。

「俺一人で行こうとしたんだけど、どうしてもついてくると言うから」

「見極めてやりたかっただけだよ。君が言っていた夢とやらが、どれだけ本気だったのか」

「何だよ。お前ら……全く」

　顔が赤くなってくるのがわかった。恥ずかしいような、嬉しいような。

　豪快な笑い声が響いた。楠瀬だった。ひとしきり大声で笑うと、優しい目で三人の学生を代わる代わる見る。

「みんな、夕飯でも食べていきなさい。遠慮はいりません、さあ」

　春江と楠瀬に背を押され、半ば強引に福原、音山、桐子はちゃぶ台の前に座らされてしまった。楠瀬が酒瓶を運んで来た頃、台所からいい匂いが漂ってきた。

その夜から、福原は己に一つのルールを課した。

どんなに忙しかろうが、風邪を引こうが試験の前日だろうが、必ず手技の練習をしてから寝ると。


そうだ。

ビジネスホテルのベッドに突っ伏していた福原の、指先がぴくりと動いた。

俺はずっと練習してきたんだ。

決して前向きな気持ちの日ばかりではなかった。本当に医者になれるのか、不安に駆られる日があった。全く前に進んでいないようでもどかしい時もあった。もっと効率のいい生き方があるような気がした。周りがみな不当に楽をしているようで腹が立った。福原ならできるよ、頑張ろうと言ってくれる音山が、時に煩わしかった。どんな課題も淡々とこなしていく桐子が羨ましかった。

そのたびに迷いを振り払った。

己を鼓舞し、歯を食いしばり、時には菓子や酒で誤魔化し、自分の頬をはたき、冷水をかぶってでも……練習した。

練習して練習して練習した。指先にこぶができ、皮がめくれ、爪が変形した。日々の練習は、たとえるならジグソーパズルのピース。あるピースを嵌めた瞬間、それまで無意味な模様だったものが、突然絵に変わる。ある日、そんな瞬間が福原にも訪れた。

そうして俺は医者になったんだ。

福原はベッドから体を起こす。

諦めるな。もう一度やってみろ。

スプリングが軋む。裸足でカーペットを踏み、テーブルへと歩いて行く。

信じて進め。自分で選んだ茨の道じゃないか。そうですよね、楠瀬先生。

椅子に座る。持針器を取り、針をつまむ。ストローの真ん中にハサミで切れ込みをいれ、縫い始める。

そうだよね、母さん。

その夜、ビジネスホテルの一室に灯りが消えることはなかった。

†

尋はスマートフォンを見つめながら、会社の喫煙所でタバコをふかしていた。

「お、尋。久しぶりじゃないか」

「わっ、シゲさん」

目の前に重松の顔が現れて、尋は飛び上がりそうになった。タバコの灰がぼろっと先端から崩れかけ、慌てて灰皿に落とす。

「なんでここに。企画部ってとこに異動したでしょうに」

「俺がこっちの階に来ちゃいけないか」

「そうは言ってませんけど」

苦笑いする尋の前で、重松はスマートフォンの画面を覗き込む。

「ふーん、『大人の女性にお勧めのデートスポット三十選』ねえ」

「ちょっと。勝手に見ないでくださいよ」

「また誰か、女の子にちょっかい出してんのか」

重松は真正面から尋の目を覗き込んできた。

「え、いやあ……どうだろうなあ」

「バレバレだ、バレバレ」

尋の隣に腰を下ろし、重松はポケットから缶コーヒーを取り出した。

「んで？　今度の子は、どうなの」

「それが、何か変な感じで」

尋はスマートフォンの画面を消し、ポケットに戻した。

「手応えがないんですよ。何回かデートしたんです、映画にも行ったし、レストランにも行った、軽いハイキングも行きましたね」

「順調そうじゃないか、羨ましい」

「それが、どうも距離が縮まらないんですよ。心ここにあらずって感じだし、ちょっと会話が途切れると文庫本読んでるし。デートの行き先もいつも俺が考えてるんです。自分からここ行きたいとか、あれ食べたいとか、全然言ってくれない。どこに連れて行っても、反応薄いし」

　ふーん、と重松。

「お前に興味ないんじゃないの」

「でも、誘うと必ず来てくれるんです。そして、また誘って欲しいと言う。俺、よくわかんなくなってきちゃって……」

　尋は項垂れ、頭をぼりぼりと掻いた。

「へえ。ちょっと不器用な人なのかな」

「なのかなあ。今までにないパターンです。どうしたらいいんだろう。いっそ思い切って、ぐっと迫るべきなのか」

「難しいな。俺もわかんないよ」

「あーあ。シゲさんに聞いたのが間違いだった」

「悪かったな。頼りにならなくて」

　重松は肩を落とした。

「まあ、恋をするなとは俺も言わん。ただ、相手を傷つけないよう気をつけてやれよ。そうじゃないと、いずれ自分も痛い目見るぞ。ここだけの話、営業部は近々テコ入れがあるって噂だ。今問題起こしたら、どうなっても知らんからな」

「ういっす。高校の先輩のお言葉、しかと聞きました」

「本当にわかってんのかなあ」

その時だった。喫煙所の扉が開き、女性が顔を覗かせる。

「桃谷さん、やっぱりここにいた。電話ですよ」

「ありがと。誰からだろう」

「満丸スーパーの藤間さんです」

「えっ、本当に？」

何だよ何だよ、こっちが考えてる時に、相手から連絡が来るなんて。こりゃ、心が通じ合うようになってきたかな？

喜々として立ち上がる尋を、重松が不安そうな顔で見つめている。

「えっと、電話は折り返しだよね」

「いえ、お待ちいただいてます。保留一番です」

「ありゃ。じゃあシゲさん、ここで失礼します」

重松は目を逸らし、呆れたように片手を上げた。

尋は喫煙所を出て廊下を早足に歩き、デスクに向かう。保留の赤ランプ点灯を確かめてから受話器を取り、呑気に「もしもーし」と言った。


エンジンを止めて車を降りると、やけに駐車場が広く感じた。普段は能天気な尋も、さすがに生きた心地がしない。天気は良いのにうすら寒く、震えが走る。異動してしまった重松のありがたみをひしひしと感じた。大きな失敗をしでかした時、彼は必ずついてきてくれた。

裏口のインターホンを押そうとして、ちょうど出てきた藤間と鉢合わせた。

「あ、どうも」

尋を見るなり藤間は頷き、店内に声をかけた。

「店長。トーレイさん、いらっしゃいました。私の方で対応します」

そして「さ、こちらへ」と尋を倉庫の方へと導いた。

「あの。店長さんにも、一言お詫びを」

「やめた方がいいですよ。今、頭に血が上ってますから。それに時間が勿体ないです。先に対処を考えましょう」

「わかりました。いや、その……この度はごめんなさい。やっちまいました」

軽く頭を下げ、尋はぺろっと舌を出してみせる。いくらか仲良くなったはずの藤間は、氷のように冷たい表情だった。

「謝罪よりもまずは、お考えを聞かせてください」

淡々とした言葉。刃物を突きつけられているようである。

「はい」

尋は項垂れた。仕方がない。そもそも自分のミスなのだ。

「簡単シチュー」でフェアをする話が持ち上がったのは、藤間と出かけた映画の帰り、ファミレスで夕食をとっていた時である。

ホワイトシチューを注文した藤間に「それ美味しいですよね」と尋が言い、話を継いでいくうちに企画ができあがっていった。

トーレイの「簡単シチュー」セットはコクのある滋味深いスープにたっぷりのお肉と野菜が入って二人前三百八十円。お好みでさらに葉物野菜や、今が旬のブロッコリーを加えてもよし。うどんやラーメンも美味しいですよ。

そんなうたい文句で、冷凍食品と一緒に具材や麵類を並べ、売り上げアップを図る。尋も現場でお客さんへの声かけなどをする手はずだった。藤間と肩を並べて仕事ができると意気込んだ尋は、「追加の発注は俺が全部やっときますよ。うちのルート使えば野菜も安く手に入るんで」と言ってしまったのだ。

慣れないことはするもんじゃない。

「フェアの場所は、こんな感じです」

案内された売り場の一角は、閑散としていた。当然である。尋の発注漏れで、並べるはずの商品が、ほとんど何も届いていないのだから。

「結構いい場所用意してくれてたんすね」

おそらく藤間の手作りだろう、「寒い日はシチューで温まろう！」のポップが虚しく揺れている。倉庫に戻る途中、藤間が聞いた。

「発注を忘れていた分は、できるだけかき集めると仰ってましたけど、どうなりましたか」

「シチューセットと冷凍うどんは持ってきました。予定よりちょっとだけ少ないんですけど」

「すぐに並べましょう。じきにピークタイムなので」

「ただ、その。ほうれん草とか、ブロッコリーが……」

尋はおずおずと藤間の表情を窺う。

「が、何ですか」

「ま、その。手配できませんでした」

へへっと笑ってみせる。藤間は黙ったままだ。

「この際どうでしょう、シチューはどうですか、って提案する程度のフェアにするのは。野菜だって最低限は生鮮コーナーにあるわけだし、一応格好はつくわけで、ね」

藤間が息を吐く。

「桃谷さんはそれでいいんですか」

「だって、今さらどうしようも……」

「あのね。うちは今日のためにチラシを打ってます。こういうフェアって、はなから関心のない人も多いですが、楽しみに来てくれるお客様もいるんですよ。桃谷さんが考えているよりずっと大事なものなんです。言葉がいちいち軽いんですよ。生鮮コーナーが最低限、とか」

「あ……」

藤間が尋を睨みつけている。いつもどこか仮面のようだった表情が崩れ、初めて剝き出しの感情を見た気がした。

「ただ、そういった話はとりあえず、いいです。私が聞きたいのは一つ。桃谷さんがやりたかったのは、本当にこれなんですか」

藤間の頬は紅潮している。

「ファミレスで話しましたよね。あの時、こんなフェアを目指してたんですか。本当にこんな形で終わっていいんですか」

尋は俯いた。奥歯がぎりっと鳴った。暗い倉庫の片隅に、尋の言葉がはらりと落ちる。

「そりゃ、俺だって……」

頭の中、いつか誰かにかけられた言葉が束の間、行き交った。

桃谷の取柄は元気だけだな。

こんな簡単な仕事もミスするのかよ。

後はやるから、これ以上余計なことしないでくれる?

尋君って口ばっかで、付き合ってみるとつまんない人だね——。

顔を上げ、いつものようにへらへら笑った。

「仕方ないです。俺、バカなんで。こんなもんっすよ」

が、口の端は引きつっていた。鼻の奥がつんと痛んだ。

「嘘つき」

そう言った藤間は涙ぐんでいた。尋は息を呑む。

「逃げんなよ。あなたが思うよりずっと人生は短いんだ。あっという間に終わっちゃうんだよ。いいじゃないか、バカだってスカだって、健康なんだから、生きてるんだから。イライラしてくる、あんたみたいな人見てると。もっと本気で生きろよ!」

一気にまくしたててから、藤間はしばらく沈黙した。瞼を拭い、呼吸を落ち着けてから「すみません。言い過ぎました」と小さく呟き、背を向けた。

「フェア、やりたいっすよ」

尋は叫ぶ。声が震えた。

「でも、俺、どうしたらいいのか。だってどこの卸屋さん当たったって、こんなに急には」

「八百屋は当たりましたか」

「八百屋？」

「普通の八百屋ですよ。ほうれん草とブロッコリー、置いているはずです。買って、フェア価格で売る。利益は減るけどそれしかない。一か所でたくさん買い占めると迷惑がかかるかもしれません。事情を伝えつつ、できるだけ多くの店に足を運んだ方がいいでしょうね。どうしますか」

藤間に見つめられて、尋は身を乗り出した。

「やります。すんません、手伝ってもらえますか」

「ええ」

もう藤間は電話の前に立ち、電話帳を開き始めていた。

「俺、行ってきます。連絡取れたところから、ラインで教えてください」

尋はキーを握りしめると、駐車場へと駆け出した。

フェアは盛況だった。

あちこちから買い集めたブロッコリーとほうれん草、しめて段ボール八箱分は綺麗になくなった上に、冷凍食品の売り上げもかなりの額を叩きだした。損失が補えるほどではなかったが、フェアを何日か続ければ、プラスになりそうだった。

「何もかも藤間さんのおかげっす。ありがとうございます」

閉店後の作業を終え、入口のシャッター前で、尋は改めて頭を下げた。藤間はそっと首を横に振る。

「ううん、桃谷さんはあれだけ呼び込みしてくれましたし、閉店後の品出しまで手伝っていただいて。こっちがお礼を言わなきゃならないくらいです」

「いやっ、そんな」

尋はかすれた声で言い、頭を掻いた。

汗ばんだ頭皮と、皮脂に塗れた髪。あちこち走り回り、重い段ボール箱を運んで、へとへとだ。

「俺、何か気持ちいいんですよ。よく働いたなあって、こんな感覚いつぶりかな。高校の文化祭でお化け屋敷やった以来かも」

藤間がくすっと笑う。

「驚きましたよ。桃谷さん、年配のお客さんの相手がとても上手で」

「そうですかね。よく町内会の集まりとかに放り込まれてたんで。じーさんばーさんと喋るのは、全然苦じゃないっすよ」

お疲れ様です、と声がする。藤間の同僚だろう、何人かが裏口から出てくると、バイクや自転車に乗って走り去っていく。尋に「今日は助かっちゃったわよ」と目配せしていく人もいた。悪い気はしない。

街灯に照らされた駐車場で、ブレーキランプが光った。おそらく店長の車だろう。軽くハザードランプを明滅させると、暗い道へと消えていく。

「店長には私からうまく言っておきますよ。この調子で行けば、フェアの最終日に改めて話せば大丈夫だと思います」

「恩に着ます」

尋は大きく深呼吸した。筋肉のほてりが、心地のいい風に溶けていく。きっと藤間もそうだろう。ゆるやかに流れる夜気が、二人の間で交じり合う。歓声を上げてハイタッチでもしたい気分だった。が、尋は自分を抑えた。

そんな立場じゃないよな、俺は。

藤間がこちらを見て、穏やかに言った。

「見直しました、桃谷さん」

「あ、はあ」

尋は俯き、拳をぎゅっと握り込む。

見直した、か。そうだよな。この人は俺を男として見ていない。もっと達観したところから、見下ろされている気がする。自分を省みれば、無理もないと思う。だけど、俺だって本当は――。

顔を上げたその瞬間、尋は見た。

藤間が何か眩しいものでも見るように、笑っていた。

「素敵ですね」

「え、ええ？」

素っ頓狂な声を上げると、藤間もはっと我に返り、目を逸らした。

「あ、いえ、すみません。変なこと言ってしまって」

彼女としても、思わず零れた一言だったらしい。困ったように乱れた髪を整える藤間に尋は聞いた。

「わかりません。この流れで、俺のどこが素敵なんですか。バカだし、お調子者だし、弱虫だし、ろくにもの知らないし」

藤間は微笑んで尋の言葉を受け止め、さらりと言った。

「でも、悪い面ばかりじゃないですよ。その分のびのびと、思いっきり前を向いて走れるじゃないですか。素敵なことです」

「そうなんですかね」

「知らない方がいい、人生の現実もありますから」

藤間は軽く髪をかき上げ、ふいと背を向けた。

「明日もフェア、頑張りましょうね。それではここで失礼します」

「はい。お疲れ様です」

頭を下げ、藤間はバス停へと歩いていく。その後ろ姿を見送りながら、尋はポケットの中でキーをいじくった。ふとスマートフォンが鳴動した。真理子からのメッセージだった。

「今、友達と飲んでるんだけど、来ない？　彼氏が欲しいって愚痴ってる、可愛い女の子だよ」

行く、といつものように返信しようとして、手が止まった。

もう少し。もう少しだけ、頑張ってみるか。

「悪い、また今度誘って」

それだけ返してスマートフォンをしまい、自分の車へと向かう。真っ直ぐ家に帰るつもりだったが、やめた。会社へとハンドルを切る。

明日以降の発注に問題がないか、確かめてからにしよう。

尋はアクセルを踏み込み、街灯の光の中、車を走らせた。


春が過ぎ、雨の多い季節がやってきた。窓の外のしとしとという音を聞きながら、会社の給湯室で尋はコーヒーポットに意識を集中していた。

「お湯は中央から、円を描くように……だったな」

細長い注ぎ口をそっと傾ける。湧き上がる湯気をかわしつつ、黒い粉に湯が染み込んでいくのを見つめる。ぽたり、とドリッパーからカップに黒い液体が落ちた。にまっと笑う。

「いい匂いだと思ったら、尋、お前かよ」

ぎょっとして振り返ると、重松が立っていた。

「シゲさん。何でいつもいきなり出てくるんすか。お湯、零れたでしょ」

「悪い悪い。お前に会いたくてな」

「何すかあ。またお説教ですか」

尋は肩をすくめる。

「今日は違うよ。お前、ずいぶん頑張ってるみたいじゃないか。部長が褒めてたぞ。あっちこっちでフェアやってるんだって？　シチューに鍋に炒め物、お弁当特集なんかも」

「まあそうっすね」

「すごい働きぶりじゃないか」

「違いますよ。別にそんな……真面目な動機じゃないです。それに、何度か大きなミスもしちゃって」

「いや、やろうとするのが偉いさ。客先でも評判がいいらしいぞ」

「そうすか、へへ」

言われてみればこの頃、店長たちの対応が変わってきた気がする。これまではちょっと煙たがられていたのが、商品や展開について色々と相談されるようになった。

「まるで別人だぞ。頭でも打ったのか」

重松がにやにやする。尋は頭を掻いた。

「なんでしょうね、仕事のやり方がわかってきた、つうか。地味で嫌いだった作業、やってみると意外と楽しかったり。それが案外喜んでもらえたり。ま、感謝されると嬉しいし、ボーナスにも色つくし、悪くねえなあと」

「いいこと言うじゃないか。話し方は軽薄なままだけどよ」

「肘でつつくのやめてくださいって。零れる」

尋は重松の分もコーヒーを淹れた。二つのマグカップを並べ、休憩室の椅子に座って飲んだ。

「何してんだ」

重松が尋の手元を覗き込む。

「ココナッツオイルです。シゲさんもいります？　何か上品な味になりますよ」

「いや、俺はいらんが。お前の口から上品、とはな」

真新しい瓶の蓋を開けると、白い塊が詰まっている。表面をスプーンで軽く削り、ひとかけらをカップに放り込む。すっと音もなく溶け、油膜と共に甘い香りが広がった。

「うーん癖になる、これ」

目を閉じて味わっている尋の手元を、重松が指さした。

「それは？」

「百均で買った時計ですけど」

「そうじゃなくて、何か書いてるの」

「あ、ハハ、小学生みたいでしょ」

尋は手の甲を掲げた。油性ペンで「十五日十二時提案書」などというメモが、五つほど書かれている。

「俺、忘れっぽいじゃないすか。手帳とかスマホメモとか色々試してみたんすけど、結局だめで。これが一番なんですよ。休憩のたびに思い出せるし、手洗うとだんだん消えていくのがまた、プレッシャーになって頭に残るんです。おかげでこの頃、ミスしてないっすよ」

重松はしばらく真剣な顔で尋を見つめ、感心したように言った。

「お前、本当に変わったたな」

「そっすかあ」

「でもそれほど驚かない。俺は前から、本気出せばできる奴だと信じてたぜ？」

本当ですかあ、と尋は笑う。気分が良かった。褒められて嬉しいというだけでなく、心身が充実している。働いて、それが認められ、もっと働きたくなる。歯車が噛み合い、全てがうまく回っていた。

「そういえば、例のスーパーの人とはどうなんだよ」

「藍香さんですね」

「おっ、名前呼びかよ。ずいぶん関係が進んだじゃないか」

尋は顔の前で、大きく手を横に振った。

「全然ですって。まるでだめ。キスどころか手も繋いでないんすから。デートも超健全、遅くても二十時半には解散してます」

「お前にしちゃ珍しいな。で、その後は別の女に会いに行くわけか」

「それがそうでもなくて。俺、すぐ帰って寝ちゃうんですよ」

「へえ、どうしてまた？」

「何て言ったらいいかな……」

　尋は鼻の頭を掻いた。あたりを見回し人影がないのを確かめると、声をひそめる。

「不思議なんですけど、藍香さんと仕事の話してると、やる気が出てくるんすよ。張り切っちゃうんです。別にそんな、逐一アドバイスされてるわけでもないんですけど。基本はうん、うんって聞いてくれるだけなんすけど」

　話しているうちに、頰が赤くなっていくのがわかる。

「そんで藍香さんの話も聞くじゃないですか。面白くて。あの人、意外な時に可愛いとこ見せるんですよ。梅干しのことを『梅のおばあちゃん』って呼んだり。ヒヤシンスを球根から育てて、『ヒヤシンスガチャ』とか言いながら何色の花が咲くのか楽しんでたり。おかしいでしょ」

　くすくす、重松の前で笑ってしまう。

「どこに行っても、あっという間に時間が過ぎちゃう。話してるだけで楽しくて。藍香さんのしれっとした顔だとか、軽くふっと笑う感じだとか、ちょっと髪をかき上げる仕草とか見てると俺、どきどきしちゃって。飯食うのも忘れて見とれたり。帰る頃にはもう、胸がいっぱいなんすよ。翌日の仕事もあるし、ちょうどいいかなと」

　照れ隠しにコーヒーをすする。

「酒の力でも借りてガンガン押せば、ワンチャン行けるかも、とは思うんすけどねえ。そうしたくないっていうか、そんな気持ちも藍香さんの顔見てると消えちゃうっていうか。こんなの初めてですよ。俺、オスとして弱くなった気がします。老化ですかね、こういうのも」

「わかったわかった、もう十分。聞いた俺がバカだったよ」

重松は面倒くさそうにため息をつく。

「全く、お前って奴は。あのな、知らないなら教えてやる」

そして兄のように笑った。

「それはな、恋って言うんだよ」

†

雨上がりに生暖かい風が吹く午後だった。

東京から新幹線を使って約三時間。琵琶湖に面したとある街を、桐子は番地を確かめながら歩いていた。小脇には日本酒の瓶を抱えている。

雲の隙間から日が差す。

夏も少しずつ終わりに向かっている、と思ったとたん、桐子は無性に腹立たしくてたまらなくなった。街路樹に近づき、軽く撫でてその固さを確かめると、ごつんと額を打ち付ける。

蝉が鳴き始めた。

桐子は再び頭をぶつけた。二度、三度と繰り返す。だが太い木はびくともせず、蝉もさかんに鳴き続けている。

肩で息をしながら、桐子は一人憤っていた。

「もう秋だ。もう秋なのに」

額の汗を拭き、大きく深呼吸をする。やり場のない怒りを何とか鎮めようとする。

「どこで何やってんだよ、福原……あいつめ」

小声で悪態をつく。しばらく木陰で頭を冷やしてから、桐子は再び歩き出した。

やがて一軒のアパートに辿り着いた。一目で単身者用だとわかる。錆び付いた自転車がうち捨てられ、ドラム式の洗濯機が雑草に紛れて置かれていた。

桐子は懐から封筒を取り出し、もう一度便箋に目を通した。細い線で書かれた文字が並んでいる。

桐子修司　様
こんにちは。溝口泰造(みぞぐちたいぞう)です。死別の経験についてお話が聞きたいとのこと、ずっとお断りしていましたが、少し考えが変わりました。この頃、昔のことを思い出します。死んだ駿太(しゅんた)が夢に出てきます。どら息子で、弱虫で、迷惑ばかりかけて、うっとうしいとすら思っていたのに不思議です。どうしたらいいのかわからずにいます。もしかしたら桐子さんにお話しすることで、この気持ちが落ち着くのかもしれません。よろしければ、うちまで来ていただけますか。お菓子（できればカステラ）と日本酒（純米吟醸なら何でも、ただし甘口は不可）を持ってきてください。休日の午後であればいつでも構いません。
溝口泰造　拝

文章の最後に添えられた住所と番地とを見比べる。このアパートの一〇二号室で間違いないようだが、どうも様子がおかしい。扉が開け放され、三、四人の人混みができている。何か異様な雰囲気だった。

桐子が様子を見ていると、老女がこちらに気づき、話しかけてきた。

「あなたどちらさん、溝口さんにご用？」

「ええ」

「どういうご関係」

「お会いする約束で来たんですが、何かあったんですか」

老女は桐子の持つ日本酒を見てから、沈痛な面持ちで告げた。

「溝口さんは亡くなったよ」

絶句する桐子。

「昨夜のことでね。私はここの大家なんだけど、それは驚いたよ。毎日挨拶はするし、時々おかずのお裾分けなんかもしてたからさ。昨日もゴミ出しの時に軽く会釈してくれてね、とても死ぬようには見えなかったのに」

「病気か何かですか」

首を横に振り、老女は低い声で言った。

「自分で自分の命を絶ったんだ」

鋭い音が響いた。

日本酒の瓶がコンクリートの土台に落ちていた。馨しい酒の香りが、染みと共に広がっていく。

「北海道に別れた奥さんがいてね、夕方にはこっちに来るそうだ。葬式も開く手はずだから、あんたも出ていったらどうだい、顔馴染みなんだろう。そうそう、他に知らせた方がいい人がいたら、教えておくれ」

「いえ、僕は」

まだ会ったこともないんです。

そう言おうとしたが、言葉にならなかった。

†

福原は自宅のマンション前で、途方に暮れていた。

目の前にちょっとした段差がある。と言っても数センチほどのものだ。そこさえ乗り越えてしまえば、後はスロープとエレベーターでキャリーケースを運んでいける。それはわかっているのだが。

どうやって乗り越えればいいのか、思いつかないのだ。いや、考えるのが億劫と言えばいいか。

疲れた。

染み出てくる汗を拭き、髪をかき上げた。

何だか全てが面倒で、福原は呆然とそこに立ち尽くしていた。

どれくらい時間が過ぎただろうか。

「あっ、お帰りなさい、院長先生」

背後から声をかけられて振り返ると、副院長の新渡戸が立っていた。分厚い眼鏡をかけ、禿げた頭頂部の両脇は白髪で覆われている。福原の父が院長だった頃からの付き合いだが、この頃彼は急に老けた気がする。

「何してるんですか、こんなところで。暑いですよ、さあ」

新渡戸が福原のキャリーケースをさっと取り、段差の上に置いてくれた。その様子をぼんやり見つめ、福原は新渡戸に続いてエントランスに入る。

「新渡戸先生」

「はいはい、ちゃんと水飲んでますか？　熱中症になりますよ」

「どうしてここに」

「いやあ、ついでがありましてね。それに、なるべく早く雅和君に会いたかったんですよ。今日帰ってくるというのは知ってましたから」

福原は首を傾げる。新渡戸は猫背になり、機嫌を窺うようにこちらを覗き込んだ。

「どうでしたか、東北旅行は。ずいぶんあちこち見て回ったんでしょう」

「ええ、まあ一応」

「五色沼も行ったんですよね。私の新婚旅行先なんですよ。綺麗だったでしょう」

「そうですね」

福原は俯く。

旅行中はホテルで手技の練習ばかりで、ほとんど観光らしいことはしていない。表情から新渡戸も察したらしいが、少し悲しげな顔をしただけで、それ以上は追及しなかった。

「雅和君。今後のことは、喫茶店にでも行って話しましょうか」

「いや。ちょっと」

「あ、お疲れですかね。じゃあご自宅でも良いですか」

福原は頷き、オートロックを解除してホールに進むと、エレベーターのボタンを押した。

玄関の扉を開けると、留守中蒸し上げられた空気が福原の体を包み込んだ。エアコンのスイッチを入れて居間に新渡戸を通し、椅子に腰掛けて目を閉じる。

深いため息が部屋に溶けていく。

そんな福原の様子を心配そうに見ながら、新渡戸がキッチンでお湯を沸かし、ドリップバッグでコーヒーを淹れてくれた。目の前に置かれたカップを軽くすすり、ようやく福原は人心地がついた。

「どうですかね。復帰のめどは」

新渡戸が正面に座り、切り出した。

「わからないというのが、正直なところです」

相手の反応を見る勇気はなかった。目を伏せたまま福原は話し続ける。

「この一年余り、あちこち行って。十分気分転換はできたと思います」

新渡戸のお勧めはもちろん、ガイドブックを片っ端から買い、福原は日本中を回ったのだった。

「ただ、どうしても自信が持てないままなんです」

「でも、ずいぶん練習も積まれたんでしょう」

「模擬皮膚なら問題ないんですが……実際の患者を」

かち、かちと何かが鳴った。

「そ、想像するとですね。この手が」

右の掌を見る。震える指の爪先がカップに当たり、細かく音を立てている。

「思い通りに、ならないんです」

慌てて左手で押さえたが、それでもまだ震えは続いていた。

「なるほど。そのようですね」

新渡戸が眼鏡の位置を直し、困ったように笑った。

「ですが、病院としても雅和君の抜けた穴は大きいんです。もちろん新しく人は雇いましたが、回すだけで精一杯。患者さんからも雅和君に診て欲しいという声が引きも切らないのですよ」

その目を福原は見つめる。微かな澱みを感じる。

「現場の士気も落ちています。どうも雅和君のいないカンファレンスは、緊張感が足りない。

若手のみんなも寂しがっていますよ」

　ふん、と鼻息が出た。

「暑苦しい上司がいなくなって、せいせいしてる奴もいるんじゃありませんか」

　きょとんとする新渡戸。

「どうしてそんなことを言うんです」

「自分が復帰しても足手まといになるだけですよ」

「いやいや。雅和君、少し落ち着いてください。誤解がありますよ」

　新渡戸の笑みが作り笑いに見える。

「私、小さい頃から見てますから、何となくわかるんです。雅和君は強気な時は全身に気迫が漲（みなぎ）ってますが、弱気の時はその逆。今は必要以上に己を卑下していると思いますよ」

「そうですかね」

「手技にも同じことが言えませんか。できない、できないと思うからかえってできない。悪い想像ばかりが膨らんでいく。昔はあれだけできたじゃないですか。神業ですよ、私も何度もこの目で見た。必要なのは、自分を良い方に持って行くきっかけだと思うんです。こういうのはどうでしょう、まずは難易度のごく低い手術から始めるんです。横にサポートもつけて、万全の状態でやってもらいます。一度うまくいけば、きっと全てが好転していくと思いますよ」

　話し出すと、ぺらぺらと。よく口が回るものだ。

「そう簡単にいくもんか」

苛立ちが福原の口調に表れた。新渡戸の表情が凍り付く。

「実質、経営を見てもらっていることには感謝していますよ。そりゃあ、金儲けとして考えれば俺の復帰が望ましいってのもわかります。だけど、あんたの都合でホイホイと気分を切り替えられるんだったら、苦労しません」

新渡戸の顔が青ざめていく。次の瞬間、その顔がくしゃっと潰れた。眼鏡を外して顔を覆う。その背が小刻みに揺れている。

「私は君のお父さんを尊敬していたし、君のことも自分の息子のように……いえ」

眼鏡をかけ、こちらを向いた時には、寂しそうな笑みが浮かんでいた。

「無力で申し訳ありません。院長先生」

充血した目の新渡戸。しばらくお互いに何も言えなかった。

「では、また連絡しますね」

新渡戸が立ち上がる。俯いた福原の耳に、玄関へと遠ざかっていく足音がひとつずつ、やけにゆっくりと聞こえてきた。

言い過ぎた。今のはただの八つ当たりじゃないか。

福原の胸中に黒い念が湧き上がる。

謝った方がいいだろうか。だが、向こうだって悪いんだ。俺がどんなに追い詰められているのか、わかっていない。光を求めて暗闇を彷徨い続ける辛さを、ちっとも理解していないんだ。わかるもんか、お前たちに。この俺の悩みが……。

その時、既視感を覚えて顔を上げた。

――福原。気分転換に旅行でも行かないかい。

そうだ。

――臨床実習で、ずいぶん苦労しているって噂に聞いたよ。でも、福原って本当は手技、上手いと思うんだ。だってあんなに練習しているじゃないか。思うに足りないのは、小さなきっかけなんじゃないかな。

音山だ。大学五年生の夏、食堂で音山が俺に言ったんだ。

――ずっと勉強と練習ばかりで根を詰めてると、良くないと思うんだ。案外温泉にでも浸かったら、気分がほぐれてうまく行くかもよ。ね、だめ元で試してみないかい。ほら、桐子も賛成してるんだ。

「新渡戸先生！」

福原が勢いよく立ち上がると、椅子が倒れて音を立てた。今まさに玄関を出て行こうとしていた新渡戸が目を丸くして振り返る。彼の元まで駆けてゆくと、福原はまくし立てた。

「俺、やってみますよ。きっかけに、小さな手術。いや、待ってください。その前に一度だけ旅行に行かせてください。実はまだ行ってないところがあるんです。箱根です。これまで足が向かなかった理由がわかりました、学生の頃に行っていたからです」

「ま、雅和君？」

新渡戸が不安そうに福原を見上げる。

「あの時はそれでうまく行ったんです。音山に誘われた時は俺も、安易な提案しやがってと腹が立ちました。でも、結局のところそれが正解だった。そうだ、どうして忘れていたんだろう。それしかない。最後のピースは、そこにある」

福原の必死の形相に、新渡戸は困ったように眉をひそめる。

「ええ。もちろん可能性があるなら、何でもやるべきだと思います。ですが雅和君、大丈夫ですか」

「何がですか？　大丈夫ですよ」

「少し気が昂ぶっているように見えますよ。ゆっくり休んでから、もう一度考えてみてください。それからでも遅くない。私たちは、ずっと待っていますから」

「ありがとうございます。すみません、新渡戸先生」

「いえ」

何度も頭を下げ、福原は新渡戸を見送った。

これが最後の賭けだ。だが、賭ける価値はあるはずだ。

いてもたってもいられない。福原は机に向かい、古い記憶を辿りつつ、箱根旅行の計画を練り始めた。

†

溝口泰造の通夜は、夕方から始まった。

突然の話だったから、桐子は香典袋の用意はおろか、喪服も着ていない。それでも通夜に出させてもらった。新しく買った日本酒と、持ってきたカステラとを霊前に供えた。

会場はアパートの一室で、祭壇はごく小さいもの。喪主はかつての奥さんで、弔問客はアパートの大家やご近所さんが数人だけ、やってきた僧侶も葬儀社の人も、大家さんの個人的な友人のようだった。

立派な棺桶が奥に置かれ、厳粛な雰囲気の中、お経が読まれていった。

「それでは、ご焼香をどうぞ」

儀式は進んでいく。司会が少し間を置いて付け加えた。

「ご希望の方は、棺に近づいてお別れをしてください」

言い方にやや違和感があった。希望しない人などいるのだろうか。前から順番に焼香とお別れをしていき、やがて桐子の番が来た。抹香をつまみ、香炉に落とす。そして棺桶に近づき、覗き込み、思わず下唇を噛んだ。

ああ、そういうことか。

溝口泰造は目を閉じ、口を微かに開けていた。眠っているように安らかな顔だが、唇は紫色で歯茎は黒に近い。白い髭がうっすらと顎から口元にかけて生えている。

棺の中には写真立てが一つ。小学生くらいの男の子を抱き、奥さんと一緒ににっこり笑っている写真。ずっと大切にしていたものらしい。

体が小さかった。体格の問題ではない。毛布で巻かれて細部はわからないが、上半身に比して不自然に下半身が短い。顔の左側に縫い目が見える。覆い隠すように、頭に帽子をかぶっている。可能な範囲で修復が施されたのだ。

　震える手で何とか合掌し、頭を下げる。

　会場を出ると、弔問客たちの話し声が聞こえてきた。

「踏切から飛び込んだんですって」

「衝動的にやったのかな。元気そうに見えたが」

「落ち込んでいる時もあったよ。窓際で何時間もぼうっとしてたり。かと思えば生活リズムを整え直すとか言って、朝からジョギングしたり」

「浮き沈みがあったのかしらね。頑張ろうという気力が出てきた時が危ない、なんて話も聞くわね」

「息子さんが亡くなってから、奥さんとうまくいかなくなり離婚して、昔住んでいたこの街にやってきたと聞いた。色々悩みもあったろうに、弱いところを見せなかった。強い人だった」

「強い人って、弱った時の落ち込み方も大きいのよ」

「俺の弟、自殺未遂の経験があるんだ。その時は仕事の悩みを抱え、追い詰められた気分だったけれど、死ぬつもりなんか全くなかったと。ただ、電車がホームに入ってくるのを見て、足が突然動き出した。何をしているのか自分でもわからない。止まれ、止まってくれと頭では思うのに、足が言うことを聞かない。そのまま歩き続けて、停車した電車に頭をぶつけて止まった。足がおかしくなったのはほんの数十秒、だが各駅停車でなければ、弟はこの世にいなかった。今でも恐ろしいと言っている。俺も同じ気持ちだ。弟は頼りがいがあって、男気がある奴で、自殺なんかとはほど遠い人間だと思ってた。間違ってた。誰もが同じ人間なんだ。強いところもあれば弱いところもある、いつか死ぬ人間なんだ」

いつか死ぬ——。

その言葉が桐子の耳で木霊した。

服の上から握りしめるように胸を押さえ、桐子は駆け出した。道路を抜け、土手を越え、花壇を飛び越えた。

目の前に巨大な湖が広がっている。海と見まがうばかりの琵琶湖を前に、桐子は膝をついた。呼吸が苦しい。走ったせいだけではない。吸っても空気が少ししか入ってこない。

「違うだろうが」

自分としては絶叫しているつもり。だが、波にかき消される程度の小さな声で桐子は独りごちる。

「誰もが同じ人間なんて、嘘だ。生まれつき強い奴と、弱い奴とがいる。君は強い方だろうが、なあ」

地面を拳で打ち付ける。

「そりゃあ、最初は疑ってた」

居酒屋で向かい合った時には、分不相応なことを言う奴だと思った。解剖実習で失神した時には、ほれ見たことかと思った。

「だけど君は諦めなかっただろう」

教授に頭下げて、家にまで行って。毎日毎日練習して。三年生の臨床医学、四年生の客観的臨床能力試験、五年生から本格的に始まる臨床実習。ずっとあがいてた。闘ってた。そして、あの箱根旅行で。

「君は、本物だろ。そう自分で証明したじゃないか」

医師国家試験に、卒業後の研修医生活、そして専門医としての活躍。輝かしいキャリア。

桐子はため息交じりに続けた。

「覚えているかい。初めて会った日、君は僕に言ったんだ。何でもないことのように、あっさりと」

——体の調子、良くなるといいな。アレルギーだったか？　何なら俺がいつか、お前を完治させてやるよ。

「あの言葉は本気だった。君は強がりでも虚勢でもなく、そのつもりだった。何年もかけて、ようやくそれがわかった……僕は嬉しかった」

少年の頃に会った、何人かの医者の心無い言葉を、今でも覚えている。

様子見しつつ、付き合っていくしかないですね。辛いと言われても、それが現実なんで。はい次の方。

とにかく今はこの薬しかないので。使ってみて、それでだめならだめです。はい次の方。

保険適用外ですけど、いいものがあるんです。うちだけの特製クリーム。これは効きますよ、塗り続けないといけませんが。え？　買わない？　はい次の方。

「君のような医者にずっと会いたかったんだ」

喚いている桐子に比べると、琵琶湖は絶望的なほどに巨大だった。桐子は頭を抱える。

「君が自殺だなんて。そんなことが一瞬でも頭をよぎるなんて。ああ、ありえない。嫌だ。さっさと帰って来てくれよ。何やってんだよ。もっとできるよ、君なら。まだ道半ばだろ」

声は大きな水の塊にどこまでも飲み込まれていく。

「ヒーローみたいな医者に、なるんじゃなかったのかよ！」

桐子としては世界の決定的な矛盾を指摘してやっているくらいの気持ちなのに、まるで何の手応えもない。

そのまま桐子は、長いこと恨みがましく湖を睨みつけていた。あたりが暗くなり始めてようやく立ち上がり、とぼとぼと駅に向かった。

†

アパートの階段を尋が上っていくと、ちょうど人が下りてきた。道を譲ろうとしたとき、聞き覚えのある声がした。

「何だ、尋いるじゃない」

「あれっ、真理子？」

そういえば最近会っていない。久しぶりに顔を見た。

「今帰ってきたとこだよ。どうした、わざわざ」

「別に。ちょっと寄っていこうかなって」

真理子が提げたビニール袋には、酒やお菓子、おつまみなどが詰まっていた。長い付き合いなのでわかる。何か愚痴りたいことがあるのだろう。

「まあ、入れよ」

尋は二〇三号室の鍵を開け、中へと促す。部屋に入るなり、真理子はすぱっと言った。

「別れた」

「え？」

尋はクーラーの電源を入れる。

「例の男。私から振ったの」

「そっか。長続きしないような気はしたけどな」

差し出された缶ビールを受け取る。すでに真理子はワインの栓を開けて、瓶ごとラッパ飲みしていた。

「はーっ。うめっ」

「ちょっと面倒くさいとこを別にすれば、いい結婚相手だとか、言ってなかったか？」

「そうなんだけど、我慢できなかった。うるっさいのよ、ちょっと元彼から電話かかってきたくらいでギャーギャー言ってさ」

「元彼からの電話は普通に嫌だろ」

「だけど、全く気持ちはないんだよ？　元彼、保険の勧誘始めたらしくてさ、知り合い全員にかけてるっぽいの。それだけなのに浮気だ、怪しいとか騒ぎ出して。証拠でもあるんですかって聞いたら、何て言ったと思う？　俺を不安にさせている時点でお前の怠慢だ、だって」

「すごいこと言うな」

「さすがに相手してらんないから別れた。あー、今度こそ結婚できると思ったのにな」

鮮やかな手さばきでタバコをくわえ、火をつけてから、きょろきょろする真理子。

「灰皿どこ？」

「あ、そうか」

尋は窓を開け、ベランダから空き缶を持ってきて渡した。

「これ使ってくれ」

「外で吸ってるの？」

「まあな。藍香さんってタバコ吸わないから」

「前に言ってた人だよね。まさか家に呼んでるの」

「一度も来てねえよ。ただ、万が一来ることになった時、匂いがあったら悪いだろ。だからなるべく室内で吸わないの」

真理子は目を丸くした。

「尋が紳士みたいなこと言ってる」

「そうか？　普通だろ」

「どうしちゃったのさ。今までだったら……」

こちらを覗き込もうと一歩踏み出した真理子が、うっかり尋の鞄を踏みつけた。中から色彩鮮やかな紙束が飛び出し、床に散らばった。

「何これ。レジャーや旅行のパンフレットに、シティガイド」

尋はしゃがんで拾い集める。

「デートの作戦立ててるんだ。俺、カラオケ、ゲーセン、パチンコくらいしか知らないから。なあ真理子、意見聞かせてくれよ。牧場で搾りたて牛乳飲むプランか。それとも、百貨店でスイーツバイキングか」

「どちらかと言えば百貨店がいいけど。あんたね、調子いいんじゃない。一人だけ幸せになるのを応援しろっての」

真理子は赤い顔に据わった目で、尋を睨みつけている。

「別に無理にとは言わねえよ」

「ふん。油断しない方がいいよ。どう考えたってその人、訳ありだもん。何だっけ、美人で優秀で、でも独身でスーパーのバイトでしょう。バツイチは覚悟しとくべきね」

「ああ。そうだな」

神妙に頷く尋を見て、真理子は首を傾げた。

「え、何、本当にバツイチなの」

「バツイチって言うかさ」

ビールを一口飲む。苦味が舌を包み込む。

「こないだの日曜、遠出したんだ。何か恋人の聖地みたいな、そこで愛を誓うと永遠に続くっていわれのある公園にさ、ドライブ。途中まではいい雰囲気だったよ、音楽流して一緒に歌ったりして」

「告白するつもりだった？」

「ああ。俺なりに真剣によ、トランクに花束まで積んでった」

「うーん、取り出す頃にはしなびてそう」

「途中でサービスエリアに寄った。楽しくご当地アイスの紫蘇ソフトなんか食べて、ラーメンすすって。ふいに電話が鳴って、藍香さんが誰だろう、とか言いながら出たんだ」

尋は鼻の奥がつんと痛むのを感じた。

「そしたらさ。藍香さんが、みるみるうちに泣きだして……涙ぼろっぼろ。近くの家族連れが不審げに見てたな。俺、仕方ないから落ち着くまで待ってた。やがて訳を話してくれた。指輪屋からだって」

「指輪屋？」

「結婚指輪を作った店から。そろそろ五年目になるけれど、指輪のお直しなど必要ないでしょうか、って」

「まさか」

「夫と死別、してたんだと」

真理子の顔が曇る。

「何か、心臓の病気だったそうだ。俺に、ごめんなさいって。早く言わなくちゃいけないと思ったまま、好意に甘えてしまった、とさ。何も言えなかったよ。そうかあ、と色々腑に落ちたけどさ」

尋は話しながら、合間に奥歯を嚙みしめていた。

「重い話だね」

「うん。結局その日はもうデートなんていう雰囲気じゃなくて、そのままUターン。家に送り届けたよ」

「花束は？」

顎で風呂場を示す。

「シャワーの横にある。とっくに枯れたろうな」

「そっか……」

真理子は床に座り込むと、ワインの瓶を机に置く。そして真剣な顔で言った。

「尋、それさ、並大抵じゃないよ」

「どういう意味だ」

「あんたこの先、元夫の影に耐えられる？」

ぎくりとして、尋は胸を押さえた。夕方から吹き始めた風が微かに雨戸を揺らしている。

「死んでる相手なんか、どうってことねえよ」

強がってみせたが、声に力は入らない。

「バカだね、実体がないからこそ厄介な恋敵になるのに」

「恋敵だなんて。藍香さんを俺に譲ってくれた恩人、くらいのもんだよ」

ため息をつく真理子。

「一筋縄じゃぁいかない恋路になると思うけどね」

尋は俯き、絞り出すように言った。

「わかってるよ。だけど、今さら引き下がれるもんか」

尋は拳を握りしめる。

「藍香さん、時々凄く寂しそうな顔するんだ。俺、何とかしたい。ほっとけねえよ。俺の愛で癒やして、忘れさせてやりたいんだよ」

「尋にできるかなあ」

「そりゃ……時間はかかるかもしれないけど」

「きっと元夫、尋よりずっとハイスペックだよ」

「そうかもな。でも、俺だって最近は頑張ってるんだ。七月の部署奨励賞に選ばれたんだぜ。シゲさんが驚いてさ。元夫なんかに負けるもんか。何たって俺はまだ生きてる。まだまだ未来があるんだから」

あーあ、と真理子は伸びをしてみせた。

「やめた方がいいと思うけどな。ここはさ、私にしといたら？」

「何言ってんだよ」

「色々通じあってるし、楽だよ。枯れた花束でも文句言わないし」

尋はしばらく考えて、首を横に振った。

「自分の気持ち誤魔化すようなこと、繰り返したくないんだ」

真理子はちょっと微笑んだ。手早くタバコを消し、ワインの瓶をテーブルの隅に寄せる。黙って荷物を手に立ち上がり、カーディガンを羽織ると、玄関へと歩き出した。

「おい、真理子……」

「どうも、お邪魔しましたあ」

歌うような声。ブーツを履いた真理子は、ドアノブに手をかけて振り返った。寂しそうな笑顔。扉の向こうはもうすっかり夜のとばりに覆われている。

「あのさ、尋。さっきの、ちょっとひどいよ。でも誤解しないで、いいことだと思ってるの、尋は絶対その方がいいよ。頑張ってね」

爽やかに手を振ると、真理子はそのまま出て行った。

急に静かになった室内で、閉じた扉を尋は見つめる。開けたばかりのお菓子やおつまみの袋の上に、タバコの残り香が漂っていた。

†

都心近くの自転車屋。

福原はローラー台の上で、細身の自転車にまたがっていた。おそるおそるペダルに力を込めると、小気味よく車輪が回り出す。

「へえ、こりゃ漕ぎやすい！」

何が違うのだろう。材質か、構造か。ハンドルの形かもしれない。力を込めやすく、足が軽い。さすが高級ロードバイク。

「路上ではもっと違いを感じると思いますよ。いわゆるママチャリの重さは二十キロくらいですが、これは九キロありませんので」

よく日焼けしたスポーツ刈りの店員が言う。

「ここでギアを変えられます。軽くペダリングしながらやってみてください」

店員が示したハンドルのすぐそばのスイッチを、そっと押し込む。バチッ、バチッと気持ち良い操作感。

「二十四段変速になります。フロントが二段、リアが十二段ですね」

「そんなに必要なもんですか」

「使いこなせるようになると面白いですよ。もうすぐ坂だから軽いギアに変えようとかね。僕なんかしょっちゅう変速して、いかに効率的に走るかにチャレンジしてます」

「でもこれ、ちょっとスイッチが重いですね」

「あ、電動式ならボタンを押すだけですよ。機械式より軽いし、トリム操作も不要。充電が必要ですが、ワンシーズンに一回くらいで十分です」

「へえ、すごい。そっちを買います」

「この型だと、十五万くらい上乗せになっちゃいますが……」

「ええ、大丈夫です。ぜひ」

店員はやや困惑しているようだった。常連でないどころか、ほとんどロードバイクの知識もない客をどう扱うべきか、測りかねているのかもしれない。

それからも福原は勧められるままにパーツを付け替えてみたり、ペットボトルを設置するケージや、非常用の空気入れを試したりした。あっという間に籠の中は様々な商品でいっぱいになる。

「箱根まで自転車で行くつもりなんですよ。大学の頃、ママチャリで行ってね。さすがに今度はいい自転車で楽したいなと」

「箱根駅伝と同じ道になりますかね。だとしたら基本的に舗装路で、アップダウンもあるし、お勧めはこれか、これか……」

「よし、決めた。こいつの一番いいやつを下さい」

店員がぎょっとする。

「スクルトゥーラですか？　チームモデルだと取り寄せになりますし、価格も百五十万はしますよ」

「平気、平気。遊ぶ時間がなかったので、貯金だけはあるんですよ」

「はあ」

「籠の中身も全部下さい、クレジットカード一括で。それからこのボトルケージ、せっかくだからヘルメットと色を合わせたいな。ありますか？」

「ございますが」

店員が不安そうな顔をし始めた。自分でもちょっと大盤振る舞いしすぎだとは思う。

でも、いいじゃないか。最後の賭けに出るのだ。お祭り気分で盛り上げるのも悪くない。

みるみるうちに桁の増えていくレジの数字を眺めながら、福原は不思議な高揚感を楽しんでいた。

†

早朝、駅前のロータリーに尋は車を停める。

降りて空を見上げると、青空がとても高く感じた。まだまだ暑いが、もうすっかり秋だ。

尋はポケットからタバコを取り出した。ちょっと早く待ち合わせ場所に来たのは、先に吸っておくため。「一番かっこいいやつを」とリクエストして用意してもらった白いレンタカーに背を向けて、ライターを握りしめる。

「桃谷さん」

顔を上げると、そこのベンチに藍香がいた。

心臓が高鳴る。瞳孔が開いていくのがわかる。あたりの景色がぼやけて、彼女の姿だけが視界に大写しになる。

ああ、この人が好きだ。

藍香は文庫本を閉じ、軽く微笑んでこちらに歩いてくる。

黒いズボンに灰色のパーカー、髪も簡単にまとめただけ。デートの割に地味だが、インナーの花柄シャツと瑪瑙(めのう)細工風の髪留めを尋は見逃さなかった。彼女としては、かなりのお洒落だと言っていい。

ごくりと唾を飲む。

大丈夫。俺だけじゃない。向こうも今日を楽しみにしていたはずだ。自信持っていけ。

「藍香さん、早いですね」

「そちらこそ」

藍香は高架下を指さした。

「喫煙所ならあっちにありましたよ」

「あ、いや。いいんです、別にこんなの」

尋は慌ててタバコをポケットに戻す。

「携帯灰皿も買いましたし。あ、そうじゃなくて。吸わなくても平気なんす、ほんとに。さ、乗ってください」

吸っても構いませんよ、と言いながら藍香は助手席に乗り込んだ。扉を閉めてハンドルを握る。エンジンが元気よく動き出す。

「じゃ、行きましょうか」

「はい」

不思議だ。隣に彼女がいるだけで、こんなに車内が華やかになる。ウインカーにアクセル、エアコンからサイドブレーキまで、まるで楽器のように楽しげな音を立てる。

二人を乗せた車は、空を飛ぶように滑らかに走っていく。

「桃谷さん、いつも車を出してもらってすみません。代わりに今日は食事代、私が出しますね」

藍香がシートベルトを確かめながら、窓の外を眺めている。

「いえいえ、いいんすよ。俺、運転好きだし。それにデートといえばドライブじゃないですか。俺はそういうイメージですけど、藍香さんは？」

「そうですねえ」

やや俯いて、困ったような表情をする藍香。

しまった。これ、踏み込まない方がいいところだったか。

「運転とかさせたくないタイプの人だったので……」

気まずい空気だ。慌てて尋は会話を繋ぐ。

「元旦那さん、運転が苦手だったんですか」

「夢中になると周りが見えなくなるんですよ。だから必要な時は、だいたい私が運転してましたね。でも助手席に座らせておくと、そこまでくつろげるか、ってくらいにくつろぐんです。それも嫌で」

「何だか面白い人ですね」

「はい」

藍香が軽くこちらを見た。この話、続けてもいいんですか。そう顔色を窺われているのがわかる。平気ですよ、と言わんばかりに尋はさらに質問した。

「普段はどんな人だったんですか。俺に似てたりしますか」

「近いところはあるかも。ちょっと子供っぽい人でした。いつでも楽しみを見つけようとするんです。一緒にいると退屈しない」

「たとえば、どんな風に」

「運転中だったら、ゲームを始めちゃうんです。目的地に着くまでに赤い車を三台見つけたら僕の勝ち！　とかって。それで赤い車を一生懸命探して、道に迷っちゃったり」

わざとらしくならないように、尋は笑う。

「それから記念日に詳しいんですよ。たとえば今日は生パスタの日だから、手打ちで作ってみようとか。ガシャポンの日だから秋葉原にガシャポン回しに行こうとか。クリスマスとか、正月とか、そういうイベントも大事にしてましたね。付き合って百日記念とか」

ハンドルを握る手に力がこもる。

「やっぱりそういうの、女の人は嬉しいもんですか」

藍香は手を横に振る。

「私自身はそれほど。むしろちょっと引いてました、どうしてこの人、ここまでするのかなって。私は日々淡々と過ごす方なので。でも、何だろうなあ」

　藍香は切なげに笑っていた。

「あの人は信じていたと思うんですよね。人生は生きるに値する、楽しまなきゃ勿体ないって。それこそ少し生き急ぐくらいに。私にはそんな発想がなくて。おかげで色んなことを経験できた。ガシャポンなんて私、彼がいなかったら一生……」

　藍香が窓の方を向く。その背が微かに震えていた。軽く瞼を拭い、もう一度こちらを振り向いた時には笑顔だった。

「ごめんなさい。変な話で」

「いえ」

　もっと聞きたい。けれど、これ以上聞きたくない。嫌な汗が額に滲んできた。

「もうすぐ着きます。駐車場空いてるといいけど」

　大きな百貨店が、近づいてくる。

「車だと早いですね。桃谷さんのおかげです」

「あ、藍香さん。こないだもお願いしたんですけど、片方だけ名前呼びだとちょっと居心地悪いっていうか、良かったら……」

「あ、すみません。尋さんって呼びますね」

「お願いします。さあ、スイーツで腹一杯になる覚悟はいいですか？」

　意識して明るい声を出し、尋はハンドルを切った。

整然と並んだマカロン。クリームを挟んで何層にも重ねたパンケーキ。フルーツが盛りだくさんのケーキ。

店を出てからもしばらく、目の前をカラフルでパステルな残像が飛び交っているような気がした。尋は腹をさすりながら、レストランフロアの壁にもたれかかる。化粧室から戻ってきた藍香も苦笑いしていた。

「スイーツバイキングって、意外と食べられないものですね」

「俺、驚きました。世の中、こんなに色んなお菓子があるなんて。特にあの、ふわふわなのに口の中で『しゃもっ』てする、うすら甘いやつが、何とも」

くすっと藍香が笑う。

「パウンドケーキですね」

「そう、あれはたまらない。家でも作れるんですかね」

「結構手間かかりますよ。電動ミキサーが欲しいところ」

「さすが詳しいなあ」

それも元夫と作ったのだろうか。パウンドケーキの日とかに。

心の奥にじわっと黒い靄が湧き上がるのを感じる。

「藍香さん、腹ごなしにちょっと他の階、覗いてみませんか」

「いいですね」

エスカレーターで前に乗る藍香の髪を見下ろす。綺麗な黒髪だ。俺の前にも、こうして彼女を見下ろしていた男がいたのだろうか。

ポケットの中で尋は意味もなくハンカチをまさぐった。

どうしたんだろう、俺。これまで誰と付き合ったって、元彼に嫉妬なんてしなかった。目の前にいてくれれば、今が楽しければ、それで良かったのに。

俺、欲深くなったのかな。

一人の女性だけを見るようになったから、相手にもこっちだけを見て欲しくなった。シゲさんには「偉そうなことを言うな」と怒られそうだけど。

「桃……尋さん、防災グッズ見てもいいですか」

「はい。行きましょう」

五階で降りてフロアを回る。棚を一つ回り込むと、マリンスポーツコーナーだった。シュノーケルやウェットスーツが南国の花や熱帯魚の絵で飾り付けられている。尋は言った。

「ダイビングって面白そうだけど、難しいんですかね」

「そんなことないですよ。泳げない人でもできますから」

「ふうん。あ、ウェットスーツってそこまで高くないんですね。一万行かないくらいか」

藍香は尋の眺めているウェットスーツに触れ、首をひねった。

「これは安い方ですけど、ものは悪くないですね。でも初めはレンタルで十分だと思います。荷物も減るし」

「藍香さん、やったことあるんですか？」

「はい、少しだけ」

「ダイビングって、どうやって始めるんですか」

「私の場合はたまたま人に誘われて。最初は体験ダイビングか、スクールに行くといいと思います」

またも藍香の表情は暗い。

「そのうち、一緒に行きませんか？」

尋が言うと、藍香は微笑んだ。目を伏せた、困ったような笑いだった。

「楽しいと思いますよ。ただ私は、しばらくやめときます」

「そうですか……わかりました」

二人で店を出る。

藍香は浮かない顔で振り返り、じっと熱帯魚たちの絵を見つめてから、一つ息を吐いた。

「藍香さん？」

「あ、すみません。行きましょう、行きましょう」

笑顔でこちらに走ってくると、尋を追い抜いてキャンプ用品の方へと向かっていく。

尋の心がざわつき、胸の奥がちくちくした。

今すぐ自分だけを見てくれだなんて、そこまでは望まない。望むべくもない。ただ、時々寂しくなるのだ。藍香の瞳に、自分が映っていないような気がして。

デートは楽しかった。

初めこそギクシャクしたものの、次第に会話は弾み、気づけばあっちこっちの店を冷やかしてはお喋りし、笑い合い、そのうち夕方になると駅前の居酒屋風イタリアンで食事をして、帰途についた。

「で、シゲさんが言ったんですよ。『あの果物、何だっけ。南国の、飲み物に入れるとうまいやつ。パイナップルじゃなくて、パパイヤじゃなくて』って。俺、何のことかよくわからずマンゴーすかって言ったら『おう、それだそれだ』と」

「本当に入れちゃったの？」

「マンゴージュース入りコーヒーの出来上がり。しかも意外とうまかったらしくて。今うちの会社、マンゴーコーヒーが流行ってるの」

「愉快すぎる！」

「しかもシゲさん、なぜか勘違いに気づいてないんですよ。だからマンゴーコーヒーを会社に広めたのは、なぜか俺ってことになってて……」

藍香は助手席で、涙が零れるほど笑っていた。

「ココナッツオイルは誰も使わない。もう、ほんとに減らない。一瓶なくなるのと、俺が首になるのと、どっちが早いかわかんないよ」

「尋さんが首はないでしょう。でも、定年まで残っちゃいそうだね」

「そのままずっと棚にあるかも。誰が何のために買ったのかわからない、謎の遺物として」

「それ、最高」

お互いに使い続けてきた敬語が、自然な形で消えつつあった。

いつか二人に、こんな時間があったことも忘れてしまうような気がした。尋は目の前の全てを心のアルバムにしまっておきたいと思った。赤や黄色にチカチカ光るコンソールパネル。ウインカーの音、アクセルの感触。隣の声、息づかい。

夢のような時間だった。街灯や信号機が窓の向こうを通り過ぎていくさまは、エレクトリカルパレード。光の中、二人は馬車に乗って駆けていく。

「ここまでで、大丈夫」

やがて煌々と輝くコンビニの前で、藍香が言った。

「家まで送るよ」

「ありがとう。でも、買い物していきたいの。牛乳が切れちゃったから」

頷き、尋は駐車場へと車を滑り込ませた。馴染み深いロゴが輝き、店の光があたりを照らしている。何となく離れがたくて、尋はエンジンを切ってキーを抜いた。

「俺も飲み物買ってこうかな」

「あ、じゃあ一緒に行こうよ」

「うん」

先に降りた藍香が軽く手招きしたようにも、手を差し伸べたようにも見えた。尋は手を取っていいものか一瞬迷い、その間に藍香は店内へと歩を進めていた。

「待ってよ」

「早く早く」

後を追って自動ドアをくぐる。「いらっしゃいませ」の声。ポケットの中の財布を確かめ、籠を手に取る。すぐ近くに栄養ドリンクの棚があり、横にはお泊まり用のシャンプーセットや歯ブラシセットが並んでいた。

何だかこういうの、恋人同士みたいだ。

藍香はお菓子コーナーを眺めていた。後ろから覗き込んで尋は苦笑する。

「牛乳買うんじゃなかったっけ」

「いいじゃん、別に。美味しそうなんだもの」

藍香がパッケージの一つを指さして、嬉しそうに言った。

「見て、こうくん、堅あげポテトの新味だって！」

こうくん？

尋はその場で動けなくなった。胸に言葉が突き刺さり、そのまま昆虫標本のように釘付けにされた。

ややあって藍香がはっと口に手をやり、俯いた。肩が震えている。

「ごめんなさい、私」

「いや……」

のんびりとした調子の店内BGM。そのまま何も言わなくなってしまった藍香を促し、尋はレジに向かうと缶コーヒーを二本買った。

コンビニの隣に小さな公園があった。人気はなく、薄汚れた街灯がブランコとジャングルジムをぼんやり照らしている。蛾が数匹、あたりを舞っていた。

尋はコーヒーを一本藍香に渡すと、カバの形をした遊具にまたがった。藍香は缶を握りしめたまま、立ち尽くしている。

タブを引いて缶を開け、喉に甘ったるい液体を流し込む。近くの団地からだろう、テレビの音が聞こえてくる。尋がちらりと見ると、藍香は俯いたまま歯を食いしばっていた。その瞳は潤み、今にも涙が零れ落ちそうだ。

泣きたいのはこっちだってのに。

そう言いたいのをこらえ、何か慰める言葉を探し始めた時だった。藍香が低い声で言った。

「浩平は、桃谷さんとは全然似ていません」

ゆっくり、少しずつ言葉は紡がれていく。

「私、その方が良かったんです。似ていると、どうしても気になるから。違いが目について、面影を探してしまうから。だけど、だめなんです。正直、桃谷さんと一緒にいても、浩平の影を探している私がいます。浩平ならこんな風に注文するだろうとか、こういう言葉遣いはしないだろうなとか、比べてしまったり。ふと人混みに浩平に似た後ろ姿を見つけると、追いかけてしまったり。どうしようもなく心がかき乱される時は、本を開いて現実逃避していました。失礼だとはわかった上で」

　言葉が痛かった。胸に突き刺さるようだった。

「だけど、寂しいのは本当なんです。誰かといたいんです。そうじゃないと、心がすり切れて私、いつか無くなってしまいそうで……浩平と暮らしたから、余計に一人の心細さが身に染みるようになってしまった」

　悲痛な声。藍香もまた、傷ついているのが伝わってくる。

「桃谷さんは、真っ直ぐでいい人です。それだけじゃなくて少し、何と言うか……悪く聞こえたらごめんなさい、鈍感なところもあって、それがむしろ一緒にいて安心できました。だけどそれは、私の都合です。桃谷さんが何も知らないのをいいことに、傷口にあてがってるだけ。桃谷さんを利用しているだけなんです」

「そんな」

「私、そうとわかった上で黙ってました。だって、その方が楽だから」

　罪を白状するようにそう言うと、掌で顔を覆ってしまった。尋は缶を地面に置いて立ち上がる。

「藍香さん。今日は、楽しくなかったですか」

「楽しかったですよ。それは、本当に……」

「なら、そんな風に言わないでくださいよ。俺だって楽しいから、誘ってるんです」

藍香は首を横に振る。歯を食いしばり、ぐしゃぐしゃに泣いていた。目は真っ赤で、顔は涙塗れ。赤く染まった頬だけがさっきまでと同じだった。

「俺、事情はわかってるつもりです」

尋は一歩前に進み、必死に訴えた。

「辛い思いをされたんですよね。全部忘れてくれだなんて、言いませんよ。ゆっくりでいいんです、一緒に歩いていければ」

藍香は激しく嗚咽するばかり。

「俺、見ていて心配なんですよ、藍香さんが苦しそうで、辛そうで。利用してくださいよ、構わないっすよ。それで少しでも楽になるなら、俺も嬉しいですよ」

いっそう激しく首が振られた。ひどいかすれ声。

「もうやめましょう。桃谷さんは、私なんかに貴重な時間を使わない方がいい」

「そんなの嫌ですよ」

尋も泣きそうだった。

「どうして自分を責めるんですか。旦那さんのことは残念だけど、藍香さんはまだ生きてるんだから。彼の分も幸せにならなきゃ。こんなの、亡くなった方だって望んでいないはずでしょう」

泣きじゃくる藍香の体は細く、頼りなかった。その華奢な肩が白い明かりに照らされて、震えていた。

「いいですよ、名前くらい間違われたって。俺、藍香さんの力になりたいんです。もっと頼ってくださいよ、もっと弱いところ見せてくださいよ、俺まだまだ全然できますから」

おそるおそる顔を上げる藍香。

「どうして、そこまでしてくれるんですか」

「それは」

一瞬口ごもってから尋は、つい言ってしまった。

「好きだからです」

「好き……私を？　会ってから、いくらも経っていないのに」

「好きですよ。どうしようもなく好きです」

こんな形で告白するつもりじゃなかった。だが、もはや後には引けない。尋は顔が赤くなるのを感じながら続けた。

「俺、こんなに一人のひとを好きになったの、初めてなんです。ずっと嘘だと思ってました、運命の人とか、何十億人の中から君を見つけたとか、安っぽい歌詞、綺麗事だと思ってた。でも、藍香さんに会ってから全てが変わったんです」

目を真っ直ぐに見て、鼻と鼻とが触れそうな距離で。

「もうすぐ会えるって思うと、昨日は寝られなかった。週末にデートがあると、仕事がちょろくて仕方がない。みるみる力が湧いてきて、俺、無敵になれるんです。ココナッツオイルコーヒー、毎日飲んでますよ。一緒に行った映画の半券、財布の中で捨てられないっすよ。キャバクラ何ヶ月も行ってないし、代わりに恋占いのサイト見ちゃいましたよ。自分でもこんなの信じられない、でも好きなんです、他にこんな人いない、世界にたった一人なんですよ」

衝動的に体が動いた。上目遣いの潤んだ瞳を見て、その奥に潜む悲しみを少しでも取り去ってやりたくて、尋は藍香の体を両腕でそっと抱きしめた。

「お願いします、俺と付き合ってください」

藍香は一瞬驚いたようだったが、すぐに力を抜き、身を任せてくれた。ゆっくりと呼吸する気配がする。柔らかくて、温かい感触が伝わってくる。同じくらい、尋の中で燃える愛しさが伝わるようにと願った。

その言葉は、尋の耳元でほとんど独り言のように放たれた。

「羨ましいな……」

尋は顔を上げる。悲しそうに目を伏せる藍香がいた。

「世界で一番好きな人を、その手で抱きしめることができて」

尋の腕から力が抜けた。視線の先、公園の隅にひっそりと佇む水飲み場の、銀色の蛇口をただ見つめるしかできなかった。

藍香の体がふっと離れる。

「ごめんなさい。私、最低ですよね」

視界の中で、全ての輪郭がぼやけていった。色があせ、意味を失っていった。体のどこにも力が入らない。自分は息をしているのか、心臓は動いているのか、立っているのか座っているのか、全てがあやふやに感じられた。

さようなら、と言ったのか。それとも、これで会うのは最後にしましょう、と言ったのか。

ともかく決別の言の葉がはらりと地に落ちる気配があり、気づけば藍香はいなくなっていた。

カバの遊具のそば、尋が飲んでいた缶の隣に、未開封の缶が一つ置かれていた。猫が一匹、ジャングルジムの横から現れ、尋に気づくとふいと体をよじらせて茂みに消えた。

第三章　とある家族の死

電車の中。座席で桐子が指の爪をいじっていると、スマートフォンが鳴動した。見ると、神宮寺からの着信だった。慌てて電話に出る。

「はい」

周りの目を気にしつつ、口元を押さえて隅の方へと向かう。

「桐子先生、今いいですか」

「うん。何かあったの。福原は？　帰ってきた？」

「まだです」

「そう……じゃ、切るよ」

弱々しく告げて切ろうとした時、神宮寺が叫んだ。

「ちょっと待ってください。福原先生の消息がわかったんです」

途端に桐子の目が鋭くなる。背筋が伸び、声に張りが出る。スマートフォンを握り直した。

「詳しく教えて、早く」

「箱根に旅行に出かけるそうです。それも自転車で」

「箱根？　自転車旅行？」

「私もよくわからないんですが、とにかくそう聞きました。何でも、その旅行を終えたら復帰するんだとか。あちこち旅をしてきたけれど、これを最後にすると言っていたそうです」

「最後……」

不安そうな声で神宮寺が続ける。

「どう思いますか、桐子先生。私は何だか気味が悪いんです。普段の福原先生っぽくない気がして」

「箱根には学生時代にも自転車で行った」

「三人の思い出の場所だと、いつか仰ってましたよね」

「そう」

桐子はスマートフォンを耳に当てたまま頷いた。

「僕も箱根に行ってみようと思う」

「お願いします。私はどうも胸騒ぎがするんですよ。診療所の方は休診にしておきますから。福原先生をよろしくお願いします」

「わかった」

電車が速度を落とし始めた。電話を切り、桐子は足早にドアの方へと移動した。

神宮寺の懸念とは裏腹に、桐子はどこか楽観していた。

やっぱり福原、君はもうすぐ復帰するつもりなんだな。そうだと思っていたよ。僕は心配だから箱根に行くわけじゃないぞ。君が平気な顔をしているのを、確かめるために行くんだ。

君に限って、万が一なんかあるわけない。そうだろう。

桐子は箱根に向かう電車を調べながら、心臓の鼓動が少しずつ早くなっていくのを感じていた。

†

尋はここ数日、新着の通知もないのに、藍香とのラインのやり取りを見返してばかりいた。

「少し早く到着しそうです」

履歴の末尾は、デート前の藍香の一言。それっきり互いに連絡はない。

別れ際の言葉を思い出すと腹が立ってくる。自分から連絡したくはない。かと思えば、後悔に苛まれもする。あんな形で告白すべきじゃなかったと。

頭を抱えて布団の上で悶えるうち、とうとう我慢できなくなって、メッセージを送った。

「俺たち、これで終わりなんでしょうか」

暗い部屋で画面を見つめていたが、既読の表示はつかない。返事があるまで寝るもんか。テレビをつけたり、マンガ雑誌を開いたりして耐える。が、やがて眠気に負けてしまった。

はっと目を覚ますと、朝の四時半だった。ほとんど寝た気がしない。小鳥の声と共に、カーテンの隙間から陽の光が差している。尋はおそるおそるスマートフォンを手に取った。ラインの通知が一件だけ来ていた。藍香から。

とてもすぐには見られない。尋はまず顔を洗った。普段は食べない方が多いのに、冷蔵庫から朝食らしきものを取り出す。菓子パンとハムを頬張り、隅っこの方で干からびていた人参(にんじん)をがりがりと囓(かじ)った。表面は柔らかいのに芯の方は固くてまずい。最後に牛乳を飲み、スーツに着替えて鞄を持って、靴を履く。

そして玄関の扉の前で、スマートフォンを見た。

「これまでありがとうございました」

新着メッセージを見つめたまま、しばらく動けなかった。

アイコンをタップして、藍香に電話をかける。コール音がしばらく鳴り、すぐに切れた。

「だめだ」

リクライニングにした運転席に寝転がり、天井を見上げたまま、尋はうめいた。

「とても行けねえや」

キーは差したが、回せない。車にも自分にもエンジンをかける気分ではなかった。アパートの駐車場で、次第に活気づいていく街を感じながら、尋は一人停滞していた。

「今日は会議がある。アポもある。行かないとならないのによう」

呟いてみたが、あまりに空虚な響きだった。

「もう、どうでもいいや」

大きく伸びをしてあくびする。

「しゃあねえ、忘れろ、桃谷尋。少しだけでも夢が見られて、良かったじゃないか。今日はキャバクラでも行って、パーッと騒ごうや」

無理に言い張ってみるも、心はちっとも晴れない。

その時、電話がかかってきた。慌てて手に取り、耳に当てる。

「おう尋、おはよう」

「なんだ、シゲさんか」

肩を落とすと、電話の向こうで重松が不満そうにする。

「なんだじゃねえよ。今日、企画の打ち合わせするって言っただろ。声かけたのは俺だけど、やりたいって言ったのはお前だぞ」

「そうでしたね」

「声が変だぞ。具合でも悪いのか」

洟をすすり、尋は頷いた。

「実は家の前から動けなくって」

「それを早く言え。じゃあ、今日は休みか？　たちの悪い風邪が流行ってるからな、暖かくして寝ろ」

「おんぼろ号、会社に返さなくて大丈夫ですか」

「社用車に変な名前つけんな。一日くらい平気だろ。打ち合わせはリスケしとく」

重松はそれだけ言うと、あっさりと電話を切った。

そうだな。今日くらいはいいよな。

尋はずる休みを決めた。

会社に連絡を入れ、他に調整すべきことがなかったか考える。藍香の勤める満丸スーパーにも訪問する予定だったと気づき、頭を抱えて項垂れた。震える手でスマートフォンを耳に当てながら、尋は必死に念じた。

どうか他の人が電話を取ってくれますように。万が一藍香さんが出たら、できるだけ事務的に淡々と、今日は行けないと伝えよう。

「はい、満丸スーパー坂倉橋店です」

店長の声だ。ほっとしたのも束の間、用件を伝える尋の耳に、思わぬ言葉が飛び込んできた。

「そうですか、むしろありがたいです。実は急に担当者が辞めちゃって、ちょっとバタバタしてましてね」

「辞めた？　藍、じゃなくて藤間さんですよね。どうして」

眉間に皺が寄っていくのがわかる。

「いや、こっちが聞きたいですよ。一身上の都合と繰り返すばかりで何も話そうとしないんです。そういう辞め方する人には見えなかったんだけどなあ」

尋が呆然としている間にも、電話の向こうからはバックヤードの忙しそうなやり取りが聞こえてくる。

「そういうわけなので、また改めて連絡をいただけますか。はい。今後ともよろしくお願いいたします」

電話は切れた。

何だかおかしいぞ。

嫌な予感がむくむくと膨らんでいく。

念のため、様子だけ見に行くか。

尋はキーをひねり、ハンドルを握りしめた。


何度か家の前まで送ったから、住所はわかっていた。路上に尋は車を停め、林に挟まれた五階建てのマンションを見上げる。少し古いが、作りはしっかりしている。

足早に入口へと向かう。薄暗い玄関に入り、集合ポストの名札を検(あらた)める。三〇五号室に「藤間」の字があった。

エレベーターを待つのも煩わしく、尋は階段を駆け上がり、ほどなくしてドアの前に立っていた。インターホンを押す。中でチャイムは鳴ったが応答がない。

「藍香さん。いますか」

初めはそっと、次は叩くようにノックする。

「俺です。桃谷です。あの、お仕事辞めたって本当ですか。ちょっと心配で来ちゃいました。元気だとわかれば帰りますから」

やはり扉の向こうは静まり返っている。二つ隣のドアが開き、不審そうに老女が顔を出して、また引っ込んだ。

どうするべきか尋は迷った。このままじゃ通報されかねない。

「ああ、もう。藍香さんってば！」

尋はドアノブをひっ掴み、しゃにむに回す。すると思いがけず、ドアが開いてしまった。風がひゅうと吹き抜け、奥の部屋でカーテンがはためくのが見えた。中に一歩入り、背中でドアを閉めると風が止む。あたりから音が消える。

「藍香さん？」

声は虚しくかき消えていく。玄関に靴はない。

鍵もかけずに出かけたのだろうか。どこへ？

間取りは2DKのようだった。入ってすぐが台所で、奥に部屋が二つ。室内はよく整理整頓されていて、綺麗ではあるがどこかうら寂しい。食器も家具も家電も、必要最低限のものだけという印象で、彩りに欠けた。

おそるおそる尋は足を踏み入れる。小さな冷蔵庫が一つ、コンセントが繋げられたまま微かな唸りを上げている。

開けっ放しの窓を閉めようと奥の部屋に目をやった時、カーテンの向こうで揺れている影に気づいた。縄らしきものが何かを吊り下げたまま、微かに揺れているのだ。

まさか。

背筋に冷たいものが流れた。意を決して部屋に入り、カーテンを引く。

カーテンレールに引っかけられたハンドバッグだった。

そりゃそうか。ほっと胸をなでおろす。

どうやらここは寝室らしかった。ベッドが一つ、棚が一つ。寝巻きらしきフリースの上下が、シーツの上にきちんと畳んで置かれている。

何だか犯罪すれすれのことをしている気がしてきたな。

もう一つの部屋を覗き、思わず立ちすくんだ。めちゃくちゃに荒らされている。玩具箱をひっくり返したみたいだ。

床に散らばっているものを順番に確かめる。五百ピースのジグソーパズル。オカリナ、小型プラネタリウム、レトロな携帯ゲーム機がいくつか、メタリックな塗装のイヤホン、ビー玉、プリズム加工されたステッカー……どこか彼女のイメージにそぐわないものばかり。その理由はすぐにわかった。他にも男物の下着や服、さらに写真立てや開きっぱなしのアルバムまで転がっていたから。

「これが浩平さんか」

写真立ての中で男性が笑っている。想像していたより子供っぽい印象だった。優しそうな目元と、ちょっと薄い唇。線は細く、中性的だ。正面から覗き込もうと中腰になり、尋ははたと気づいた。

玩具も服も写真立てもアルバムも、尋の方を向いて周りを取り囲んでいる。空の段ボール箱がいくつか、壁際に転がっていた。

藍香さん、ここにいたんだ。遺品や思い出をいっぱいに広げ、その中心にうずくまっていた。

アルバムに交じって日記帳らしきノートがあった。尋は少し躊躇したが、結局目を通してしまった。

九月十六日
今日ばかりは自分が本当に嫌になったよ。
でも、どうしようもないの。デートでも何でも、楽しければ楽しいほど、目の前にいるのはあなたじゃない、という事実が目の前に突きつけられる。これほどあなたと幸せとが、切り離せないものだなんて。
こんな風になるために、前の仕事も、家も、知り合いも捨てて引っ越したわけじゃない。あなたのものを何もかも段ボールに押し込んで、あなたの思い出がどこにもない街で暮らし始めたわけじゃない。だけど私は、ちっとも変われない。
私、家族が欲しいよ。この先ずっと一人なんて、無理だよ。でも私が一緒に暮らしたいのは、こうくん、あなたしかいない。他の誰かじゃない。どうしたらいいの。どうしたらこの願い、叶うの。
九月十七日
久しぶりにあなたのものが入った段ボール箱を引っ張り出して、開けてみた。服一着、本一冊すら捨てられなかったのを思い出す。一つ一つ並べてみたよ。全てのものから、あなたと過ごした時間が蘇ってくる。

不思議だね。あなたの周りにあったものは何もかも残っているのに、中心のあなたがいない。どれだけ欠片を集めても、決してあなたにはならない。じゃあ、この欠片たちはまるっきり無意味なんじゃないか、そんな気がした。

凄く怖くなった。

いてもたってもいられず、電車に乗って東京へ向かった。あなたと暮らした中野の街を歩き、よく二人で行った定食屋さんで焼き魚定食を食べた。昔と同じくらい美味しくて、明るいお店の中で、私は震えが止まらなかった。

一年前はこの店に入ることすらできなかった。看板を見るだけで胸が苦しくなって、物陰に身を潜めて泣いたくらい。そのうちこの道を避けて歩くようになった。焼き魚を食べるのすらやめていた。なのに、今日は普通に入って、普通に注文できてしまった。ご馳走様も言えた。

私の中から、あなたが少しずつ消えている。

もう一度あなたがいなくなるようで、とても寂しい。これ以上何かを失ったら、私はどうなってしまうの？　想像もつかないよ。

九月十八日

アルバムをめくっていても、そんなに辛くならないのが怖い。こうくんの笑顔が可愛くてつい微笑んでしまう、そんな自分が恐ろしい。

私はむしろ泣きたかった。わんわん叫んで泣けたら、少し安心できる気がするのに、ど

うしても泣けないよ。あの荒れ狂っていた凄まじい嵐は、一体どこに行ってしまったの？

目を凝らして一枚一枚、写真を眺めていく。アルバムやスマートフォンの中に、数え切れないくらいの姿がある。二人の歴史を辿っているみたい。

あなたがいるのも、あなたと生きるのも当たり前だと思ってた。終わりがあると知らなかったし、始まりがあったのを忘れていた。


尋は開きっぱなしのアルバムを見た。

どこかの公園で男二人、女二人でポーズを取っている写真。ビールジョッキ片手に赤い顔の二人。ウェットスーツに身を包み、海辺で揃ってジャンプした瞬間。藍香に髪を染めていた時期があったのだと、初めて知った。落書きされた浩平の寝顔。スーツ姿の二人。卒業証書を片手に。どこか観光地らしき立て札の前で。そしてドレスとタキシードの結婚式。

再び日記帳に目を落とす。

九月十九日
聞いて、こうくん。
今、無性にあなたに会いたい。ううん、何だか会える気がする。なぜって、わからないけど、急に感じた。

ねえ、あなたはどこかにいるんじゃない？

家に帰る道がわからないんでしょう。私が迎えに行くのを待ってるのかな。私がこうして思い出にすがるように、あなたも記憶を頼りに、あちこち彷徨い歩いているんじゃないかしら。

以前はあなたの不在ばかりを感じたけれど、今は違う。どこかにあなたはいる。私に来て欲しがっている。

そうでしょう？

ごめんね、寂しい思いをさせて。私、行くよ。あなたに会いに。欠片も思い出もいらない、あなただけが欲しい。あなたがいそうなところ、どこまでも探して絶対に見つけ出すから。だからお願い、私を導いて。

こんなこと誰にも言えないね。絶対、頭がおかしくなったって思われるよ。説明なんかできない、黙って行くしかない。でも別にいいかな。あなたに会えるなら、誰にもわかってもらえなくたって、私は平気。

よし、やる気が出てきた。さっそく、旅支度しなきゃ。

必ず行くから、あと少し、待っててね。


それが日記の最後のページだった。
二、三度瞬きしたのち、尋はその場にへたり込んでしまった。ちょうど目の前で、写真立ての中の浩平と目が合う。

「何笑ってんだよ……」

写真立てを掴む。

「ずりいよ。あんまりだって」

指が震えた。

「あんた、俺の知らない藍香さんをこんなにたくさん知ってるじゃないか。それで十分だろ、満足しろよ。贅沢過ぎるぞ。あの人を連れて行かないでくれ、お願いだから！」

ぱらぱらと涙が床に落ちる。

ふと電話が鳴り始めた。箪笥（たんす）の陰で固定電話の着信ランプが点滅している。思わず受話器を取った。

「藍香さんですか？」

尋が叫ぶと、向こうから女性の声がした。

「あれ、誰？　藍香なの？」

「いえ、違いますが」

「どうして、まさか」

お互いに面食らったが、慌てて尋は事情を説明する。不審がられるかと思ったが、相手はむしろ安心したようだった。

「じゃあ、桃谷さんは藍香のご友人ってことですよね。ああ良かった。私てっきり、警察の人が来ちゃうような真似したのかと」

「何ですって」

「私、祥子って言います。中田祥子、藍香の親友」

いや、と祥子は口ごもった。

「今でも藍香がそう思っているかはわかんないけど。そんなことはいいんです、知ってます？藍香、仕事辞めちゃったらしくて」

きんきん声に、尋は受話器を耳から少し遠ざけた。

「知ってます」

「朝方、留守電が入ってたんです。あれから年賀状のやり取りくらいしかなかったのに。しかも内容が怖いんですよ。『今までありがとう。色々ごめん。ちょっと長い旅に出るけど心配しないでいいから』とか言うんです。何それって」

「じゃあ、本当に出かけたんですね。日記帳を見たんですよ。浩平さんを探しに行くって書かれてました」

「どういうこと。藍香、どうしちゃったの」

頭をかきむしるような音が聞こえてくる。

「部屋にアルバムや写真立てがありました。もしかしたら、どこか思い出の場所に向かったんじゃないでしょうか」

「そんなの、いっぱいありそうですけど」

「日記にはどこまでも探す、とありました。しらみつぶしに当たるつもりかもしれません」

「じゃあ、私たちとダブルデートした遊園地かな。ううん、結婚式場かも。伊豆の海もありそう。プロポーズはどこだっけ、九州の方だったような」

「祥子さん、手分けして探しましょう」

「えっ？」

「俺、車で行きますよ。日本のどこにだって行きます。詳しい場所を教えてください」

「だけど桃谷さんにも仕事があるんじゃ」

「もうサボってるんで関係ないです。それに怖いんですよ。今の藍香さん、ふっとどこかへ消えてしまいそうで。何かあったら俺、一生後悔すると思うんです」

　わかりました、と祥子は覚悟を決めたように言った。

「じゃあ結婚式場は近いから、私が行きます。遊園地も行けるかな。ごめんなさい、今日は保育園のお迎えの時間までしか動けないの」

「俺はどこに行けばいいですか。その伊豆の海っての、どこですか」

「ええと、そうだ、大瀬崎（おせざき）です」

「おせざき、ですね」

　尋は受話器を首で挟んでメモを取る。

「はい、そう入れて変換すれば出てくると思います。ダイビングスポットなんです。海水浴場から少し離れたところに『とびうおマリンサービス』っていうダイビングショップがあるはず。

その近くを探してみてください」

「ダイビング……」

「藍香と浩平君、二人が出会った場所です」

「なるほど」

百貨店でマリンスポーツコーナーを回った時の、藍香の浮かない顔が頭をよぎった。

「俺、すぐに出ます。また連絡しますね」

スマートフォンの電話番号を伝え合い、祥子との通話を終えると、尋は部屋を飛び出した。階段を駆け下りながら、手の中のものに気が付いた。浩平の写真を、写真立てごと持ってきてしまっていた。

戻る時間が惜しい。尋は写真立てをポケットにしまい、車まで走る。飛び乗ってエンジンをかけ、カーナビの目的地に「大瀬崎」と設定する。予想到着時刻は約五時間半後、と表示された。

†

藍香はおろしたての日記帳を開き、しばらく真っ白なページを見つめていた。それから一つ頷き、心に浮かぶままに万年筆で文字を書き付けていく。

九月二十一日

朝から胸の高鳴りが抑えられなかった。じきにあなたに会えると思うと、タクシーの中でそわそわしちゃったよ。

見て、ペンダントつけてるんだ。あなたがくれたガラスの蝶だよ。これなら見つけやすいよね。もう一度好きになってもらえるよう、気合いを入れてお化粧もした。それからテレイドスコープも持ってきたよ、覗くと周りの景色が万華鏡みたいに見えるやつ。これであちこち眺めるの、あなたは好きだったね。あ、探してたんだ！　そんな風に言ってくれるかなと思って。

タクシーを降りて、坂を下っていくと海が見えた。昔と変わらない景色だったよ。緑に囲まれた湾の中、波が寄せては返している。ダイビング客の数は多くはない。若い人もいれば、お婆さんもいるけれど、女性一人で来ているのは私くらい。

今、とびうおマリンサービスの椅子に腰掛けてるの。

ボンベがたくさん並べられたロッジの正面、砂浜の手前あたりの白いテーブルの前。わかる？　私たちが初めて顔を合わせたのは、ここだったよね。

「一緒ですね、よろしくお願いします」

あなたの最初の言葉は、そんな当たり障りのない挨拶。きっと戸惑ったんじゃないかな。

私は簿記のテキストに赤ペンを走らせながら、仏頂面で軽く頭を下げただけだったから。

横で祥子が立ち上がって、「よろしく！　もしかして、歳近いですか」とか話し出したよね。同じ大学に通う一年生だとわかって祥子は興奮してたけど、私は愛想笑い一つせずに勉強を続けていた。

海に遊びに来ている自分が、嫌で嫌で仕方なかったの。祥子がどうしてもってしつこいから申し込んだだけ。学生の本分は勉強だと思ってたし、どうしても卒業までに簿記二級は取っておきたくて。私、焦ってた。

あなたも友達と来ていたね。二人ともいかにも育ちが良さそうだった。あなたがさりげなく置いたバッグが、新品同然のザ・ノース・フェイスで、私は思わず睨みつけちゃった。きっとお金持ちのボンボンだ、こういう奴がダイビングなんて贅沢な遊びをするから、うちのような庶民にはお金が行き渡らないんだ、と。あの時は本気でそう思った。

でもあなたは私の視線なんて気にしていなかった。ただ海を真っ直ぐに眺めてた。初めて新幹線を見た鉄道好きの子供みたいに頬を赤らめ、目を輝かせて、
インストラクターと合流して、私たち四人はまず、プールで潜水の練習をしたね。うん、あなたの印象は……小柄で、ひょろくて、私よりも非力、そして不器用。沈んだり浮かんだり、あっぷあっぷしてたね。ボンベ背負った途端にひっくり返って転んだのも忘れてないよ。

祥子ですら午後にはコツを掴んだのに、あなたは丸一日かけても全然上達しなかった。インストラクター、途方に暮れてたよ。結局泣きそうになりながら、一人だけ居残り練習させられてたね。

私が声かけたのは、ただの同情。さすがに気の毒だったし、昔からそういうの、ほっと

けない性格なの。私のアドバイスで耳抜きができるようになったのは良かったけど、翌日あなたとバディを組まされたのには閉口した。何で私が面倒見なきゃならないのって。祥子は男女ペアの方が楽しいなんて浮かれてたけど。

海洋実習では、あなたにインストラクターが一人、つきっきりだったね。私も言い含められてたんだよ、あなたがパニクらないように見ててあげてって。だって本当に危なっかしいんだもの。息止めたまま浮上したら肺が破裂しかねないって習ったでしょ。すぐ忘れるんだから。

みんなでウェットスーツ着て、ボンベ背負って、ゆっくり砂浜から海に入った。空は雨模様だったけれど、水の中には関係なし。魚たちと一緒に湾の中を一周した。うん、綺麗だった。だけどまあ、こんなものかっていう感じ。アジって思ったよりも泳ぐの速いな、くらい。

潜っていたのはせいぜい四十分だけど、あなたはへとへとで浜に上がってきたね。顔色は真っ青、足なんか震えてて、そのまま突っ伏してた。これじゃもうダイビングなんかこりごりだろうな、と思って近づいたら、あなたはそっと水中眼鏡を取って、くわえていたレギュレーターを外して私に言ったの。

「すごい、すごい！　竜宮城が本当にあった！」

満面の笑みだった。

どきっとしたよ。

ああ、この人には本当にそう見えたんだって。

「早くもう一度潜りたい。今度は奥の方に行きたい。マスターダイバーライセンスも取りたい」

へろへろの癖に誰よりも興奮してた。同じものを私も見たはずなのに、何が違うのか不思議だった。でも、あなたがあんまり嬉しそうだから、つり込まれて私も笑っちゃったよ。

あれから私、あなたのことが気になり出したんだ。

もう十年近く前の出来事なんだね。こうして海岸を眺めていると、ついこないだのことのように思えるよ。

だんだんと日が陰ってきたね。海岸を歩く人が、みんな黒い影に見える。あの中にあなたがいたらいいのにな。

ノートがね、濡れて。書きにくいよ。インクが滲んでるの。我慢してるのに、涙が零れてくる。拭いても、拭いても止まらないよ。

ここに来たらわかっちゃった。潮風を吸って日差しを浴びて、砂の感触を足の裏に感じたら、現実が容赦なく私を包んでしまった。あなたはいない。どこにもいない。ペンダントも、お化粧も、テレイドスコープも、バカみたいだよ。夢見がちなところまで、移さないでよ。

もう一度あの顔で笑ってよ。私を一人にしないでよ。探しに来てよ、声をかけてよ。前

のような仏頂面は、もうしないから。


それ以上は書けなかった。

藍香は万年筆を握ったまま顔を覆い、テーブルに突っ伏した。潮風が吹き抜けていく。

足音が近づいてくる。何か強い意志を漲らせて、まっしぐらにこちらに駆けてくる、規則的な音。顔を上げるのが恐ろしかった。期待してしまっている自分がいたから。そんなはずはない、とわかっているから。

足音はすぐ隣で止まった。荒い呼吸の印象から、相手が若い男性であるとわかる。

「見つけましたよ、藍香さん」

藍香は顔を上げ、相手を見た。薄暗い中、皺だらけのスーツを着た男性が立っていた。

「桃谷さん……」

一瞬呆然としてしまったが、すぐに顔を背ける。浩平を想って流した涙を、尋に見られるのは嫌だった。土足で家に踏み込まれた気分。ぶっきらぼうな声が出た。

「どうしてここにいるんですか」

尋はほっと胸をなで下ろす。

「良かった、無事で。心配してたんですよ。さあ、帰りましょう」

藍香は拒絶の意を目一杯込めて答える。

「ご心配をおかけしたなら謝ります。ですが、どこに行こうと私の勝手ですよね。放っておいてください」

　険悪な空気になるかと思いきや、尋は脱力したように薄笑いを浮かべた。

「そうですね。もう何か、どう思われてもいいや。生きててくれただけで、俺、満足というか。安心したら気が抜けちゃった。良かった、本当に良かった」

　上着を脱ぎ、大きく伸びをしてからそばの椅子に座り込む尋。手足を投げ出して「疲れたあ。もう夕方じゃん」と大きなあくび。藍香が困惑しながら見つめていると、尋は手元で車のキーを弄ぶ。

「藍香さん、今日はどこかに泊まるんですか。足はタクシーですか。ちょうど車があるんで俺、送りましょうか」

「いいえ、そんなご迷惑をおかけするわけにはいきません」

　尋はくすくす笑った。

「もういいじゃないですか、そんなにお行儀良くしなくても。俺もこれで恩に感じて欲しいとか、見返りが欲しいとか、そういうのはないんで。ね、ここまでタクシー呼ぶのは大変だと思いますよ」

　率直な物言いだった。尋は立ち上がり、ゆっくり駐車場の方へと歩いて行く。その背に一瞬、心が和らぐのを感じた。

　思わずついていきそうになった自分を抑える。

「言いましたよね。私は桃谷さんを利用してるって。それでもいいんですか」

低い声で言った。尋に念押ししているのか、自分に言い聞かせているのか。

返事はあっさりとしていた。

「いいっす、いいっす。多分俺だって、自分のためにやってるんだと思います。さ、行きましょう」

何度か瞬きしてから、藍香は荷物をまとめ、海を一度振り返る。それから尋と少し距離を置いて、後を追った。

†

尋はスマートフォンを耳に当ててコール音を聞く。夜遅くだというのに、重松はすぐに電話に出てくれた。

「こんばんは、シゲさん」

「尋か。どうだ、体調は」

「ごめんなさい。実は俺、休んだの風邪のせいじゃないんです」

経緯を簡単に説明する。重松はしばらく絶句したのち、電話口で叫んだ。

「じゃあお前、今どこにいるんだ」

「伊豆です」

「い、伊豆？」

尋は自動販売機で買って来たばかりの温かい缶コーヒーをひとすすりする。

「大瀬崎のすみれ荘っていう民宿の、砂浜がすぐそこの駐車場で、運転席を目一杯リクライニングさせて横になってます。寒いっす」

「つまり車中泊か。お前も泊まったらいいじゃないか。もう一つくらい部屋、空いてるだろ」

「いいんですよ。廊下でばったり会ったりしたら藍香さん、気まずいでしょうし。何か期待してると思われるのも嫌ですしね」

「わからんな。どうしてそこまでする？　話を聞く限りじゃもう、振られたわけだろ」

「俺も何やってんのか、わかんなくなってきました」

「これはお前に言われたことだけどな、さっさと切り替えた方がいいんじゃないか。女は他にいくらでもいる、だろ」

「そうですけど。車の中で話したんですよね」

「え？」

「黙ってるのも気まずいんで、話を振ったんですよ。そうしたらぽつぽつと教えてくれて。藍香さんが、浩平さんと出会った時のこと。どうして浩平さんが気になるようになったのか」

　暗闇で、波の音が繰り返し響いている。

「どうして俺は恋敵のノロケみたいな話を延々聞かされてるんだろうって、変な笑いが出ちゃいましたよ。でも、聞いてるうちに興味が湧いてきたんです。藍香さんがこれほど忘れられない浩平さんって、どんな人だったのかなと」

　空になったコーヒーの缶を、尋はドリンクホルダーに放り込んだ。横に置かれた写真立てが、微かに揺れる。

「藍香さん、これから浩平さんとの思い出の場所を辿るそうです。浜松、名古屋、神戸、福岡……俺、ついて行こうと思ってます。心配だからってのもありますが、俺も知りたいんですよ。浩平さんについて」

「お前、ついて行くって、簡単に言うけどなあ」

重松は言葉を区切り、ややあってから端的に聞いた。

「自分で決めたのか」

真剣な口調だった。尋は頷く。

「はい」

「必要なことなんだな」

「最後まで見届けて、納得して終えたいんです。俺にとって大事な恋だったんで」

「ああもう、青臭いこと言いやがって。わかったよ。会社の方は心配するな、うまく言っとくから。くれぐれもその車で事故るんじゃないぞ」

重松の言葉に、胸が熱くなる。

「ありがとうございます」

「気をつけてな。時々連絡は入れろよ」

「はい」

電話を切ってからも、尋はしばらく暗くなった画面を見つめていた。ふと、写真立てを覗き込む。浩平の顔を見て、思わず苦笑した。

何も知らずに笑っちゃって。いいよな、あんたは呑気で。

「そうだ、中田祥子さんにも連絡しておかないと」

再びスマートフォンを耳に当てる。狭い車内で足を組み、コール音を聞いた。

†

藍香は車の助手席で揺られながら、ハンドルを握る男の顔をちらりと見た。尋は時々カーナビを確かめつつ、安全運転を続けている。朝早くに出発してからずっと、車内は静かだった。会話は、藍香が話せば、尋も相づちは打つという程度だけ。

藍香にはわからなかった。尋がどういうつもりなのか、彼に対してどんな態度でいるべきなのか。

「心配なのでついていきたい、ハイヤーとして使ってくれればそれで構わない」という彼の言葉に、今は素直に甘えている。少なくとも下心らしきものは感じ取れなかったし、車の方が移動は楽だ。ただ、ちょっと彼に申し訳ないとは思う。

勝手なことばかり考えてるな、私。

藍香は目を伏せ、通り過ぎていく景色を眺めた。

「藍香さん、もうすぐインターチェンジなんで、いったん高速降りますね」

「あ、はい」

「もう少しで着きます。あ、トイレとか大丈夫ですか？」

「ちょっとコンビニ、どこかで寄りたいです」

「了解っす」

尋は緊張しているようにも、不機嫌そうにも見えない。自然体に感じられた。おかげで藍香も、自己嫌悪に陥りすぎることなく、本来の目的に集中できそうだった。

浜松市の中心部からさらに西。湖畔に建つ古風な旅館を見上げつつ、藍香は日記帳に万年筆を走らせる。

九月二十二日
こうくんと私が恋人同士になったのは、この旅館だったね。印象には残ってる。でも正直に言うと、昨日ほどは胸がときめかないんだ。

桃谷さんがいるから？

そうだね。もしかしたら関係しているのかも。だけど一番大きな理由は、すでに昨日察してしまったからだと思う。あなたはいない、と。なぜかわからないけど、いるとしたらあの海岸だと感じてた。だからこれからどこを巡っても、いない気がする。

昨日は本気であなたに会うつもりだった。今日からは、あなたがいないと確かめに行く旅になった。

でも、希望を捨てたわけじゃないの。会えるかもしれないと、ほんの少しは思ってる。私、潔くないね。あなただったら会うと決めたら、最後まで疑わずに信じ抜くんだろうな。

逆だったら良かったのかな。死んだのが私で、探しているのがあなただったら……うぅん、やっぱりなし。あなたにこんな気持ち、味わわせたくないもの。


尋が首を伸ばして覗き込んできた。

「何書いてるんです？」

「見ないでください。日記です」

「あ、すみません」

尋は大げさに飛び退いた。そのままこちらを見て、何やらもじもじしている。

「何か言いたいことでもあるんですか」

「それがその……申し訳ないです。藍香さんの家にあった日記帳、何ページか見てしまいました。行き先の手がかりが欲しくて」

顔に血が上ってくる。が、項垂れている尋を見ていると、今さらどうでも良くなってきた。

「もういいです。誤解されるような辞め方をした私にも責任はありますから。次からは気をつけてください」

「はい」

気を取り直して続きを書こうとした藍香だったが、すぐに尋の呑気な声に遮られた。

「昔、ここに浩平さんと遊びに来たんですか」

「そうですけど」

「デートですか」

藍香はため息をつき、日記帳を閉じる。

やっぱり、同行させるんじゃなかったかな。タイミングを見て、一人になりたいと伝えよう。

「漫画を描きに来たんですよ」

「えっ、漫画？」

「この宿、文豪や映画監督が通ってはアイデアを練ったり、作品を磨き上げたりするのに使っていたそうです。浩平の好きな脚本家も愛用していたらしくて。さぞかし捗るだろうと、合宿に来たんです」

「待ってください、藍香さんは漫画を描いてたんですか」

「描いていたのは浩平です。私は手伝っただけ。黒く塗りつぶしたり、枠線を引いたり」

目を丸くする尋。

「浩平さんって、プロの漫画家だったとか？」

藍香は苦笑した。

「まさか。平凡なサラリーマンでした。ここに来たのは大学二年生の頃かな、いきなり漫画家になるとか言って描きだしたんですよ。でも彼、不器用で。せっかく高層ビルの絵を何時間もかけて仕上げたのに、インク瓶倒して台無しにしちゃったりするから、見てられなくて。結局少年ジャンプに持ち込んだけど、絵もお話ももっと勉強してくださいね、とあしらわれて終わりました」

「なんか、突拍子もない行動力ですね」

藍香は頷き、門を開けて宿に入った。入口には桔梗(ききょう)の生け花。まもなく出てきた女将(おかみ)に予約名を伝え、宿帳に名前を書く。

「あの、電話した時に部屋を相談させてもらったんですが」

「はい、りんどうの間をご希望ですよね。ご用意しています。ところでお連れ様は？」

「あ、彼は付き添いです。泊まるのは私一人ですので」

廊下を案内しながら女将は不思議そうな顔をしていたが、それ以上は何も聞かなかった。部屋に入ると藍香は隅に荷物を置き、一息つく。尋は所在なげに室内をうろうろしていた。

「浩平は、いつも何かしら、やりたいことがある人でした。漫画家もそうだし、世界中のダイビングスポットを回るとか、豪華客船に乗りたいとか、アーチェリーしてみたいとか、せんべい汁食べたいとか……小さいものから大きなものまで。でも、専門家になるほどの才能はないし、続ける体力もないから、だいたい中途半端に終わるんですけどね」

「何て言うか、ちょっと」

「はい、変わった人かな。私は大学では勉強だけに打ち込もうと思っていたタイプなので、理解不能でした」

「でも手伝ったんですね」

「私、頼まれると弱くて。それに面白かったんですよ、次々に色々なことを始めるから見ていて飽きない。何より、凄くいい顔するんです」

藍香は木製の大きな座卓を見つめた。

「三十二ページの原稿を描き上げて、『できた！』って私を振り向いた時の顔、忘れられません。鼻の頭までインクで黒くして、子供みたいに笑ってました。あの顔を見ると、何だか許せちゃうんですよね」

「へえ……」

尋は感心したように頷いている。藍香は机に近づき、表面をそっと撫でる。

こうくんは絶対汚すから、新聞紙をあらかじめ敷いておいたっけ。インクもどうせ足りなくなるだろうから、予備を買っておいた。私がいないと、あちこち抜けがある人なんだから。

「怖くないんですかね、新しいこと始めるの。俺なんか漫画描こうと思っても描けないし。そもそも気力が湧かないですよ」

「私もそうだよ。こうくんは突き進むエネルギーは本当に凄かった。社長とかに向いていたんじゃないかな。私なんかよりはずっと」

「え？」

「あ、ごめんなさい。つい、敬語が抜けました」

「そこじゃなくて。藍香さん、社長だったんですか」

胸の奥でちくりと痛むものがあった。藍香は首を横に振る。

「社長になるのが小さい頃からの夢だったというだけです。結局、私も平凡な会社員」

「ふうん……」

尋はそれ以上突っ込んで聞いては来なかった。のんびりと室内を見回りながら呟く。

「でも、浩平さんも藍香さんのおかげで楽しかったでしょうね」

「そうかな」

「何か挑戦する時、支えてくれる人がいるのはありがたいですよ。それが藍香さんのような頼もしい人だったら、最高です。本当、無敵になった気分だと思います」

「そうだったらいいんだけど」

藍香は障子を開く。窓の向こうには大きな湖が広がっていた。浜名湖だ。ベランダに出て、絶景を眺める。

こうくんと一緒にいると、見たことのない景色がたくさん見られた。一人だったら漫画の原稿を作る大変さも達成感も、永遠に知らなかっただろう。どこまでも澄んだ沖縄の海の美しさも、コンパウンドボウで放った矢が的に当たる気持ちよさも、あら汁の中でふやけたせんべいの優しい味もそうだ。人生の楽しみ方は無数にあるのだと、教えてもらった。

「私が与えたものもあるだろうけど、貰ったものの方が多い気がする」

ややあって、尋が呟く。

「浩平さんも同じように思ってるんじゃないですか」

ふと藍香は思い出した。

描き上がった原稿を大切に封筒にしまって、美味しい夕食に舌鼓を打った夜。部屋に戻ろうとした私を、こうくんが呼び止めた。大学生で、男女で、二人で旅行までしているのに、不思議とそれまでの私たちにそういう雰囲気は全くなかった。

月が見えるよ、とこうくんが言った。その声は少し震えてた。私も何だかどきどきしながら、ベランダに出た。大きな丸いお月様が、空と湖に一つずつ。虫の鳴く声が聞こえてくる。まるで二人、夜空に浮かんでいるような気がした。

こうくんはこちらに向き直り、顔を真っ赤にしてもごもご言った。要するに付き合ってください、と言ってるのはわかったけれど、あんまり弱々しいものだから、もっと堂々としてよ、と私は笑った。そうしたら、こうくんは私の瞳を見つめて言った。

僕が渡せるものより、あっこに貰うものが大きすぎて、怖くなってしまうんだよ。

ぽつん、と音がした。

気づくと、零れた涙がベランダに落ちていて、横で尋がタオルハンカチを差し出していた。

「大丈夫」

藍香は自分のハンカチで瞼を拭うと、尋を見上げた。

「ありがとう」

「すんません、俺、何もできなくて。ゆっくり過ごしてくださいね、どうせ暇なんで」車が必要だったら言ってください。

タオルハンカチをポケットに戻し、尋は頭を下げると部屋を出て行った。

一人になると、急に静かになった気がする。藍香は尋の背中が消えた扉を見つめたまま、立ち尽くしていた。

彼はこの後時間を潰し、車中泊するのだろう。そして明日、また藍香のために運転するのだ。寝癖だらけの頭と、皺が増える一方のスーツが目に焼き付いている。

藍香は用意されていた道具で緑茶を淹れ、座布団に座って飲んだ。あたりを見回したが、当然のように浩平の気配は感じられない。

次に浴場へと向かった。四人も入ればいっぱいになる、こぢんまりとした混浴風呂。浩平の告白を受け入れたはいいものの、その日は恥ずかしくて一緒に入れなかったのを思い出す。ゆっくりと湯に浸かってから部屋に戻り、布団を敷くと、横になって天井を見上げた。あの日は隣同士に布団を敷いて、手を繋いで寝た。あたりがまだ明るい中、目を閉じる。

そのまま静かに、深い眠りへと落ちていった。

†

福原が力一杯ペダルを踏み込むと、自転車が坂の頂点を越えた。みるみるうちに車輪が回り出し、一気に加速する。風を切って弾丸のように駆け下りていく。

気持ちいいぞ。

自然と笑顔になっていた。

やがて下り坂が終わってしまうと、今度は歯を食いしばりながらペダルを漕ぐ。慣れない手つきで変速ボタンも使ってみるが、ついさっきまでいい勝負をしていた車に、ゆうゆうと追い抜かれてしまう。

負けるか。学生の頃はママチャリだったけど、今俺が乗っているのはおろしたてのロードバイクだぞ。

だが、普段から鍛えているならまだしも、素人の漕ぎ方ではとてもかなわない。あっという間に距離を離された。背中に汗が滲んでくる。やがて車はすっかり見えなくなり、福原は天を仰いだ。

まだまだ先は長い。

東京から箱根まで自転車旅行だなんて、学生の頃は馬鹿なことをやったもんだ。桐子も音山も汗だくで、帰り道ではすっかり後悔していたっけ。でも、楽しかった。勉強漬けで澱んだ毎日に、清風が吹き込んだようだった。

強烈な日差し。熱せられて匂い立つ道路。豊かな緑。そして行く手に輝く青い海。ボトルケージからペットボトルを取り、一口飲む。薄目に作ったスポーツドリンクの美味しさときたら。

あの時と完全に同じ道を辿るつもりはなかった。三人で買い物した店や、食事した喫茶店も通り過ぎていく。目的地は温泉ですらなく、箱根の手前のとある海岸なのだった。電車ならほんの数時間、自転車でも頑張れば一日で辿り着ける距離だが、だらだらと三日ほどかけて向かう予定である。慌てたくはない。せっかくの旅行だ。道中、少しは楽しみたいじゃないか。

いや、ただ怖いだけかもしれないな。

一つ漕ぐごとに一つ、審判の瞬間が近づいてくるのだから。

再び坂を駆け下りる。不安をかき消そうとしてか、福原は子供のように歓声を上げた。

†

尋はカーナビのタッチパネルに触れる。

「ええと、このあたりで合ってるんですかね」

今日も朝から運転を続け、名古屋までやってきた。歓楽街を通り過ぎ、閑静な住宅街に入った。

「藍香さん？」

助手席では、藍香が沈痛な表情で俯いていた。尋は首を傾げる。

どうしたんだろう。朝は元気そうだったけど。

「藍香さん、目的地周辺ですって」

「はい。いったん、通り過ぎてもらえますか」

尋は徐行しつつ、あたりを見回す。高級住宅地なのだろう、大きな家ばかりだ。敷地は広く、よく手入れされた植木が並び、ところどころ防犯カメラがついている壁もあった。

「とりあえず駐車場探しますか」

「お願いします」

しばらくあたりを徐行し、何とか車を停めた。だが藍香は俯いたままだ。

「どうしたんです？　降りないんですか」

「やっぱり来るべきじゃなかったかな」

独り言のように小声で呟いている。

「こうくんはここに帰ってくるかもしれないけど。だとしても私にできることは何もないし。今さら、ここで私が」

どうしたものか。尋は仕方なく空に浮かぶ雲を見上げたり、伸びをしたりしていると、ようやく藍香が顔を上げた。

「桃谷さん、ごめんなさい。せっかく来てもらったんだけど、ここは大丈夫。次に行きます」

「別に構いませんけど。どういう思い出の場所なんですか、ここは」

「こうくんの実家」

尋は何度か瞬きして、来た道を振り返る。

「浩平さんの家って、こんな金持ちなんですか」

「お父さんが時計メーカーの副社長さんなの。悪い人たちじゃないけど、もう縁は切れてるから」

「顔出したら喜ぶかもしれませんよ」

「ううん。会わない方がいい」

小声だがはっきりと言い切った。

「何かあったんですか」

「通夜の時にちょっとね」

それだけ言うと藍香は口をつぐんでしまった。尋は車内と豪邸とを交互に見て、おそるおそる申し出た。

「俺、よくわかってませんけど。要は浩平さんがいるかどうか、確かめればいいんですよね。代わりに行ってきましょうか」

「いいの？」

「もちろん、せっかく来たんだし。後悔が残らない方がいいでしょう。あ、これ持ってきますね」

尋はドリンクホルダーの横に置きっぱなしだった写真立てを取る。

「じゃ、ここにいてください」

藍香が頷いたのを確かめると、尋は歩き出した。

こんな豪邸ばかりの住宅街は初めて歩く。きょろきょろしながら進んでいくと、品の良い表札に「辻村」と書かれた家を見つけた。立派な門と高い塀に遮られて敷地の中はよく見えない。道路に面した窓にはレースのカーテンが引かれていた。

さて、どうするか。

あたりに通行人の姿はない。思い切って塀にしがみつき、背伸びして覗き込もうとした時だった。

「もしかして浩平ちゃん？」

声に振り返る。白髪の女性が分厚い眼鏡の奥で目を丸くしていた。さっきは閉じていた勝手口の扉が開いている。

「ああ、すみません。そんなはずないですよね。すみません。この頃めっきり耄碌しちゃって、若い方ってだけで、つい……」

女性は首を横に振る。眼鏡の曇りを拭いてかけ直すと、今度は険しい顔で睨みつけてきた。

「じゃあ一体どちら様ですか」

「ええと、俺は」

尋は己の格好を改めて眺める。皺だらけのスーツ、砂や泥に塗れた革靴。髭もしばらく剃っていない。慌てて塀から飛び退き、弁解した。

「こんななりですけど、怪しい者ではありません。浩平さんの知り合いに頼まれて来たんです」

尋は写真立てを掲げてみせた。

「あら、これは確かに浩平ちゃん」

少しだが信用してもらえたようだ。相手の声色が変わった。

「何か用事があって訪ねてきてくださったんですか。奥様をお呼びしましょうか」

「いや、いいんです。ちょっと様子を見に寄っただけですから」

「そう？」

女性は写真をもう一度覗き込む。

「でもいい顔してるわねえ、この浩平ちゃん」

「ダイビングしに行った海で撮ったそうですよ」

「ダイビング、そうダイビングねえ。ずっとやりたがっていたものね」

うんうんと頷く女性。ふと思いついて尋は聞いた。

「そういえば、浩平さんは大学でダイビングを始めたんですよね。どうしてそれまでやらなかったんですか」

「え?」

背後の家を示す。

「いや、だって。こんなにお金持ちなら、やりたいことは何でもできそうな気がしたんで」

「ああそれはね、お気の毒なんですよ」

女性は手で「聞いてください」というような仕草をする。

「お兄さん二人と違って、浩平ちゃんは小さい頃から病気ばかりしてたんです。特に喘息、あれが良くない。薬も効きにくい体質で。学校もろくに行けず、寝てばかりいましてね。ご両親はもちろん、私たち、家のお手伝いをしている者もどれだけ心配したことか」

物憂げな女性の視線を追い、尋も顔を上げる。三階の窓、カーテンの隙間から子供用の勉強机が見えた。

「ダイビングはもちろん、ほとんどのスポーツは医者に止められていました。なんせ、ちょっと歩いたり、車に乗ったりするだけでも発作が出ちゃうんだから」

「そんなに体が悪かったんですか」

ええ、と女性は頷き、ハンカチを取り出した。

「できることと言えば本や漫画を読む、テレビを見る、その程度です。浦島太郎の絵本が好きだったっけ。やりたいこと、行きたいところ、いっぱいあったと思います。でも決して我が儘は言わない子だった。『ぼく、死ぬんだよね？』と聞かれたことがあって。私が何も言えずにいたら、『心配しないで。ぼく、お化けになって竜宮城を探しに行くから』とにっこり笑うんです。切なくてねえ」

目元を押さえながら続ける。

「だんだん丈夫になってね、大学に入った頃にはほとんど喘息も出なくなったんです。一人暮らしやダイビングのお許しも出た。きっと一気に世界が広がったんでしょうね。嬉しくて嬉しくて仕方がない、という様子でした。色んなことにチャレンジしてたみたいですよ。私たちもみんな、大喜びでした。それがねえ……」

尋はごくりと唾を飲む。

「あの厳しいご両親が、浩平ちゃんの進路や結婚にだけは口を出さなかったんですよ。お前はこれまでの分も好きなことをやりなさいと、ぐっとこらえたんです。それなのに、あんなことになって。早すぎますよ、あまりにも」

女性は俯き、嗚咽する。

「本当にそうですね」

尋は写真立てを見つめる。印象が変わっていた。浩平の笑顔には、何か覚悟のようなものが漲って感じられる。

「お友達なんですよね。良かったらお線香を上げてってください」

「あ、いいんです。また改めて来ますから。ありがとうございます」

尋は丁重に頭を下げて、その場を離れた。

曲がり角で立ち止まり、遠目に辻村邸を見上げる。

「ごめんな、浩平さん」

囁くように呟いた。お金持ちならやりたいことは何でもできそうだなんて、軽はずみに口にした自分が恥ずかしかった。

†

とある海沿いの公園。茂みの中で、桐子は折りたたみ式のオペラグラスを覗き込んでいる。

つまらない光景だ。

青い空に青い海。海岸には犬の散歩をしている女性が一人いるだけ。

と、視界の端に十歳くらいのよく日焼けした女の子が現れた。ビニール袋を提げ、こちらに走ってくる。

「お兄ちゃん、色白のお兄ちゃん」

「君か」

桐子はオペラグラスを下げた。

「買ってきたぞ、ほら」

「ありがとう」

差し出されたレシートを受け取る。女の子がガマロ財布からお釣りを出してくれた。ビニール袋からツナ缶とレトルトパウチの羊羹（ようかん）バーを取り出し、早速蓋を開ける。もうお腹がぺこぺこだ。

「あ、箸忘れちゃった。すぐ取ってくる」

「いや、これでいいよ」

桐子は羊羹で器用にツナをすくい、一緒に口に運ぶ。

「おいしいの、そんな食べ方」

「それなりに。炭水化物、タンパク質、脂質は取れるしね。ただ、電解質が欲しいかな……ここは暑すぎるから」

女の子は桐子をじっと見つめていた。

「君のご両親がやっているコンビニ、じゃなくて何だっけ」

「フレッシュストアだよ」

「フレッシュストアには、替えの服は売ってるの」

「シャツやパンツならある」

「じゃあ一式注文するよ。それからスポーツドリンクのペットボトルがあったらお願い」

「毎度あり。配達料は三百円、引いとくからな」

差し出した千円札二枚を受け取り、女の子は駆け出す。余った缶詰を買ったばかりの一人用テントにしまい、再びオペラグラスを構える桐子を振り返り、言った。

「わかるぞ。お兄ちゃん、刑事だろ」

「違うよ」

「あれ？　じゃあ探偵か。犯人がここに来るのを待ち伏せしてる。そうだろ」

「人を待ってるのはその通りだけど、探偵でもない。職業は医者だよ」

「医者もそんなことするのか？」

「たまにね」

女の子は少し首を傾げたが、また走り出した。

桐子は団扇をあおぎつつ、身を縮めて木陰に潜り込む。

あと何日こんな張り込みを続ければいいのかと思うと、気が滅入る。だが、諦めて帰るつもりはない。桐子には確信があった。

福原が箱根に来るとしたら、目的地はここに間違いない。

学生の時の箱根旅行、自転車でひたすら走り続け、この海岸に辿り着いた。

そして起きた出来事を、今でもありありと思い出せる。

疲れた体とほてった肌に、海風が心地良かったっけ。人通りは少なく、近くのベンチでおじいさん二人が将棋をしているだけ。ここで野宿していこうと誰かが言い出し、体にかけるための段ボールを音山が、食料を桐子が、そして水を福原が調達することに決めて別れ……桐子が戻ってきた時には全てが終わっていた。

「福原」

あの日、買い出しの食料を抱えたまま、桐子は呆然と呟いた。

それはどこか、荘厳な光景だった。

ちょうど日が沈みつつある頃で、目映い光と濃い闇の狭間に、福原がいた。彼は膝立ちの体勢で、足元にはおじいさんが寝かされている。もう一人のおじいさんがそばでうずくまり、祈るように手を合わせていた。

福原の手には割り箸があり、何かをつまんでいる。

寝ているおじいさんが咳き込んだ。その背を軽く福原が撫でると、おじいさんはむせかえりながらも弱々しく起き上がった。

「タイさん！」

「あれ、キンさん。俺は……」

「あんた死ぬとこだったんだよ、タイさん！」

おじいさん二人が抱き合う。キンさんと呼ばれた方はわんわんと声を上げて泣きだした。

「もう大丈夫だと思いますが、念のため病院に行ってくださいね」

福原が立ち上がる。頬には涙が流れた痕があるものの、晴れやかな表情をしていた。

「桐子、音山」

何か聞くより前に、福原は一歩ずつ、桐子の方に近づいてくる。

「俺、やれたよ」

いつの間にか音山も、段ボールの束を抱えて、桐子のそばに立っていた。

「水を汲んで戻ったら、あの人が倒れてたんだ。顔色が青紫で、首を掴んだまま泡吹いててさ。誤嚥による窒息と当たりをつけたけど、背中を叩いても出てこない。ハイムリッヒ法もだめ。気道に何か詰まっているのはわかったから、俺、こいつで……」

福原が右手に目を落とした。割り箸が震えている。つままれていた焼き鳥の欠片がぽろりと落ち、砂浜に転がった。

「こ、怖かった。目の前で人が、だんだん動かなくなっていくんだ。み、見ろ、今頃こんなだぜ」

福原は震えている。歯が鳴っている。体中が汗ばんでいる。己の体をかき抱く。

「で、でも、箸を突っ込んでいる間は、何も考えなかった。音が消えて、じ、時間が止まったみたいだった。助けたい、ただそれだけで、俺……」

その瞳から、ぽろぽろと涙が零れ落ちる。音山が福原に抱きついた。

「おめでとう、福原。練習の成果が出たんだよ。だから俺が言ったじゃないか、君には本当はできるんだ」

涙声で言う音山に、何度も頷く福原。桐子も打ちのめされたように、立ち尽くしていた。オレンジ色の光にあたりが照らされている。あたりに夜のとばりが落ち、暗い海が押し寄せる中で、福原の体が輝いている。太陽のように。

解剖実習で失神し、手技実習で手が震えていた福原が。ついに恐怖に打ち克ち、人を助けた。彼は成し遂げたのだ。

「俺、やるよ。外科も救急科も小児科も、やってやる」

「その意気だよ、福原。一緒にやろう」

福原の声には張りがあった。その目の輝きは、別人のように力強い。

「ああ。やるぞ。ヒーローみたいな医者になるんだ。そして、困っている人は全員助けてやる！」

そうだ。

桐子は目を細めた。

君は本物だ。特別に強い人間なんだ。だから、きっとできる――。

日が沈んでしまうと、薄暗い街灯がいくつか、あたりを照らすばかり。波の音だけが繰り返し聞こえてくる。下半身を寝袋に突っ込み、桐子は闇を睨みつける。

君はここに来る。今一度、あの日の自信を取り戻すために。

そして力強く蘇るんだ。

僕はただ、それを待つだけ。

軽く微笑みを浮かべ、桐子は海と向かい合っていた。

†

藍香はハンドルを握る尋をちらと見た。

今日はスーツではなく、無地のTシャツに黒いパーカーという姿だ。どこかで買って着替えたらしい。

彼は最初の言葉通り、藍香のために黙々と運転を続けている。

思わず膝の上で拳を握り込む。

いっそ全てを忘れて彼の気持ちに応えられたら、楽になれるのかな。

ううん、だめ。

一度はそうしようとした。けれど、自分も彼も傷つけるだけに終わった。こうくんを忘れるなんて無理だと、わかったじゃないか。

「降ってきましたね。こりゃ、神戸も雨模様かな」

尋がレバーを操作する。規則的に動くワイパーが、フロントガラスの水滴を脇へと押しやり始めた。藍香が黙ったままでいると、尋はさらに続ける。

「良かったら浩平さんのこと、もっと教えてくださいよ」

「えっ」

「浩平さんのいいところとか。知りたいです」

　本気なのだろうか。思わず運転席を覗き込む。尋は落ち着いた表情だった。その視線の先を追うと、ドリンクホルダーの横に置かれた写真立てに行き着く。

「いいところは数え切れないくらいあったかな」

「そうなんですか」

「付き合いたての頃は、ここが好き、ここは嫌い、っていうのはあったよ。だけどだんだん嫌いなところが好きなところになっちゃうの」

「へえ？」

「だいたい裏返しなんだよね。こうくんってすぐ食べ物をアレンジして失敗するの。何にでもスパイスミックスかけたり、ココナッツオイル入れたり。でも、だからこそ意外な美味しい組み合わせもたくさん知ってる。欠点があるからこその美点」

「なるほど」

「靴下の左右を揃えるのが面倒で、変な組み合わせで履いてたり。そのまま洗濯籠に入れるから、次もまた変だったり」

　尋はくすくす笑った。

「それは純粋に欠点のような」

「そうなんだけど、そのうちそれが可愛く見えてきちゃうの」

「じゃあ、何でもありじゃないですか」

「そう。もっと深いところで好きになってるんだと思う。そんなことがあるなんて、こうくんと付き合って初めて知ったよ」

藍香は話しながら一人で頷いた。

「幸せだった。どんどん好きなところが増えていくんだもの。昨日より今日の方が、今日より明日の方が、好きなの。まだ一番上じゃないんだ、まだ好きになれるんだって、自分でも驚いた。こうくんもそうだったみたい、『前も好きだったけど、今はもっと好き』ってよく言ってくれた。おかげで自分も強くなれるの。彼がいるから、誰に嫌われても平気な気がして。嘘みたいに前向きな気持ちで朝起きられるし、夜眠れた」

そう。

藍香は口をつぐみ、俯いた。

私はそんな人を失ったんだ。

「口にすると、安っぽい歌詞みたいだね」

ため息交じりに言うと、尋は「いや、わかりますよ」と頷いた。

「俺もちょっと前までは、そんなの綺麗事だろって思ってましたから」

尋はウインカーを出し、車線を変える。

「いつからそんな風に、全部が好きになっていったんですか」

「一緒に暮らし出してからかな。大学三年の頃、同棲の計画を立て始めたの。その前に一度、互いの両親に挨拶をしよう、ということで、夏に旅行がてら実家に行ったんだ。今向かってるのは、その時二人で訪ねた場所」

「へえ、どんなとこか楽しみになってきた」

　車内は居心地が良かった。いつかとは違い、尋から負の感情が伝わってこない。おかげで藍香も口からすらすらと言葉が出てくるのだった。

　やがて山と海とに囲まれた、神戸の街が見えてきた。


「ここですか」

　しとしとと降る雨の中、ビニール傘の下で尋が言った。目の前には真新しいマンションがそびえ立っている。

　藍香はあたりを見回して頷いた。豆腐屋があって、米屋があって、雑貨屋がある。確かにこの場所だ。向かいの焼き鳥屋はコンビニに変わり、端の和菓子屋はシャッターが降りている。

「ここに父さんの工場があったの」

　藍香は記憶を探りながら口にした。

　三階建ての灰色のビル。藤間工業、と書かれた木の看板。機械の動く音、油の臭い。作りたてのネジやワッシャーの詰まったバットが階段に積まれていて、駐車場にトラックがやってくると、みんなで次々に運び込む。活気良く声が飛び交い、休憩時間にはお日様の下で車座を作り、タバコを吸ったりコーヒーを飲んだりする。誰もが笑顔だったあの頃。

「小さい町工場だけど、社員さんはみんないい人ばかりで、私も子供の頃から可愛がってもら嬉しかった」

「うん。私も一緒に働きたくてね。みんなもこれで後継ぎができた、安泰だって言ってくれた。

「もしかして、夢が社長っていうのは」

尋がおずおずと聞いた。

ってた」

宅配便のトラックが徐行してきた。二人は道の端に寄った。

「だけど、だんだん注文が減ってね。よく夜中に父さんと母さんが深刻な顔で相談していたのを覚えてる。私は子供ながらに何とかしたくて、商学を勉強しようと決めた」

「それで東京の大学に行ったんですか」

「そう。私、燃えてた。自慢するわけじゃないけど塾も行かず、教科書と赤本だけで、一発合格決めたからね。しかも特待生。卒業したら、私が工場を立て直すつもりだった」

尋は藍香の顔とマンションとを交互に見る。

「あの日、こうくんと神戸駅まで来て、両親とレストランで食事した日。二人はこうくんを気に入ってくれたし、同棲の許可も貰えた。だけど最後にお店を出るとき、父さんが難しい顔で、お前に言っとかなきゃならないことがある、って」

藍香は言いよどむ。尋が「まさか」と眉根を寄せた。

「工場、潰したって言うの、三ヶ月も前に。もちろん怒ったよ、どうして言ってくれなかったのって。父さん、淡々と説明するんだ。このままじゃ先がないから傷の浅いうちに。娘には自分たちのような苦労はさせたくない、自由に生きて欲しい。パートで生活していけるから心配するな……。でも、私の気持ちはどうなるの。ずっと夢見てたんだよ。明るくて楽しかった工場を取り戻すって」

　藍香は一歩前に出て、マンションの玄関を見る。

「食事会が終わってから、こうくんとここに来たんだ。ビルはもう取り壊されていて、残っていたのは土台だけ。私、しばらく動けなかったよ。灰皿もベンチも、自動販売機も、机も椅子も。何もかも綺麗さっぱり、なくなってた。私、自責の念で押し潰されそうだった」

　大学なんか行かず、家業を手伝っていれば良かった。バイトして少しでも送金すれば良かった。きっと父さんと母さんは大変だったのに、肝心な時にそばにいないで。呑気に恋をして、遊んで、ダイビングなんか行って、同棲の相談なんかして。工場を、私の夢を壊してしまったのは、私自身じゃないか――。

「そんな時、こうくんが言ったの。大丈夫だよ、って」

　尋がきょとんとする。

「今からでも社長、なろう。もう一度、僕たちで興せばいい。いっぱい勉強しよう。どこかに勤めて経験を積もう。何を作って売ろうか。たくさん儲けて社員を増やそう。土地を買い戻して、新しいビルを作ろう。ちりぢりになってしまったみんなを呼び戻そうって、そう言うの」

　大丈夫だよ。

　彼の笑顔が蘇る。

だって僕たち、生きてるじゃないか。何だってできる。何も終わっていない。何も失っていないよ。

「いいこと言いますね」

「うん。私ね、こうくんのあの目を見て、そうかあって……凄く安心した。この人となら一緒に人生を歩いていけると思った。それこそ全財産を失おうが、大怪我しようが、何度だって立ち直れると思った」

尋の顔を見て、諦めたような微笑みが自然と浮かんだ。

「そのこうくんがいなくなっちゃうんだもん。もう、どう生きたらいいのかわからないよ」

「そうですよね。そりゃあ、そうですよね……」

尋が項垂れた。弱々しく語尾がかき消えていく。それっきり、二人は黙り込む。

雨の姿を借りた絶望が暗い空から降ってくる。世界が泣いている。ぱらぱらと傘に当たって跳ね、いくつかは服を伝って落ちていく。地面を覆い、時折水溜まりを作りながら、ゆっくりと側溝へと流れ込んでいく。

ふと、藍香は気がついた。

いつかの悲しみは、体の中で嵐を成していた。今は体の外にある。なぜだろう。消えたり弱まったりはしないけれど、場所が変わった。泣いた涙として、口にした言葉として、出て行ったのだろうか。出て行って、それで何が変わるのか。

わからない。が、微かな予感がして、胸に手を当てる。

心臓が脈打っている。藍香の体の隅々まで熱を送り続けている。

生き方がわからないまま、生きようとしていた。

†

日暮れ時。ベンチに腰掛け、尋は缶コーヒーを傾けた。

砂糖たっぷりの味が口の中に広がる。この小さなパーキングエリアには自動販売機が一台とトイレがあるだけ。

五台分の駐車場には、東洋冷食と書かれた車がぽつんと停まっている。中では藍香が待っている。

尋は胸いっぱいに息を吸い、吐いた。未練を全部、吐き出してしまいたかった。

話を聞けば聞くほど、腑に落ちる。

俺なんかが入り込む隙間はなかったんだ。藍香さんと浩平さんが積み上げてきた時間、紡いできた絆の前では……絡み合った巨木の前で一匹の虫が飛び回り、気を引こうとするようなものだ。

ポケットから写真立てを取り出し、見つめる。

悔しいけど、浩平さんと藍香さんの出会いは運命だったと思う。出っ張りもへこみもある二人が、ぴたりと嵌まった奇跡の組み合わせ。互いを支え合い、高め合う、最高のパートナー。

「俺にできるのは、運転だけ」

二人の愛の馬車があるとして、その御者が関の山。

缶を捨てて立ち上がる。

仕方ないよな。俺、何も知らなかったもんな。

好きになるとか、付き合うとか、軽いものだと思ってた。立ち上がるとか、前を向くとか、えいっと気合いを入れる程度だと思ってた。自分だってその気になれば、大切な女性一人、救うくらいはできると思ってた。

「本当は何にもできない。だから、せめて運転くらい最後までするか」

ポケットに手を突っ込んで歩き出す。

藍香さんが浩平さんのところに行きたい、と言い出したらどうしよう。今となっては止められる自信がない。その方が彼女にとっては幸せかもしれないとすら思う。

暗い紫色に紛れつつある車に、とぼとぼと向かう。

ほんとにちっぽけだ、俺。

†

藍香は闇の中、どこまでも列を成して続く道路照明を眺めていた。対向車はほとんどなく、先行車のテールランプが微かに見えるだけ。一定調子のエンジン音と、薄層舗装を乗り越える規則的な振動。

宇宙船で暗黒星雲の中を飛んでいるよう。

明日、福岡に着く。尋は夜通し運転するつもりだろう。後部座席のコンビニ袋の中には、買い込んだドリンク剤や、眠気覚まし用のガムが入っている。

最後の目的地が近づいてくる。

この先に待つものを、藍香はおおよそ予想しつつあった。

こうくんはいない。

もはや確たる自信がある。やはり、もうどこにもいないのだ。私は一人、置いていかれたのだ。どこに行こうとも、彼の不在だけがそこにある。

奇跡なんか起きはしない。死んだ人は蘇らない。人は必ず死に、二度と会えない。写真は色褪せ、記憶は曖昧になり、初めから幻だったかのように消えてしまう。

なんてひどい仕組みだろう?

こんなシステムを強いられながら、私の祖父母もご先祖様も含めて、何百万年も人間は生きてきたのか。信じられない。

藍香は目を伏せた。

もはや、こうくんに会うための旅ではない。

どれだけのものを失ったのか、確認して回る旅だった。災害の被害状況を確かめ、復興計画を立てるのと同じだ。私は私を、立て直すしかない。

道は橋に変わり、車は暗い海の上を走っていく。

本州と九州とを繋ぐ吊り橋、関門橋だ。

受け入れよう。

この先ずっと、一人で生きていくことを。

どれだけ人生が続くのかはわからない。どれだけ寂しく、虚しく、心細いものか想像もつかない。あの輝いていた時間は二度と訪れない。時々は思い出にすがり、小さな幸せで取り繕って、だましだましやっていくしかない。なるべく早く命の灯が燃え尽き、こうくんが迎えに来てくれるようにと祈りながら。

行くんだ。覚悟を決めに。

あの花畑へ。

藍香は目をそっと閉じた。瞼の上を光が通り過ぎていくのを感じながら、ゆっくりと眠りに落ちた。

†

早朝の海に、泣きたくなるほど暖かく優しい風が吹いている。

道ばたに自転車を停め、福原はゆっくりと海に向かって歩いた。潮風を味わい、足元の感触を確かめながら。

淡いながらも懸命に肌を温める太陽の光。冷え切った浜に打ち上げられた海藻たち。

海岸には自分一人きりだった。目的のベンチはすぐそこ。足跡を振り返り、歯を見せずに少し笑った。

こいつを一目見たくて来たと言っても、他人には信じてもらえないだろうな。

福原はしゃがむと、ベンチをそっと掌で撫でた。冷たくざらついた感触。

あれは十年近く前になるのか。焼き鳥を喉に詰まらせたじいさん、今でも元気でいるだろうか。じいさんは俺を恩人と言ってくれたが、俺にとってもそうだ。

あの時、掴んだ。

燻(くすぶ)っていた思いと、この体との間に、ついに神経が通じた。とたん、技術に血が通った。手が震えることはなくなり、むしろ人一倍、繊細かつ正確に動いてくれるようになった。

それから俺は、まるで別人のように活躍し始めたんだ。あれよあれよという間に実績を積み、気づけば研修医なのにいくつも手術をこなし、指名が入る外科医になっていた。

そうして俺は生きてきた。

今、心と体を繋ぐパーツが壊れている。新しい部品が必要だ。ここに来ればその部品がある、少なくともヒントくらいは落ちている……そう思ったんだが。

風が逆巻き、砂をまき散らしている。腹の中まで風が吹き抜けていくようだ。

海はただの水の塊。ベンチは小さくて色褪せたベンチ。出番の過ぎた劇の小道具のように、顧みられることなく佇んでいるだけ。思い出よりずっと海も空も小さく、薄汚れている。現実は嫌というほど現実で、何の感慨も得られなかった。

そう簡単じゃない、か。自分で言った通りだ。

福原は立ち上がる。

さてと。どうしたらいいんだろうな、これから。

波打ち際まで近づいてみた。海水に洗われるたびに浜は黒く染まり、白いクリームのような泡が弾ける。ほんの戯れに裸足になり、足を浸してみる。

「うお、冷てえ」

靴の中に靴下を突っ込んで、波の当たらない場所に置いた。

「ああ……」

案外気持ちがいい。

粒が流れ、さらさらと肌を撫でていく。体重で押し固められた砂が、足の裏で少しずつ崩れていく。水はやや冷たかったが、触れているうちに不思議と温かく思えてきた。何か大きなものに包まれているようだ。体の力が抜けていく。太古から変わらぬ海の愛が、伝わってくる。

——これまで本当に頑張ったね。

そんな声が聞こえた気がして、福原は目を閉じた。

——まだ闘うつもりかい？

一応、そのつもりだ。とりあえず東京に戻ったら、新渡戸先生の言うように簡単な手術から試していくしかないな。正直、気は重いぜ。手術の不安だけじゃない、周りの目だって気になる。これまで偉そうにしていた院長が、今度はびくびくしながらメスを握るんだ。スタッフだって、前と同じようには付き合えまい。患者さんだってそんな奴に執刀されるのは嫌だろうよ。

——こだわらず、全く別の道を選んだっていいじゃないか。

そうはいかない。

俺の背には色んなものが乗っかってる。

母さんの愛。志半ばで逝ってしまった音山の願い。楠瀬教授の期待。親父の鼻も明かしてやりたい。解剖実習のご献体。そして、救えなかったたくさんの患者さんの無念。さらに、今もたくさんの患者さんが、救いを求めている。

俺がやらなくちゃ。やるしかないんだ。

――一人でそんなに背負わないでよ。

福原は微かに笑い、一歩、深い方へと踏み出した。水がくるぶしを越え、足首を波が洗う。もう一歩。ここまでペダルを漕ぎ続けたふくらはぎが冷やされて心地いい。体にこもった熱が少しずつ溶け出していくようだ。

この海水の優しさは、一体何なんだろう。俺のささくれだった心をそっと癒してくれる。

また一歩。もう一歩。

――いいんだよ、君は君のままで。

音山、お前なのか？　そこにいるのは。それとも楠瀬教授、あなたですか。いや、もしかして……母さん？

声に出して呼びかけようとして、はっと福原は我に返った。

俺は誰と話しているんだ。

いつの間にか腰のあたりまで海に浸かっていた。ズボンどころか上着までびしょ濡れだ。振り返ると砂浜が遙か遠くに感じられた。

急に怖くなってきた。

何をやってるんだ、俺は。子供じゃあるまいし、こんな深くまで海に入るなんて、おかしいぞ。風邪を引いたら馬鹿らしい、さっさと戻ろう。

福原は踵を返し、陸側へと向かおうとした。

足が動かなかった。

あれ？

代わりにまた一歩、深い方へと足が進む。そっちじゃない、こっちだ。また一歩深みへ進む。頭が混乱する。その間も一歩、また一歩と海底を踏んで進んでいく。自分が自分の意思を受け付けない。

――少し休んだらいい。ゆっくりと。

大きな海がこちらを見据えている。鯨に飲まれる直前、運命を悟った小魚のごとく、福原は恐怖に震えた。

嫌だ。

福原は喘いだ。必死に腕で水を掻いて抗うが、足は止まらない。また一歩進んだ。また一歩。みるみるうちに海水はへそを越え、胸元に達する。このあたりまで来ると波のうねりも強い。大きな波が押し寄せるたび、口の中に塩辛い味が飛び込んでくる。

死にたくない。

体中が冷たい。うまく力が入らない。死者たちに抱きつかれているようだ。時折足が浮く。翻弄される。海。生も死も何もかも飲み込んでしまう、巨大な闇。その縁で福原は、無力な子供のようにもがいていた。

†

朝の九時を少し過ぎた頃、尋はがら空きの駐車場に辿り着き、車を停めた。車を降りてみると、昨日まで天気の崩れがちだった空はすっかり晴れ渡り、どこまでも高く青く続いている。徹夜で運転した疲れは感じない。むしろ爽快な気分だった。

看板によると「海の中道海浜公園」の開園時刻は九時半らしい。

「じきに入れますよ」

車内に声をかけると、藍香が頷き、車を降りた。その髪を海から吹く暖かい風が揺らす。

海の中道は、文字通り九州本土と志賀島（しかのしま）を繋ぐような形の巨大な砂州である。そこに花畑やプール、動物園などが作られ、一大レジャースポットと化しているのだった。

「どうしますか。俺は別行動でもいいですけど」

藍香は首を横に振り、弱々しく笑った。

「一人で行くの、寂しいから。一緒に来てくれる？」

「もちろん」

尋は藍香の後に続いて歩き出した。

駐車場からは博多湾を挟んで対岸の市街地やタワーが望見できる。気持ちのいい場所だ。旅の締めくくりの場所がここで、良かったと思った。

開園を待ち、ゲート前で四百五十円のチケットをそれぞれ買い、中に入った。藍香は懐かしそうにあたりを見回しながら、古代ギリシャの神殿を思わせる景観の中、植木や噴水が並ぶプロムナードを進んでいく。まだ客も僅かしかおらず、広い園内は静まりかえっている。

「プロポーズって、どんなイメージ？」

藍香の言葉が、微かに大理石に反響した。

「いいレストランで食事して、夜景を見ながら、どきどきして指輪を渡す……とかが多いよね。でも、私たちは二人とも、とっくに結婚する気でいたから。同棲を始めてからは、下準備を進めていたような感じ。それぞれ就職して、実家にも挨拶を終えて、友達にも説明して。家電や雑貨も、二人で使うものを揃えていった。目の前に、もう何の障害もなかった」

尋は黙って頷く。藍香はゆっくりと、しかし確かにどこかを目指して進んでいく。

「ただ、ちゃんと節目は欲しくて。今さらだけどプロポーズをしようって、二人で決めた。一緒に指輪を買いに行ってね、どこで渡すか相談して。私は海を見ながらがいい、と言ったの。そうしたらこうくんが、ここを見つけてくれた」

やがて池が現れ、花壇が広がった。等間隔に並んでいる赤くて丸い草は何だろうか。植物の名前に疎い尋にはわからなかったが、おとぎ話に出てくるお城の庭園のようだと思った。

「私たちは電車で『海ノ中道駅』まで来たの。この道を、手を繋いで歩いていった。今日と同じような気持ちのいい秋晴れ。ふざけあいながら、そう、このあたりまで来た頃かな」

緑の芝生で覆われた丘へと、坂道を上っていく。

「だんだん、こうくんが物静かになっていってね」

くすくすと笑う藍香。

「何か、緊張してるみたいなの。変でしょう？　だって、もう返事は決まってるのに」

尋は土の感触を一つ一つ確かめながらついていく。

四年ほど前、浩平さんもこの道を同じように辿ったのか。

「こうくんってそういうところあるんだよね、普段はびっくりするほど大胆なのに、たまに固くなっちゃう。指輪は私から渡そうか、って聞いた。僕が渡す、って譲らない」

尋は苦笑してしまう。

藍香さんはそう言うけれど、浩平さんが緊張するのも無理ないと思うな。

だって藍香さんは、まるで夢みたいなんだ。

尋は藍香の背中を見つめる。揺れる髪を、細い足を、時折振り返る表情を見る。

あなたは俺に、恋を教えてくれた。

それだけじゃない。仕事に打ち込む喜びも、ふわふわ浮くような心持ちも、コーヒーに入れるココナッツオイルも、しゃもっと甘いパウンドケーキも。新しい世界が、あなたと出会って開けた。俺が漫然と生きてきたこの星に、色彩が与えられた。

何だかもう、怖いくらいだよ。

俺はあなたのためなら、何だってできる。会社をサボって社用車で福岡まで運転するなんて、簡単なんだ。こんなにあなたの力になりたいのに、この程度しかできない自分が、悔しいよ。泣きたくなるくらいだよ。

ポケットの中には写真立てが入っている。その角張った形をそっと左手で押さえ、尋は想った。

浩平さん、あなたもそうだったんでしょう?

ずっと病気がちでどこにも行けず、豪邸の窓から外を見ていたんですよね。大学に入って色んなことにチャレンジしたけど、空回ってばかり。そこに現れたのが、藍香さんですもんね。ダイビングして。漫画描いて。あなたを藍香さんは笑わず、一緒に楽しんで、手助けまでしてくれた。嬉しかったでしょうよ。あなたにとって藍香さんは、天使みたいに思えたはず。彼女と歩いている時には、世界に色がつくのだから。

だから、怖くて当然ですよ。与えられるものより貰うものの方がずっと多いと思ったでしょうよ。

当てていいですか。

藍香さんの実家に行った時、驚いたでしょう。

取り壊された工場の前で涙ぐむ藍香さんを見て、彼女の過去と夢を知って。あなたの中に強い気持ちが芽生えたはずだ。

この人を幸せにしたい、と。

なぜわかるかって？　俺もそうだったからですよ。

天使なんかじゃなくて、ごく普通の人間だった。弱いところも脆いところもある一人の女性だった。あなたは奮い立っていたはずだ。縮こまってる場合じゃない。自分が彼女を笑顔にする。これまで貰った分を、何倍にもして返すんだと。そして二人でいつまでも笑って生きるんだと。

プロポーズのためにここに来て、あなたが今さら恐ろしくなったとは思えない。きっと武者震いですよね。指輪も自分から渡さなければ、意味がなかった。一世一代の決意を伝えるためだったのだから。

そうでしょう？

「着いた。ここだよ」

藍香が言う。丘の頂点を越え、尋は思わず息を呑んだ。

見渡す限りの花畑。赤、桃色、白、様々なコスモスが大地に絨毯を敷いたように、どこまでも続いている。見上げれば澄んだ青空、そして遥か先には碧く雄大な日本海。

尋と藍香は並んで立ち、花畑を見下ろした。

ここが浩平さん、あなたの選んだ場所。

これからの毎日を、藍香さんが目一杯笑っていられるものにする。決意の一歩目を、力強く踏んだ場所。

†

藍香を取り囲む景色は、あの日と同じく美しかった。

思い出が次々に蘇る。

こうくん。私が息を呑んで花畑を眺めている間に、あなたは指輪のケースを手に持っていたね。私がそれに気がつくと、あなたは微笑んだ。

ちょっと固い笑顔だったけれど、可愛かった。

——僕と結婚してください。必ずあなたを幸せにします。

真っ直ぐな言葉だった。何のひねりもないし、サプライズもない。だけど私はあなたの目を見ているうちに、なぜか泣けてきた。

——あなたが幸せだと、僕も幸せなんです。一緒に幸せな道を、歩いていきましょう。

私が泣いたのは、あなたと結婚できるからじゃない。

あなたに出会えたこと。こんなに大切な存在になったこと。あなたも私を大切に想ってくれていること。これは私なんかに起きていいことなのか、信じられないような気持ちになって、泣いてしまったんだ。確かにあの時、私は世界で一番幸せだった。

あなたも泣いてたね。

きっと同じ理由だったよね。二人で目を真っ赤にして、向かい合うコスモスの花みたいになって、おでこをくっつけたね。私は指輪を受け取って、はいと言った。それが精一杯だった。

あとは言葉にならなかった。

　あれから色々あったね。

　結婚式をした。ダイビングにも出かけた。家でだらだらとテレビを見て過ごした日もある。色んなものを食べた。クリスマスに鶏を焼いてみたり、高いおせち料理を注文してみたり。喧嘩もしたし、そのたびに仲直りもした。本当に色々あったよ。

　確かに言えるのは、ずっと幸せだったってこと。嘘じゃないよ、ずっと幸せだった。一日も欠かさずあなたは私を幸せにしてくれた。

　この幸せが。

　藍香は嗚咽しかけてこらえた。

　この幸せが、ずっと続くと思ってたんだけどな。

　もう少しだけ一緒にいたかったというのは、贅沢なんだろうね。大丈夫、私は我慢できるよ。あなたに会うまでは一人だったんだもの、昔に戻るだけ。だいたい、こんなのは地球のあちこちで起きている、ごく当たり前の摂理なんだから。

「今までありがとう、こうくん」

　震える喉でそれだけ言った。

　さようなら。あなたはもういないと、私は受け入れる――。

　その時だった。

「どうしてだよ。どうしてなんだよ」

藍香は横を振り向く。

尋がへたり込んでいる。ズボンはあちこち土塗れ。藍香より遥かに大きな声を上げ、顔をぐしゃぐしゃにして、泣きじゃくっていた。

†

「どうして死んじゃったんだよ。幸せにするんだろ。もっと、ずっと幸せにするはずだったのに。なんでだよ、こんなのあんまりだよ」

尋の口から言葉が勝手に出て、止まらなかった。瞼を拭っても拭っても、大粒の涙が溢れてくる。コスモス畑の土を殴りつけ、呻き声を上げながら、尋は泣いた。

俺は何で泣いてるんだ？

我ながら混乱していた。

俺はずっと藍香さんを見てきた。藍香さんのためにここまで運転したんだ。それなのに今、俺は浩平さんのことしか考えられない。浩平さんの気持ちを想うと、胸が張り裂けそうだ。

「桃谷さん、どうして」

藍香も不思議そうだった。

「わからない、わからないけど」

しわがれ声で返す。

「どれだけ藍香さんを幸せにしたかっただろう、どれだけ生きていたかっただろう。どれだけ今、そばにいたかっただろう。浩平さんの気持ちが痛いくらい伝わってきて、俺、悲しいんです」

服が汚れるのも構わず、尋は土に突っ伏しておうおうと声を上げて泣いた。藍香はしばらく横で立ち尽くしていたが、やがて腰を下ろし、尋の背中に手を当てる。尋につり込まれるように、その目に涙が滲んでくる。

「どうして？」

藍香の頬を水滴が伝う。震える声で言った。

「世界から、こうくんはいなくなってしまったのに。どうしてあなたが、こうくんを感じられるの」

尋は答えられない。泣き喚くばかり。藍香は尋の顔を覗き込む。藍香の目に、みるみるうちに涙が溢れ出す。まるで尋の瞳の中、浩平を見たかのように。ずっと探し続けていた姿を、ようやく見つけ出したように。

「私も悲しいよ」

何かが吹っ切れたように、藍香は大声で叫んだ。

「もっと一緒にいたかった、おじいちゃんおばあちゃんになるまで、一緒にいたかったよ！」

藍香も泣いた。まるで小さな子供のように喚いた。

青い空と碧い海の真ん中、一面のコスモスに囲まれて、二人は互いの体を抱え、涙が涸れるまで泣き続けた。

桐子は茂みを飛び出すなり、走った。ふだんほとんど動かさない体が、この時とばかり猛烈に躍動した。紐の結びが甘かった靴が吹っ飛んでいった。ポケットの中のオペラグラスが落ちて転がった。

知ったことか。

桐子の体に火のように熱い血が巡る。筋肉が激しく収縮を繰り返す。そう、桐子は怒っていた。

ふざけるな。そんなの認められるものか。君は強い人間だろうが。僕だけでなく、たくさんの人間を救うんだろうが。この期に及んで、投げ出すなんて許されない。

一発でいい。思いっきり顔面をぶん殴ってやりたい。

だから桐子は右の拳を力一杯握りしめたまま、冷たい海へと飛び込んだ。

「福原！」

怒鳴り声を波と風とがかき消した。だが、一念が通じたのか。視線の先で、もがいている福原が振り返った。

青白い顔だった。記憶よりも少しやつれていた。何か言おうと開いた口に海水が入り、咳き込んでいた。今にも海中に沈みそうである。

「福原、福原！　この」

バカ野郎が。

桐子は海をかき分け進んでいく。

ずっと感じていた不満。いくら貧乏揺すりしようと消せなかった想い。全てを右拳に込め、振りかぶる。

狙いはその顎だ。打ち込んでぶち抜いてやる。歯が抜けて、口の中が切れるほど思いっきりだ。なぜなら本当に僕は怒っているからだ。本当に本当に、怒っているんだ。

歯を食いしばり、桐子は渾身の勢いで腕を突き出した。

そして冷え切った体を、両手で抱きしめた。

「福原！」

うつろで疲れ切った瞳を覗き込む。濡れた髪が貼り付いた顔に向かって、すぐ耳元で声を張り上げる。

「死ぬな」

桐子は泣きながら怒鳴っていた。

「いい、もういい。ヒーローじゃなくていい、強くなくていい。普通の人間でいい、弱くて無力な人間でいい、だから死ぬな。倒れそうなら僕が横で支えるから。寂しいなら一緒に歩くから。全部面倒見てやる、だから死ぬな！」

福原の腕に微かな力が戻った。桐子の体にしがみつこうとする。

「そうだ。絶対離すなよ」

そこからは無我夢中だった。片手で福原の胴を抱え、片手で水をかく。両足が海底に触れれば蹴り飛ばす。泳いでいるのかもがいているのか、とにかく桐子は陸に向かって突き進んだ。

長い闘いだった。いや、ほんの一瞬の出来事だったのかもしれない。

気づいた時には砂浜で、二人は寝転がって青空を眺めていた。

†

帰ろう。

囁くような声に、福原は思わず目を擦り、隣の男を見た。

「桐子、だよな」

「そうだよ」

すぐそこで濡れ鼠になっているのは、紛れもなく桐子修司だった。シャツの裾を絞っているが、後から後から水が出てきて、きりがない。やがて諦めて手を離すと、公園の方を指さして立ち上がった。

「行こう。あっちにテントがある」

「テント？」

「小さいがタオルもある。僕のサイズだけど着替えもある。とにかく体を乾かそう、そして温かいものでも買いに行こう。便利なお店が近くにあるんだ」

「ああ……そうだな」

こんな状況なのに、桐子はいつものように淡々としていた。福原も立ち上がり、よろよろとその後を追う。

「待ってくれ。俺、あっちに自転車を停めてきた」

「取りに行ってもいいけれど、鍵は預かる」

「なぜだ」

「東京に戻って落ち着くまで、君を一人にはできない」

桐子は振り返り、ずいと手を差し出した。

「遠目で良く見えなかったけれど、ただ溺れたわけじゃないんだろう」

引く気はなさそうだった。

福原は観念してズボンのポケットに手を突っ込んだ。あれだけ動き回ったのに、鍵はまだそこにあった。海水でべとべとの鍵を受け取り、桐子は頷く。それから顔を上げ、困ったように眉間に皺を寄せた。

「どうしたの。人の顔をじろじろ見て」

「いや、ああ。悪い」

福原は目を擦り、瞬きして、もう一度相手を見た。色白の顔、涼しげな目、細い唇。やはり間違いなく、桐子だった。

海でもがいていた時、誰かが助けに来たのがわかった。その顔もはっきり見た。懸命に俺の名を呼び、俺に向けて手を伸ばしてくれた……あれは音山だった。音山はすぐ近くまで泳いでくると、俺をしっかりと抱きしめた。その温もりは、母さんのようでもあった。それから岸に向かって俺を引きずりながら泳ぐ、その力強さときたら。時折「諦めるな」「少しでも泳げ」とかける声の頼もしさ、優しさときたら。父さん。楠瀬教授。いや、違う。辻村浩平さんもいたんじゃないか。これまでに会ったみんなが、力を合わせて俺を救い上げてくれたようだった。

福原はもう一度目を擦った。

異常な精神状態だったからだろうか。あるいは、走馬灯でも見ていたのだろうか。確かにそう感じたのだ。

「桐子」

古い友達を呼び止めた。

「何?」

ぽつりぽつりと水滴が落ちる中、二人は見つめ合う。

「何と言ったらいいか。こんな風になるなんて」

俺を海に引きずり込もうとしたのは、逝ってしまった人たちだった。だが、命をかけて俺を助け出したのも、同じ人たちだった。そして彼らは、どういうわけか桐子の中に宿っていた。

少なくとも、極限の状況で、自分はそう感じた。

「こっちの台詞だよ」

桐子が目を逸らし、ため息交じりに言った。

「僕だって、こんなつもりじゃなかった。あんなことを言うつもりじゃなかった。勝手に体が動いたんだ」

福原のそばに立ち、体を支えてくれる。

「でも、それで構わない。理屈なんか後からつければいい。君が生きているんだから十分だ。さあ、行こう」

その小さな体が頼もしかった。

「人生は、わからないことばかりだな」

太陽に暖められた砂を踏みながら、福原は噛みしめるように言った。

「当たり前じゃないか。僕たちにわかることなんて、ほんの一握りだよ」

桐子の声はいつものように淡々としていたが、それがかえって嬉しかった。目映い日光に照らされた浜を二人で歩く。遠くに見える鉄塔や海岸林の見慣れない景色を眺めながら、福原は感じた。

旅は終わった。

さあ、帰ろう。

†

藍香と尋は二人、地べたに座り込んだまま、コスモス畑の向こうに広がる海を眺めていた。

ずいぶん長いこと泣いていた。

途中、泣きじゃくりながら藍香が顔を上げると、もっとぐしゃぐしゃに泣いている尋がいた。

瞼を擦っていると、泥と涙に塗れた手を見つめている尋がいた。藍香はハンカチを貸し、鞄に一つだけ入っていたポケットティッシュを分け合って、二人の涙はようやく止まった。海から陸へと通り抜ける風が、乾いた頬に心地良い。

「ありがとう、尋くん」

藍香は声をかけた。尋がきょとんとする。

「何がですか、藍香さん」

「こうくんのために泣いてくれて……」

そのまま独り言のように続けた。

「おかげで今、こうくんがどこかにいる気がしたよ」

尋はしばらく藍香の言葉の意味を考えているようだったが、やがて言った。

「俺からすると、浩平さんはずっと藍香さんの中にいましたよ」

頭を掻きながらぼそりと付け加えた。

「ずっと、仲が悪かった……いえ、俺が一方的に苦手だったんです。今、やっと友達になれたというか。家族っていうのは変ですけど、藍香さんと同じか、それ以上に大切な人に思えました」

「でも、尋くんはこうくんに会ったこともないのに」

照れくさそうに尋は藍香を見る。

「だから、悔しいけど魅力的なんですよ。藍香さんの中にいる浩平さんが。いや、浩平さんと一緒にいる藍香さんが、かな」

藍香はまた熱くなってきそうな瞼を押さえ、頷いた。

「こうくん、魅力的でしょう」

「魅力的です」

「ありがとう……」

二人はどちらからともなく立ち上がる。風が頬をかすめていく。

「帰ろうか」

藍香の声に、尋が振り返る。

「そうですね。帰りますか」

歩き出す尋の背中に声をかける。

「帰り道、もし良ければ一緒に乗せてくれませんか」

つい敬語になった。

「もちろんそのつもりですけど」

不思議そうに振り返る尋。

「あの。もし良ければというのはつまり、尋くんがまだ私と一緒にいたいと思ってくれるならです。だめだったら私、新幹線で帰ります」

「だから、いいですってば」

「私の中にはたぶん、ずっとこうくんがいます。目の前の人を大事にするよう努力はするけど、それは変わらない。私が父さんと母さんに育てられたのと同じように、決して消せないことなんです」

相手の目を真剣に見つめて、藍香は伝えた。

「そんな私が隣の席にいてもいいですか」

尋はしばらく唖然とした顔で瞬きしていた。やがて困ったように笑い、手を差し出した。

「長旅、一人じゃ寂しいですから。一緒に行きましょうよ」

藍香は尋の手を握る。温かくて、うっかりするとまた涙腺が緩みそうだった。

「うん」

そっと二人は歩き出した。お互いの体を支え合うように寄り添いながら、色とりどりのコスモス畑を抜けていく。美しい景色を後にしながら、藍香は感じた。

旅は終わった。

さあ、帰ろう。

エピローグ

綺麗だ。こんなところがあったなんて。

何気ない道に過ぎない。ここで立ち止まったのも、言うなら偶然だった。桃谷尋は遙か頭上を見上げて嘆息した。

道の両脇に植えられた桜がそれぞれマンションの五階あたりまで枝を伸ばし、盛大に花を咲かせている。まるでピンク色のトンネルの中にいるようだった。見頃は少し過ぎただろうか。花びらは散りつつあったが、その奥から青々とした葉が、今か今かと出番を待っている。そして繰り返す。何度散っても花は咲き、また散っては咲くのだ。

どこからか飛んできた白い蝶が、桜吹雪に翻弄されながら枝の一つに止まった。そのまましばらく動かない。あたりの景色に戸惑っているのか、見とれているのか。

足音が近づいてきた。

尋はコンビニの駐車場を振り返る。藍香がビニール袋を提げて手を振っている。

「お待たせ。あったよ、堅あげポテトの春限定味！」

「良かった。何味だっけ」

「トロピカルフルーツ味」

「うわあ、浩平さん、そういうの好きそう」

尋はくすくす笑った。

「でしょ。化けて出るかもね」

そう言って藍香は尋の横まで来ると、並んで歩き出す。

「そうしたら少し玩具、片付けてもらいましょうよ。押し入れにあんなにあるんだもの」

「もう少し取っておいたら値段が上がったりしないかな？」

「どうかなあ」

自然な仕草で藍香が腕を組んできた。その体の柔らかさを感じながら、尋は改めて思う。

こんな風になるなんて、考えてもいなかった。

今、二人は付き合っている。お互いに相手を大切に想っている、はずだ。少なくとも以前よりはずっと心が通じ合っている。そしてそれは、浩平に対してもそうなのだ。

こうして桜を眺めていても、ふと浩平のことが思い浮かぶ。この景色を見せたら彼はどう思うだろう、と想像する。喜んで走り出すかもしれない、歓声を上げるかもしれない。何なら彼のために、写真を撮って帰りたいとすら思うのだ。

ずいぶん変わったなあ、俺。

「尋くん、緊張してる？」

物思いに耽っていた尋を、隣から藍香が覗き込んだ。

「あ、いや、まあね。そりゃするでしょ、こんなの初めてだもの」

「ふふ、私は二回目。でもそんなに固くならなくていいよ、ただの食事会なんだから」

「わかってるけど」

藍香が尋の抱えている写真立てを見て、小さく笑った。中には浩平の写真が納められている。

藍香も変わった。

浩平の話題を普通に出すようにはなったけれど、どこかで線を引いているのがわかる。その線がどこか、尋にはうまく言えないが、確かに感じる。たとえば部屋で二人きり、映画を見ている時は、浩平の写真を押し入れにしまうようになった。何か言い合いになっても、決して浩平の名前を出して尋を責めたりはしない。尋は尋、浩平は浩平としっかり分け、比べない。たまに浩平を想って泣く時は……自分の部屋で一人で泣いている。どうしようもなくなれば、部屋から出てきたりもするけれど。

たぶん、意識してそうしているはずだ。

尋が浩平を近くに感じる代わりに、藍香は少し遠くに感じるようにしている。そうして二人は歩幅を合わせ、並んで歩く。互いの努力がなかったら、きっとうまくいかなかっただろう。

こうして、結婚報告の食事会を開くほどには。

「藍香さんのご両親と、満丸スーパーの店長さんと、あとは誰が来るんだっけ」

「祥子。大学時代からの友達なの。祥子の旦那さんと、息子くんも来るよ」

「あ、俺、電話で話したことある」

「尋くんの方は？」

「うちも親と、それから真理子っていう悪友が。職場の先輩、シゲさんも来るよ」

「それくらいの人数なら、楽しくやれそうだね」

「うん。楽しくやろう」

「そうだといいな」

春風が一つ吹き、枝に止まっていた蝶が飛びたった。ゆっくりと頭上から尋たちを見守るように漂う。二人が見つめる中、静かに降りてきて、写真のそばで佇む。まるで、不思議そうに覗き込むかのように。

と、ふいに離れ、大きく空を渡って飛んでいった。


霊園に佇む音山の墓に、二人の男が来ていた。

まず福原が手を合わせて目を閉じる。隣の桐子も真似をして目を閉じた。しばらく祈りを捧げて、福原が言った。

「よし」

福原が手を戻すのを見て、桐子も同じようにする。

「やっと報告できた。あいつも安心しているだろう」

福原の顔色は良い。この頃は食事もしっかり摂れているようだ。以前の壮健な雰囲気が戻ってきている。

「なら、良かった」

頷く桐子に、福原が向き直る。

「礼を言わせてくれ。桐子、お前のおかげでもある」

「僕はただ付き添っただけだよ。復帰後の初手術を完璧にやり遂げたのは、君の実力だ」

「お前が横にいたから、勇気が出た。もしかすると学生の頃から、そうだったのかもしれない。何というか……お前を遠く感じたこともあったが、本当はもっと近しい存在だったのかもな」

桐子も頷く。

「そうかもしれないと、僕も最近思う」

掃除を手伝い、道具を片付けてから聞いた。

「このまま病院に帰るのかい、福原」

「いや。楠瀬教授の仏壇にも報告して行こうかと」

「わかった、そうしよう」

「また一緒についてくるのか。もう大丈夫だって」

福原は苦笑する。

「大丈夫だとは思うけど、しばらくは目を離すつもりはない」

「わかったよ。悪かった、俺が悪かった」

桐子は頷く。

福原の強さは、弱さの裏返しでもあった。桐子も誰かと並べば強いところがあり、弱いところがあるのだろう。時に誰かのヒーローであり、時に誰かに救いを求める。

そうして人は生きていく。

ふと、一匹の白い蝶が空から降りてきた。休める場所を探すように、二人の間を抜け、音山の墓石にそっと止まった。軽く羽を震わせこちらを気にしているように見えた。

福原は蝶を見て微笑んだ。

「これからは忘れないようにするよ。自分が一人じゃないってことを」

ぽつりと呟いた言葉に、蝶が軽く羽を揺らした。

「じゃあ駅前で、手土産に柚餅子でも買ってくか」

掃除道具を持ち、福原が歩き出す。桐子もその後に続いた。蝶がふわりと飛び立ち、宙を泳ぐように音もなくついてきた。

二人が霊園を出て道を歩いていくと、向こう側から人影が見えた。男性が写真立てを持ち、女性はスナック菓子の入ったコンビニのビニール袋を提げていた。

話し声が聞こえてくる。

「みんな戸惑うんじゃないかな」

男性が言うと、女性が首を傾げた。

「そう?」

「結婚報告の食事会だって、わざわざ東京のホテルにまで出てきたら、前の夫の写真があって、堅あげポテトが供えられているわけでしょう。どんな顔をしたらいいのってなりそう」

「確かに。私たちはもう慣れちゃってるけど」

「なんて説明するつもり？」

桐子たちと男女、二人と二人が少しずつ近づいていく。

「ありのままを伝えるしかないよ。私たちは今、幸せですって。ちょっと変な言い方だけど、たとえるなら今は、まるで――」

桜色のトンネルの中、すれ違う。

「三人で生きているみたいだ、って」

桐子は遠ざかる彼らを振り返った。

その時、白い蝶が鼻先をかすめ、地球の重力から解き放たれたかのように舞い上がり、青空へと消えていった。

了

本書の制作にあたり、中澤太一先生には、医療監修として多大なるご尽力をいただきました。

また著作「終末期ディスカッション」をお送り下さった則末泰博先生をはじめとして、医療者の皆様には様々な形でご支援をいただきました。

小柳広之様、朋恵様、麻衣様、本多陽平様、星野様をはじめとして、多くの方に大変貴重なお話を聞かせていただきました。

ここに心より御礼申し上げます。


本作は書き下ろしです。

本作品はフィクションです。実際の人物や団体、地域とは一切関係ありません。

「最後の医者」シリーズ漫画

最後の医者は海を望んで君と生きる

コミカライズ決定!

詳しくは

https://to-corona-ex.com/

二宮敦人×TOブックス特設サイト
https://www.tobooks.jp/ninomiyaatsuto/

TO文庫

最後の医者は海を望んで君と生きる

2024年12月2日　第1刷発行

著　者　二宮敦人

発行者　本田武市

発行所　TOブックス
〒150-0002 東京都渋谷区渋谷三丁目1番1号
PMO渋谷Ⅱ　11階
電話 0120-933-772（営業フリーダイヤル）
FAX 050-3156-0508

フォーマットデザイン　金澤浩二
本文データ製作　TOブックスデザイン室
印刷・製本　中央精版印刷株式会社

Printed in Japan ISBN978-4-86794-374-8